U0091311

青梅一心要發家

1

風文創 1065

連禪 著

目錄

序文

連禪

我平日就喜歡看小說，在沈浸於萬千小說故事時，偶爾會想，如果我穿越到古代，又該怎麼生活？於是便心血來潮的寫下了這個故事。

女主南溪本是現代的普通女生，意外穿越到古代的一個小村莊後，以為會平淡溫馨的過完這一生，誰想有一天，小村莊的寧靜被人打破，她亦開啟了不一樣的人生……

文字是載體，故事是無形的勾連，而我是書寫者，我們以此為牽絆，相逢即是有緣。我很開心自己的文字能被你們閱讀，希望所書寫的人物故事能帶給大家歡樂。在這個共患難的時期，雖然渺小如我，也祝願大家不被疫情所擾，家庭和睦，身體健康，萬事如意。

第一章

「唉！」

望著倒映在河水中的稚嫩臉龐，南溪再次嘆口氣。

她不過是到樓下扔個垃圾，怎麼就被高空墜物給砸穿越了呢？而且還是穿到了一個歷史書上沒有的朝代。最要命的是她一個二十多歲的漂亮小姊姊，居然魂穿到了一個六歲小女娃的身上！現在雖然是一副蘿莉身材，內裡卻住著一顆「相當成熟」的靈魂。

南溪坐在河邊的草地上，雙手托著腮，生無可戀地望著天邊落日。

穿到這裡已經有五天了，這五天，她小心翼翼戰戰兢兢，就怕被原主的親娘發現自己是個冒牌貨。加上這裡跟現代環境的巨大差異……

「南溪，妳娘在找妳！」不遠處，一個虎頭虎腦的胖小子朝南溪喊道。見她沒回應便邁開腿跑了過來，推著她肩膀。「南溪，聽到了沒，妳娘在找妳。」

「聽到了。」南溪有氣無力地應了一聲，拍著屁股起身。

「妳快點啊，我先回家了。」胖小子傳完話就又風風火火地跑走了。

小河左岸差不多一里遠的地方，有一個村莊叫桃花村。桃花村不大，一共只十幾戶人家，房屋皆是背靠著山腳而建，錯落不齊卻又緊緊相依。

此時，桃花村村尾，一位素衣美婦人正站在院門前，引頸而望，直到一個梳著包包頭，穿著藍色小坎肩的娃娃從落日餘暉下出現在視野中。

她揮手呼喚。「溪兒！」

原本還悠哉走著的南溪，聽到了聲音後立即加快了腳步。「阿娘，我回來了。」

等南溪小跑至跟前，錦娘一邊為她拭去黏在臉上的雜草碎屑，一邊聲音低柔地責備。「又去河邊捉魚了？妳的風寒才剛好，就開始不長記性了？」

南溪連忙拍著胸脯保證。「阿娘，我只是在河邊坐了一會兒，沒有下河捉魚哦，不信妳看，我衣服褲子都是乾的。」說完還在錦娘的面前轉了一圈。

「妳呀！」錦娘伸食指輕輕戳了戳南溪的腦門，嗔怪道：「整日裡就知道四處亂跑，一點女孩子的樣子都沒有。」

南溪笑嘻嘻撒嬌。「阿娘，孩兒餓了。」

錦娘無奈看了她一眼，牽著她的小手進院。「回家吃飯。」

母女倆的晚飯很簡單，一碟青菜、兩個窩窩頭、兩碗稀粥。

錦娘給她挾了一筷子青菜，隨口說道：「溪兒，阿娘明日要出村一趟，妳且乖乖待在家裡等阿娘回來，莫要四處亂跑。尤其不准下河捉魚，知道嗎？」

正在喝粥的南溪聞言，眼睛一亮，抬起頭。「溪兒可以跟阿娘一起去嗎？」

誰知錦娘卻是嚴詞拒絕。「不行。阿娘是跟著村長伯伯他們出去置辦物品，妳一個小孩子跟去做甚？」

「哦。」南溪失望地低下了頭。

見她如此，錦娘又放柔了語氣。「溪兒想要什麼禮物可以告訴阿娘，阿娘給妳帶回來。」

南溪的頭搖到一半，突然停住。「孩兒想要一些書籍。」

錦娘點頭答應。

吃完晚飯，錦娘像平常一樣讓南溪背完三字經，再洗漱睡覺。

母女倆並沒有住在一個屋子，南溪住在堂屋左邊那間屋，而錦娘則住在堂屋右邊的那間屋。

等錦娘吹滅屋裡的油燈離開後，南溪自黑暗中睜開眼睛。

總感覺原主親娘的身分不簡單，只因她平素的舉止言談，怎麼看怎麼不像是一個鄉野農婦。農婦哪裡會有她身上那種自然而然流露的溫婉氣質？再加上她還精通四書五經，寫得一手好字……

其實，整個桃花村的人都隱隱透著一絲不尋常。

比如桃花村的村長，居然是一位仙風道骨的中年帥道士！胖虎那斯文瘦弱的秀才阿爹居然會打獵！杏兒姊姊的瞎眼阿娘居然可以用銀針射中飛鳥！而住在隔壁，平時看起來柔弱得不能自理的古娘子居然會打鐵！還有其他人家……

這樣一比較，好像阿娘是最正常的一個了。

可惜原主還太小，留下的都是些無關緊要的記憶，沒有一點是關於她阿娘、關於這個桃花村的。南溪目前只知道原主從來沒有出過桃花村，也從來沒有見過她的阿爹，一直都是母女相依為命。

也不知是父不詳，還是父已亡？看來得找個機會問問錦娘。

南溪打了個哈欠，翻了個身就迷迷糊糊睡了過去。

翌日，天還未見亮，好夢正酣的南溪隱隱聽到有人在喚她。她揉著眼皮，迷迷糊糊睜開眼。

「阿娘。」

錦娘坐在床邊，替她掖了掖被角。「溪兒，阿娘要出發了，早中飯都做好放在鍋裡的，妳記得要吃。」

「阿娘，溪兒送妳。」南溪掀開被子就要起來，卻被錦娘阻止。

「阿娘不用妳送，這會兒天還早，妳再睡會兒。」

南溪聲音軟萌萌的。「那阿娘一路平安，早去早回。」

「好。」錦娘溫柔地對她笑了笑。「阿娘走了，妳再睡會兒。」

南溪伸出小手，跟錦娘揮了揮。錦娘轉身出了屋子，不多時，外面的院門被人打開又關上。

等到南溪再次醒來時，天已經大亮。

洗漱好的南溪來到廚房，揭開灶上的鍋蓋，就看到裡面溫著兩個雞蛋、兩個窩窩頭和一碗稀米粥。

穿越之前自己也是看過幾本穿越小說的，人家女主角不是有金手指就是自帶異能，可她呢，穿過來這麼多天了，什麼都沒有。她便想趁著今天錦娘不在家，去附近的山裡轉轉，看能不能有什麼奇遇。

之所以會有這種想法，是因為曾看過的那幾本小說就是這樣寫的。

小說裡，女主角要麼是在山裡撿到稀世珍寶，要麼就是在山裡邂逅忠犬男主角。雖說如今她這副小身板邂逅男主角的機會幾乎為零……

南溪就著稀粥吃了一個窩窩頭一個雞蛋，把沒吃的都揣進了懷裡，然後找出一個小水囊裝好水揹在背上，又回去屋裡把古娘子送給原身的那柄小匕首別在腰間。

出了堂屋，無意間又瞄到屋簷下放著的小背簍，她想了想，把小背簍也揹在背上。

「南溪，妳這是幹麼？是要去山上撿蘑菇嗎？」拿著把新彈弓來找南溪玩的胖虎，剛走進院門就看到她這準備出門的架勢。

胖虎比她大兩歲，是個虎頭虎腦的胖小子，因村裡就他跟南溪年紀相仿，所以兩人經常在一塊玩。

南溪隨意指著一座山。「嗯，我想去那座山裡撿點蘑菇。」

胖虎扭頭看著她指的方向，微微張大了嘴巴。「妳要去最危險的尖峰山？」

沒想到自己隨便一指就指到一座最危險的山峰！南溪悄悄把伸出的手指往旁邊挪了挪。「你看錯了，我……我是要去尖峰山旁邊的那座矮一點的小山。怎麼樣，你要不要跟我一起去？」

那座山裡的樹林相對比較稀疏，且在山腳還有正在開墾的農田，想來危險應該會比其他山峰都低。最主要的是她曾看到過胖虎跟他阿爹從那座山上打獵回來，由此可見，此山一定沒有其他山峰凶險。

之所以問胖虎要不要跟著一同去，也是想著他曾經進去過，裡面的山路他應該比較熟悉。

「可……可我阿爹說，小孩不能單獨進山。」胖虎一臉糾結。

「哪裡是單獨進山，這不有我跟你兩個麼？咱們不進深山，就在周邊撿……」

南溪話語一頓，轉念想到胖虎還是個孩子啊，她誘導個孩子一起去山裡冒險算怎麼回事？罪過罪過！

她走過去拍了拍胖虎的肩膀。「行了，你回去吧，我一個人去。」說完就越過他走出院門。

胖虎想了想，還是追了出去。「南溪，等等我……」

初春的清晨，濃霧縈繞，座座青山於白茫茫的雲霧中，就像是害羞的小娘子戴著圍笠，只隱約見其輪廓。

一座雲霧環繞在腰間的山峰下，一胖一瘦兩個小娃兒正緩慢走在窄小的山徑上。

「南溪，注意腳下，早上的路有點滑，別摔了。」

胖虎走在前面，用一根樹枝撥開兩邊掛滿露珠的雜草，儘量不讓衣物被露水浸濕。

「嗯，你也小心點。」南溪小心翼翼跟在後面。

光是從山腳到山腰這一小段路，兩人就走了大半個時辰。好在山霧已經開始逐漸散去，陽光亦透過樹葉的縫隙照射進來，驅散了山裡的陰冷。

一個時辰後，在一塊稍顯平坦的山坡上，胖虎向天拉著彈弓，瞇起一隻眼，尋找可以射擊的飛禽。南溪蹲在離他不遠處的一棵大樹下，往小背簍裡撿蘑菇菌。

唉！他們剛圍著這山腰轉了一圈，連一隻野雞都沒遇到，更別說什麼奇遇了。想要個金手指怎就這麼難呢？南溪有些垂頭喪氣。

那邊，胖虎已經瞄準了一隻飛鳥，就見他拉彈弓的手一放——咻，一隻飛鳥從半空中墜落。

胖虎樂顛顛地跑過去，把尚在地上撲騰著翅膀的鳥兒捉住，提到南溪的面前給她看。

「南溪，快看，我射中了一隻飛鳥！」

南溪很是敷衍地看了一眼。「哦，你好厲害。」

胖虎走到旁邊，幫南溪一起採蘑菇。

「南溪，這蘑菇也採得差不多了，咱們該回去了吧？」

然而南溪的視線卻望向了山頂。「胖虎，要不咱們去山頂上看看？」說不定這山頂上會有什麼奇遇呢？

胖虎疑惑。「去山頂幹麼？這裡不是有這麼多蘑菇嗎？」

南溪回頭看著胖虎，開始一本正經地胡說八道。「我昨晚夢到一位白鬚仙人，他告訴我這山頂上有寶貝。」

胖虎聽完卻是哈哈大笑。「南溪，妳是不是傻？夢裡的事情也相信？」

她居然被一個八歲小孩嘲笑了？不是說古人都很迷信嗎？怎麼她卻連一個小孩都騙不了？還是她用的方法不對？

「這……寧可信其有不可信其無，說不定真是仙人托夢給我呢？」

胖虎站起來，一副小大人的樣子。

「妳別拿妳的夢來誆我，就妳那小心思，我還不知道？妳就是想進到深山裡去看看。可這深山裡真的很危險。我阿爹說過，裡面有大白蟲，小孩子進去，都不夠給牠塞牙縫。所以我是不會帶妳進去的。走，回家。」

胖虎把裝滿蘑菇的小背簍揹在背上後，一手提著鳥，一手拉起南溪的手就往山下走。

南溪依依不捨地看了一眼那條通往山林深處的小徑，最後還是乖乖跟在胖虎後面。

金手指跟命比起來，還是命最重要！

山路崎嶇，上山時遇到一個陡峭的坎階，都是胖虎先爬上去，再回頭拉南溪上去。現在下山也是一樣，胖虎揹著背簍小心地跳下坎階，然後再去牽南溪，卻發現她杵在那裡半天沒反應。

胖虎疑惑。「南溪，妳愣著幹什麼？快牽著我的手下來。」

南溪遙望著山下的桃花村，悠悠開口。「胖虎你看，咱們桃花村被群山重重圍在中間呢！」

她剛才無意間瞥了一眼，才發現桃花村的四周皆是山峰聳立，而且在這些山峰後面也是峰影重重，完全不像還有其他人煙的樣子。

這是天然屏障？南溪的目光閃了閃，好像猜到桃花村是個什麼地方了。怪不得村裡的人個個都「身懷絕技」呢！

胖虎莫名其妙地瞅了她一眼。

「這有什麼好奇怪的，若不是有這些山峰阻擋遮掩，桃花村又怎麼能夠與世隔絕，偏安一隅？」

南溪有些驚訝地看著胖虎。小朋友知道得挺多呀！

「妳盯著我看幹麼？我臉上又沒有花。快點下來，我手都伸酸了。」胖虎低聲催促她。

南溪蹲下身子抓住胖虎的手，小心跳下坎階。

直到她安全了，胖虎才鬆開她的手，轉身繼續往山下走。「跟緊我。」

南溪一步一腳印跟在他後面，看著前方八歲小孩的背影，她眼珠子轉了轉，開口。「胖虎哥哥，你知道的東西好多呀，不像我，什麼都不知道。」

聽著南溪崇拜的話語，胖虎心中很是美滋滋，轉過身，拍著胸脯豪氣地說：「妳想知道什麼？胖虎哥哥告訴妳。」

南溪笑彎了眉。「我想多知道一些關於桃花村的事。」

胖虎邊走邊講。「我知道的也不多，都是聽我阿爹說的。我阿爹說桃花村之所以叫桃花村，是因為村長伯伯在進出村的路口種了一片桃林。而且桃林裡還設了陣法，外人若是沒有村子裡的人引路是完全進不來的……」

南溪跟在他後面安靜聽著。

外人進不來，村裡的人又只會在補給物資的時候出去……這不就妥妥一隱世桃源嘛！

第二章

「哎喲！」

下坡時，南溪一個不小心腳下踩空，滑摔在地上。與此同時，撐在地上的右手好像是刺到了什麼東西，掌心傳來一陣刺痛。

南溪連忙把右手挪開一點點，然而那下面什麼東西都沒有。咦？

「南溪怎樣？沒事吧？」

「沒事……嘶！」南溪忍著屁股上的疼痛慢慢起身，然而才走出第一步，尾椎骨那裡就痛得要命。

看她邁步艱難，胖虎過來攙扶她。「我扶著妳走。」

南溪連忙搖頭拒絕。「不行，這山路本來就窄，咱倆要是再並肩一起走，指不定待會兒誰就摔下山去。」

胖虎抓著腦袋。「那要怎麼辦？」

南溪乾脆緩緩坐回原地。「你讓我先緩一會兒再走。」

「好吧。」

胖虎把背簍取下來放在旁邊，撩起袖子擦著額頭上的汗水。

南溪取下水囊遞給他。「喝口水。」

胖虎伸手正要接過。「南溪，妳的手在流血！」

「嗯？」南溪把右手放到眼前，這才發現掌心上有一條半寸長的傷口。她不在意地往自己衣服上擦了擦。「沒事，可能是剛才摔倒的時候不小心磨破的。」

胖虎猛灌了幾口水，把水囊還給她。

「好點沒？好了我們就快些下山吧，我肚子好餓。」

話音剛落，他的肚子就十分配合地咕咕叫了兩聲。

南溪默默從懷裡拿出一個窩窩頭、一個雞蛋遞給他。「吃吧。」若不是胖虎說肚子餓，她差點忘記自己還帶了食物在身上。

胖虎見有吃食，眼睛一亮，伸手就拿走了窩窩頭。

南溪笑了笑。「雞蛋也給你。」

胖虎卻是堅決不肯要雞蛋，她只好自己吃掉。

吃完東西，兩人又歇了一會兒，直到南溪感覺屁股沒那麼痛了，才又繼續下山。

兩人回到桃花村時，已經是未時三刻。

胖虎把背簍放在南溪家的屋簷下就回了自己的家。他要趕回去找吃的，一個窩窩頭根本就不能填飽肚子。

南溪則是從先前摔倒之後，腦袋就有些發昏。見胖虎離開，她便關了院門，回到自己屋裡倒頭就睡。

傍晚，晚霞燒紅了西邊的天空，外出的人開始陸續歸家。

「溪兒、溪兒？」

好像有人在叫她……睡夢中的南溪想要睜開雙眼，可惜不管怎麼努力，眼睛就是睜不開。

迷迷糊糊間，她感覺自己換了一張床。新床又暖又軟，特舒服！

翌日。

「哈啊……」睡醒的南溪伸了個懶腰坐起身。

這一覺睡得是真舒服，感覺自己現在渾身都充滿了力量。對了，錦娘該回來了吧？

望了一眼窗外灰濛濛的天色，她翻身下床。才剛走到堂屋門口，就看見錦娘端著個藥碗從廚房那裡走出來。

她咧開嘴跑過去。「阿娘，妳回來了？」

錦娘先是用手摸了摸她的額頭，然後才把手裡的碗遞給她。「趁熱把藥喝了。」

南溪也不問是什麼藥，咕嚕咕嚕把湯藥全部喝光。

喝完了藥，她才皺起一張小臉，苦哈哈地說道：「阿娘，這藥好苦。」

錦娘取出一方手帕，仔細為她拭去溢在嘴角兩邊的藥汁。「藥苦才能治病。」

南溪喜歡如此溫柔的錦娘。

「阿娘，妳什麼時候回來的？怎麼也不喚醒我？」

錦娘拿走她手裡的空碗。「昨日。」

「昨日？」南溪睜大眼睛。所以，這一覺竟睡了一天一夜？

錦娘臉色淡淡地開口。「嗯，回來便發現妳躺在床上，全身發熱，怎麼叫都叫不醒。」嚇得她趕緊去找村長，好在村長看過之後說問題不大，喝兩副湯藥便會好。

錦娘拿著碗回了廚房，沒過一會兒又從裡面出來，只是這次手裡多了一根手臂長的細木條。

南溪瞪著眼睛。不會是她想的那個樣子吧?!

錦娘來到她跟前，聲音溫溫柔柔的。「溪兒，把手伸出來。」

南溪慢吞吞的伸出右手，可憐巴巴地喚。「阿娘……」

錦娘卻是不為所動，舉起木條就抽在她的手心。

「我昨日出門時對妳說過什麼？」

「不可以四處亂跑，要待在家裡乖乖等阿娘回來。」南溪捂著被抽痛的小手，委委屈屈地開口。

「既然妳都記得，為何還要把阿娘的話當做耳邊風，還要偷偷跑到山上去採蘑菇？」錦娘緊抿著雙唇，緩緩問道。

乖乖，這是打算秋後算帳？南溪眨著大眼睛，委屈巴巴地望著錦娘。

「阿娘，我知錯了，我下次再也不偷偷上山了，妳就原諒我這一次吧！」

望著女兒那雙黑黝黝、充滿無辜的眼睛，錦娘沈默了半晌，開口。「把手伸出來。」

「啊？」不是吧？還要挨打？南溪把手背在身後，遲遲不肯拿出來。

錦娘好氣又好笑。「不打妳。把手伸出來給阿娘看看。」

原來不是要挨打啊！早說嘛。

「阿娘，給妳看。」南溪這才放心把手伸出來。

錦娘握著她的小手，看著那剛被木條抽紅了的手心，一時就心疼起來。她剛才怎麼就那麼用力呢？「還疼嗎？」

南溪立即順竿爬。「有一點點疼。」

錦娘心裡開始愧疚。「阿娘剛才是氣狠了，溪兒怪阿娘麼？」

南溪乖巧地搖頭。「不怪阿娘，溪兒知道阿娘是愛之深責之切。」

錦娘蹲下身，一臉後怕地看著南溪。「妳昨日是真的嚇壞阿娘了。溪兒，妳一定要好好的，阿娘如今只有妳了。」

看到如此脆弱的錦娘，南溪的心情有些複雜。她上前一步，兩隻小短手把錦娘抱在懷裡。

「阿娘，溪兒會好好的，會跟阿娘一起好好的。」

錦娘伸出雙手，緊緊把她抱在懷裡。

過了一會兒，錦娘收拾好情緒，鬆開南溪，道：「溪兒餓壞了吧？阿娘去給妳弄吃的。」說著就往廚房裡走。

南溪抬頭看了一眼灰濛濛的天空，跟在錦娘身後。「阿娘，現在是什麼時辰？」

「戌時一刻，妳昏睡了整整一天一夜。」

好傢伙，原來她睡了這麼久！

看著錦娘開始刷鍋做飯，南溪殷勤地走過去。「阿娘，我來幫妳燒火。」

南溪坐在灶凳上，有模有樣地找來乾草，開始生火。

這邊，錦娘淘好米下鍋後，拿出昨日買回來的一塊豬肉，洗淨切片。

南溪伸長脖子看著菜板上的豬肉，不自覺地吞了一口口水。來這裡這麼多天了，可總算是能吃上一頓肉了。這些天的稀粥加窩窩頭，她算是吃夠了。

錦娘無意間抬頭看到她吞口水的樣子，感到好笑的同時，心裡又是一酸。終究是跟著她受苦了呀……

「溪兒，把這邊這口鍋一起燒上。」

「好！」

小短手抓起一把乾草放進灶口引燃，再快速把引燃的乾草塞進另外一個灶口。

嘶！乾草上的火苗竄得太猛，南溪的右手不小心被燙了下，她連忙拿到嘴邊吹吹。

錦娘關切叮囑。「小心點，別被火燙到。」

「嗯，知道啦。」

南溪抬頭笑嘻嘻應了一聲，低下頭，看著自己的右手發呆。

這手心上的傷口怎麼不見了？雖說那道傷口也不是很深，但也不可能只一天一夜就不見痕跡了呀？有點奇怪！南溪眉頭輕皺。

因為剛買足了物資回來，所以母女今晚算是打了個牙祭，有白米飯加蘑菇炒肉。

吃過飯，等南溪背完三字經的時候，錦娘把幾本書籍放到她的手裡。

「妳要的書籍，看到不認識的字，記得要問阿娘。」

南溪抱著書籍甜甜一笑。「知道了，謝謝阿娘。」

第二天早上，錦娘早早就去了地裡。南溪一個人在家，拿著把掃帚在院子裡打掃。才掃到一半，胖虎就風風火火地找來。

「南溪、南溪！」

南溪停下動作。「叫冤哪！那麼大聲。」

胖虎咧著嘴，關切地問：「原來妳在院子裡啊？妳的病好了嗎？」

南溪拍了拍胸脯。「已經好啦，我現在充滿活力。」

胖虎有些不好意思開口。「南溪對不起，我前日不該大清早的就帶著妳往山裡跑，害妳得了風寒。」

這個傻孩子！南溪故意對胖虎翻了個白眼。「什麼叫你帶我往山裡跑？明明是我自己去的，不關你的事就少往自己身上攬。」

胖虎羞澀一笑。「妳沒事就好！對了南溪，村長伯伯前日帶回來一個跟我們差不多年紀的孩子，模樣可好看了。」

南溪一邊打掃一邊問：「跟我們差不多年紀的孩子？男孩女孩？」

「不知道，前日穿的是女孩子的襦裙，昨日穿的是小子的長衫，把我給弄糊塗了。」

一會兒女？一會兒男？南溪的好奇心被成功勾起，停下手裡的動作。「那個孩子現在在哪兒？」

胖虎抓著頭。「應該是在村長伯伯家裡吧？」

如今正值春耕時節，村裡的人個個都在忙著耕地種苗。桃花村的耕地面積並不寬，一家一戶地分下來，也不過才一畝幾分地，村長便領著村裡的男丁去了周邊的荒地開荒。

桃花村東邊，位置最高的一戶人家的院門外面，此時正有兩顆黑乎乎的腦袋在那裡探頭探腦。

南溪縮回腦袋，蹲靠在外面院牆上，斜目看著還在那裡偷看的胖虎。

「別看了，村長伯伯家裡沒有人在。」

胖虎不相信。「我看到村長伯伯早上出門是一個人，那孩子肯定在裡面。」

「堂屋的門都關得死死的，就算人在裡面，咱們也看不到。」

南溪低著頭，無聊地抓拔著腳邊的一朵野花。

這小野花散發的淡淡花香還挺好聞的，只可惜只有一朵。要是再多幾朵，她就可以採回去放在屋裡了。

如是想著，手上扒抓野花的動作一直沒停。

就在這時，卻出現了讓她驚奇的一幕——只見那株開著野花的雜草以肉眼可見的速度，迅速長出幾朵花苞，然後綻放。

南溪心中一陣激動。

金手指?!這是不是就是她的金手指了？

為了確保萬無一失，南溪趁著胖虎還沒回過頭來，偷偷把手指放在另一株雜草上面，然後在心中默唸：開花！

咦，沒反應？她想了想。

長大！

就見那株雜草開始迅猛生長，直到長成半個南溪那麼高。

南溪的心開始咚咚直跳。這是要「心想事成」的節奏了嗎？

就在她在腦海裡各種幻想的時候，胖虎皺著鼻子轉身。

「好香呀！咦，這兒怎麼開了這麼多野花？剛才明明沒有。」還有南溪的跟前怎麼突然出現了一株長那麼高的雜草？

南溪一把將那幾朵野花採下來藏在身後，霸道開口。「這些野花都是我的，你別想跟我搶！」

胖虎頗為無語。「我沒跟妳搶，我就問問怎麼開了這——」

南溪高聲打斷他。「問問也不行！」

「不問就不問。」莫名其妙。胖虎撇著嘴，嘀咕了一句就又轉過身去。

南溪見他不再追問，嘴角幾不可見地勾了勾。

「你們是誰？為什麼蹲在這裡？想要幹什麼？」

就在這時，一道清脆的童聲從南溪身後傳來，把南溪跟胖虎同時嚇了一跳。

「啊！」兩人動作一致地轉過身，幾乎異口同聲指責起那個突然出現在身後的人。「你走路都沒有聲音的嗎？」

景鈺無言。現在就連偷窺的人都這麼理直氣壯了嗎？

「你們是誰？躲在這裡鬼鬼祟祟地想幹什麼？」

面對景鈺的質問，胖虎下意識就把南溪護在身後。

「我……我們是來找村長伯伯的，對，就是來找村長伯伯的。」

胖虎此舉讓南溪內心一陣觸動。上輩子小時候，哥哥也是這麼護著她的。

她從胖虎的身後站出來，看向對面那個跟自己差不多高的孩子，大方說道：「聽說村長伯伯從外面帶回來一個孩子，便是你吧？你好，我叫南溪，他叫胖虎，是這桃花村裡僅有的兩個小孩。」說完，滿眼期待地望著他。

景鈺上下打量了南溪一眼，才吐出兩個字。「景鈺。」

南溪像是自來熟一樣，眉眼彎彎地看著他。「景鈺，你多大了？是男孩還是女孩啊？」

不怪南溪會這麼問，只因景鈺雖然是穿著一身青色長袍，五官精緻得一點不像是個男孩。

景鈺抿起好看的嘴唇，言簡意賅。「五歲，爺兒們。」

胖虎卻在這個時候不適宜地插了一句。「那你剛進桃花村那日為何穿著襦裙？別想否認，我那會兒在遠處都看見了。」

景鈺沈著一張臉不說話。

看出他不想回答，南溪扯了扯胖虎的衣袖。「咱們該回去了，待會兒我還要到地裡去給我阿娘送水。」

「哦對，我也要去給我阿爹送水，快走快走。」

胖虎拉著南溪就走。經過景鈺身邊的時候，南溪頓住腳步，笑咪咪看著他。「小景鈺，姊姊下次再來找你玩啊！」還跟他揮了揮手。

景鈺看了一眼兩人離開的背影，轉身進屋。

揮手跟胖虎告別後，南溪剛跨進院門，便跟做賊似地把院門緊緊關上。

隨後，她就開始在院子裡實驗各種剛得到的異能，想看看是否真的可以「心想事成」。

她先是拿了一些沒有生命力的東西來實驗，再跑到雞籠那裡捉了一隻公雞來實驗，都沒有什麼效果。想了想，她又打開院門跑到後山腳下那片草地去實驗。

半個時辰後，南溪看著草地裡那一小片異常茁壯的雜草，陷入沈思。

看來，她的異能就是可以讓植物以萬倍速度迅速生長，其他的都不行。

這個異能怎麼感覺有點雞肋呢？南溪有些興趣缺缺地離開後山。

「啊哈……」

不過從後山回到家的這幾步距離，她連續打了好幾個哈欠。

這突如其來的睏意是怎麼回事？難道是剛才使用異能過度引起的？

望了一眼還早的天色，南溪打算回屋裡小瞇一會兒，再去給錦娘送水。

睡在床上的南溪迷迷糊糊間，似乎看到了一顆閃爍著綠色光芒、如蠶豆般大小的晶石懸浮在自己的識海上空。

「這是什麼東西？還有我怎麼會出現在這裡，難道我這是在夢裡？」

她不知道的是，現實中，她的額頭上正閃爍著一抹綠光。而在那抹綠光之下似乎還有個圖騰若隱若現。只是很快，綠光便消失不見，額頭上仍是一片光潔無瑕。

第三章

河流上游的梯田裡，錦娘挽著褲腿，正揮汗如雨地舉著鋤頭翻田。
「阿娘，我給妳送水來了！」南溪提著個小籃子來到田埂。
錦娘停下手裡的活，抬手拭去汗珠後，走到南溪的面前，笑著道：「我們家溪兒懂事了，都知道給阿娘送水來了。」
南溪從籃子裡拿出一個大碗，再把水囊裡的水倒進碗裡，遞給錦娘，笑咪咪地說：「溪兒已經長大啦，能夠幫阿娘做好多事情，所以阿娘可以盡情使喚溪兒，保證隨傳隨到。」
錦娘接過水，笑著說：「我可捨不得。」
即使是渴得不行，錦娘喝水的動作也一樣是優雅端莊的。
南溪目光定定地看著錦娘。到底是什麼原因讓她來到這個桃花村的呢？
喝完兩碗水，錦娘開始趕她走。
「行了，阿娘已經解渴了，這會兒日頭正毒，妳快回去。」
南溪把碗放進籃子裡，站在田埂上不肯走。
「阿娘，我陪陪妳吧。」
「阿娘不用妳陪，快回去。」
錦娘邊說邊往田中間走去。大半天了，她才翻了三分之一不到的田，得加把勁了。

南溪往左右兩邊看了看，發現別人家的田都已經全部翻好，現如今就只有她們家這一塊還沒翻完。想來是因為別人家都有男丁，所以做什麼都快吧！

南溪望著又重新拿起鋤頭賣力勞動的錦娘，提著籃子，默默離開田埂。

只怪這副身板還太小，還不能為她分擔更多的活計。既然如此，那她就多做些力所能及的事情吧！畢竟她還要在這裡生活一輩子的呀！

此時的南溪，終於不再逃避現實，一雙黑如潑墨的大眼睛越發明亮，就好似對未來的日子充滿了希望。

回到家，她便去了廚房。既然地裡的事她幫不上忙，那她就幫忙做飯吧。雖然自己的廚藝算不上多好，但至少不難吃。

看了一眼廚房裡現有的食材，南溪挽起袖子。

日陽當空，錦娘匆匆忙忙從地裡趕回來做飯。她只顧埋頭苦幹，竟一時忘了時間，溪兒該是餓壞了！

錦娘剛跨進院門，就看到南溪單薄的身影站在堂屋門口。

「溪兒餓壞了吧？阿娘馬上就去做飯，很快的。」一氣都還沒來得及歇一口，錦娘放下鋤頭就往廚房裡走。

南溪喚住她。「阿娘，飯已經做好了。」

錦娘奔向廚房的腳步一頓，有些不可置信地回過頭來看著她。「妳做好了？」

「嗯。」南溪跑進廚房，把早已打好了水的木盆端出來，放在錦娘腳邊。「阿娘洗手。」

錦娘有些呆呆地把手伸到木盆裡。等她洗好手，南溪又馬上遞來一張帕子給她。「阿娘擦擦手。」

錦娘接過帕子胡亂擦了幾下，看著端著木盆回廚房的南溪，有些狐疑地開口。「溪兒當真把飯做好了？」

南溪放好木盆出來，拉著錦娘的手就往堂屋裡走。

「嗯，阿娘，我們去吃飯吧！」

跨進堂屋的門檻，錦娘看到桌上的兩菜一湯時，真的驚呆了。

「這、這都是妳做的？」

「嗯。」南溪拿起碗替兩人盛飯。

錦娘來到飯桌前坐下，心裡是又驚又喜，又酸又甜，五味雜陳。

「我家溪兒居然會做飯了。」

南溪盛好米飯，放到她的面前，指著一個菜炫耀地說道：「阿娘妳看，這三個菜都是我自己想出來的，涼拌蘑菇、蘑菇炒蛋還有蘑菇湯，我是不是好厲害？」

「嗯，溪兒好厲害。」錦娘摸著她的頭，很欣慰地誇讚。

南溪嘻嘻笑了兩聲，拿起筷子就往錦娘碗裡挾菜。「那阿娘快嚐嚐溪兒做的菜好不好吃。」

「好好好。」

錦娘笑著端起飯碗吃了兩口，發現女兒第一次做飯，味道居然還不錯。於是她特別捧場地說道：「嗯，味道很棒。」

許是高興，又許是上午在地裡消耗了太多的體力，錦娘今兒中午竟破天荒地添了碗。

吃完飯，南溪也是主動收碗去洗，讓錦娘就坐在那裡好好歇息。

錦娘拿了張凳子靠坐在堂屋門口，看著在廚房裡忙碌的南溪，目光裡有揉碎了的絲絲心疼。

她的女兒，原本可以不用做這些的……

下午，錦娘又去了地裡。

南溪把家裡都收拾好了，就去了隔了兩戶人家的胖虎家。

才剛走到胖虎家院門口，就看到胖虎的秀才阿爹背著把彎弓面無表情地走出來，她連忙站好，規規矩矩地行禮。

「秦叔好！」

胖虎的阿爹是一個外表看著瘦弱又斯文儒雅的人，桃花村的人都叫他秦秀才。

秦秀才看到南溪後，本是沒有表情的臉上，一下就笑出了一朵花。「哎喲，是溪兒啊？是來找胖虎的吧？」

南溪特乖巧地點頭。「嗯，胖虎在家嗎？」

秦秀才指向院子。「去吧去吧，他在裡面呢！」

「謝謝秦叔。」

院子裡，胖虎在扎馬步。他的頭頂跟雙手上，都放著一個裝滿水的碗。

南溪走到胖虎跟前，嘖嘖道：「你這是又犯什麼錯啦？」

胖虎一邊努力保持平衡，一邊艱難開口。「晌午吃飯的時候，我不小心把我阿爹的酒葫蘆摔碎了。」

嘖嘖，可憐的孩子！「你還要扎多久的馬步？」

胖虎努了努嘴。「扎到妳背後的那炷香燃盡。」

南溪這才注意到她身後還燃著一炷香，如今這炷香已經快燃到盡頭。她目測，距離這炷香燃盡，應該還有半個小時。

在這裡乾等著也是無聊，想了想，她對胖虎說道：「我待會兒再來找你。」

東邊，村長家的院子裡，一身麻布青衣的景鈺坐在一張小木凳上，安安靜靜地翻看著書籍。

就在他沈浸於書中文字的時候，有人敲響了院門。

景鈺皺眉，頭也不抬地大聲說道：「村長不在家。」

本以為門外的人聽到他的話就會離開，卻沒想到敲門聲又響了起來。

「我不找村長，我找你，小景鈺。」

是上午那個女孩的聲音。景鈺合上書，起身去開門。

打開院門，就見一個穿著藍色小坎肩、梳著個包包頭的可愛小女孩站在門外。
「有事？」
南溪看著他，笑著開口。「小景鈺，要跟姊姊一起去玩嗎？」
景鈺第一反應就是拒絕，可話到嘴邊的時候，又突然改變了主意。「去哪兒玩？」
南溪的大眼睛亮晶晶地看著他。「後山，我們去後山拾乾柴。」
景鈺跨出院門，道：「走吧。」
南溪笑著就去拉他的手，卻被他快速躲開。
「咳！那個……我們先去胖虎家找胖虎。」她尷尬地收回手，轉身走在前面。
景鈺跟在她的身後嗯了一聲，表示知道了。
這小孩怎麼給人一種特老成的感覺呢？明明才五歲而已！
路上，南溪主動找話題。
「小景鈺，你跟村長伯伯是什麼關係？」
「沒關係。」
沒關係？「那你怎麼會跟著村長伯伯他們回桃花村？」
「他救了我，我又無家可去……」
後山，樹木鬱蔥，小草碧綠。
山腳小道上，南溪拿著一把月牙形彎刀走在最前面，只要看到草地裡有一根枯朽的樹枝，就用彎刀把它勾起來拿在手上。

雖然到目前為止，她只勾到兩根樹枝，並且還是很細很細的那種。

胖虎跟在她身後，發出疑問。「南溪，我們不會是真到後山來拾乾柴的吧？」

南溪腳下沒停。「不然呢？」

這可是她好不容易才想到的，目前能為這個家做的事情之一——拾柴火。

然而都走了這麼長一段路，也才撿到這麼兩根細枯枝。

胖虎抓著腦袋。「可，如今正值萬物復甦，便是枯木都有可能重新長出新芽，又哪裡會有多少乾柴給咱們撿啊？撿乾柴得等到秋冬，那時候的枯枝才多。」

竟連拾個柴火都有講究！

南溪停下腳步，轉過身，微微仰起腦袋。「我當然不是真的讓你們出來拾乾柴。」

跟在最後面的景鈺看著她，沒有說話。

胖虎則是眼睛一亮。「快說快說，妳想到了什麼好玩的東西？」

南溪看著他身後的景鈺，清了清嗓子。「小景鈺，會爬樹嗎？」

景鈺愣了一下。「會……」吧！

南溪彎眉一笑。「那咱們今天就玩爬樹，順便掏鳥窩。」

「好呀好呀，要不咱們三個比賽吧，看待會兒誰爬得最快，誰找到的鳥蛋最多，怎麼樣？」胖虎已經開始摩拳擦掌，躍躍欲試。

南溪撩起衣袖。「比就比，誰怕誰！」她就不信她一個「成年人」會輸給兩小孩。「小景鈺，你呢？」

景鈺點頭。「比。」

一刻鐘後，三人都各自選了一棵有鳥窩的樹。三棵樹的距離並不遠，就在方圓一丈左右，胖虎跟景鈺分別站在兩顆香樟樹下，等著南溪喊開始。

「三……二……一……開始！」

始字才剛落下，三人便像竄天猴一樣快速向樹上爬去。須臾，便聽到胖虎在樹上喊：「我拿到鳥窩啦！裡面竟然有八顆鳥蛋！」

之後便是南溪。「我也拿到了！我的有六顆。」

見景鈺沒出聲，南溪從樹枝裡探頭望出來。「小景鈺，你拿到了嗎？」

「空的。」一慢兩人一步爬到樹頂的景鈺，默默把空空如也的鳥窩放回原位。

南溪貼心安慰。「沒關係，下一輪肯定有。」

「嗯。」

三人小心地從樹上滑下來，又馬上去選新的樹，開始第二輪比賽。

「拿到了，六顆。」這次，最先出聲的竟是景鈺。

「我三顆！」緊接著，胖虎也發出了聲音。

見南溪一時沒動靜，胖虎高聲問道：「南溪妳呢？」

這邊，南溪有些氣喘地用一隻胳膊吊在樹叉上，一隻手取過鳥窩來看。

「兩顆。」

毫無懸念，之後也都是景鈺最快，胖虎第二，南溪墊底。

半個時辰後，三個人圍成一個圓坐在一塊平整的地上，數著自己的收穫。

「一、二、三、四、五……二十二，我取了二十二顆鳥蛋。」胖虎拿衣襬兜著鳥蛋，一邊數一邊笑咧了嘴，而後扭頭看向左邊的景鈺。「景鈺你呢？」

「二十六顆。」景鈺掏出一塊手帕，把數好的鳥蛋包起來。

胖虎又扭頭看向右邊。「南溪呢？」

南溪也是用衣襬兜著的。「十七顆。」

本來是十九顆的，她不小心弄壞了兩顆。沒想到活了兩世的她，沒贏不說，反而還墊底了！丟人哪！

她看著懷裡的鳥蛋，蹙起一雙好看的眉毛。

坐在對面的景鈺抬頭瞧了她一眼，然後，南溪的衣襬裡就多了好幾顆鳥蛋。

南溪疑惑抬頭。「小景鈺，這是做什麼？」

景鈺回答。「我有多，給妳。」

南溪彎著眉把鳥蛋還給他。「謝謝，不用啦。」她怎麼好意思拿小朋友的東西。

景鈺抿著唇不說話了。難得好心一次，居然不領情。

胖虎抬頭望了望天。「快到傍晚了，咱們該回去了吧！」

「嗯，走吧。」南溪拍著屁股站起身，走在前面。

三個人從後山回到村子便各回各家，不過在分道揚鑣之前，三人已經約定好明日還一起玩。

南溪回到家，找來碗放好鳥蛋後，就跑去找水喝。

一個下午沒喝水，都快渴死她了！也不知道阿娘下午帶出去的水夠不夠解渴？

喝完水，她又開始準備晚飯。中午的蘑菇還剩了一點，晚上乾脆就烙兩個餅配稀飯吧！

南溪先把稀飯煮好，擱一邊放著涼，再去櫥櫃裡拿麵粉出來和。這麵粉雖然不如現代的精緻麵粉，但烙個抓餅應該是沒問題的。

說做就做，她先是把麵粉和好在鍋裡攤了一層薄薄的餅，又把雞蛋打在上面，再用鍋鏟撥勻。因為沒有調味醬料，南溪又在餅上面撒了少許的鹽，然後把洗好的一片青菜放在上面。

等到太陽落山，錦娘收工回家，她已把飯菜都做好並端上飯桌，就等著錦娘回來吃飯。

就在母女倆用飯期間，胖虎提著兩隻大大的田鼠上門來，說是他阿爹讓給每家每戶送的——算是請大家打牙祭。

錦娘顯然不太能接受。「這……這東西能吃嗎？」

「能……能的吧！」

南溪也是第一次見到這麼大的田鼠，這兩隻加起來應該也有四、五斤了吧？只是這玩意她兩輩子都沒吃過不說，也不會弄啊！況且……

她看向錦娘。「阿娘敢吃嗎？」

錦娘連忙擺手又搖頭。「我……我不敢。溪兒，我們扔了可好？」

南溪看著地上的活物。「扔哪兒？我聽說鼠類繁殖後代的能力很強，如果就這樣給扔了，牠們以後又生些子子孫孫出來禍害莊稼怎麼辦？」

錦娘小聲道：「那……打死再扔？」

南溪思忖一瞬，對錦娘說道：「阿娘，我出去一下。」然後就提著兩隻田鼠出了院子。

桃花村東邊，建在山腳最高位置的一處獨院房舍的堂屋裡，一個青衣小孩雙手置於雙腿上，端端正正坐在飯桌前，等著開飯。

「菜來嘍！」穿著青藍色道士服並留著道八字鬍的中年道士一手端著一盤菜走進堂屋。把菜放好，他走到小孩對面坐下，說道：「炒這田鼠肉就是費時間。小子餓壞了吧，快吃！」

景鈺看著他大口吃肉的樣子，淡淡開口。「道家不是提倡吃素麼？」

中年道士，也就是村長虛無子扒了一口飯，囫圇說道：「可也沒禁止吃肉。小子，知道我當年為什麼當道士而不做和尚嗎？」

景鈺面無表情。「難道是因為當道士可以吃肉？」

「欸，說對了。」虛無子給了他一個孺子可教的眼神。

景鈺垂眸看著盤子裡的田鼠肉，低聲問：「道長為何從不開口問我的事？」

第四章

虛無子放下碗。

「你若想說，自然會說；你若不想說，即便我問了也不一定能聽到真話，所以問與不問又有什麼差別呢？」

景鈺抿唇不語。

虛無子笑著給他碗裡挾了一塊肉。

「小小年紀，想那麼多做甚？來，嚐嚐我的手藝如何。」

景鈺盯著那塊碗裡的肉，一動不動。

「怎麼不吃？你不餓啊？」

「餓。」

「餓你還不——」話說到一半，虛無子突然頓住了話語。

差點忘了，這小孩有潔癖。

猶記得剛救回他的那日，他熬了湯藥給他，因為擔心湯藥燙到他，他便自己先嚐了一口試試溫度。結果這小屁孩瞧見了，打死都不喝那碗湯藥，他不得不又去重新熬了一碗。

臭小子，年紀小小，毛病還挺多！

虛無子有些心塞地又把景鈺碗裡的肉挾走。「你不吃我吃。」

看到虛無子把那塊肉挾走，景鈺終於端起了碗筷。
「村長伯伯……」
南溪提著兩隻田鼠，在敞開的院門上敲了兩下便徑直走了進來。
虛無子聞聲，放下碗筷走出來。「是小南溪啊。找我有事嗎？」
南溪把田鼠提得高高的，噙著笑。「我來給你送田鼠。」
虛無子撫著八字鬍笑著開口。「這可是好東西呀，妳們當真不要？」
南溪點點頭。「阿娘和我都不敢吃，可扔了又怪可惜的，所以我乾脆就借花獻佛送來了。」
虛無子挑了挑眉，逗趣地道：「小妮子以前可從不曾對村長伯伯這般殷勤過，怎麼今日太陽打西邊出來了？可是在算計妳村長伯伯什麼？」
南溪急口否認。「沒有沒有，絕對沒有！」
虛無子撫鬚大笑。「妳這鬼靈精，若是妳眼珠子不滴溜溜地轉得那麼快，我興許便信了。行了，有什麼事就直說。」
南溪嘿嘿笑了兩聲，而後端正臉色，直言道：「南溪想跟村長伯伯學習醫術。」
虛無子一臉嚴肅。「學醫可枯燥乏味得很，妳當真要學？」
「嗯。」南溪堅定點頭。
虛無子撫著鬍鬚，笑道：「好，貧道便收妳做徒弟。」
南溪面上一喜，連忙雙膝跪地，脆生生地道：「徒兒拜見師父！」

「哈哈哈……起來！」虛無子把南溪扶起來。「妳且在這裡等著。」隨後便轉身進了屋。

不多時，他拿著一本黃皮書從屋裡出來。

「這本醫書妳先拿回去仔細翻看，待為師忙完農耕，便要驗收成果。」

「是。」南溪接過醫書，向屋裡的景鈺揮了揮手後，便高高興興地回家。

看著小女孩蹦蹦跳跳離開的背影，虛無子搖頭失笑。

「我可以跟她一起學嗎？」景鈺站在門檻那裡，望著還站在院子裡的虛無子問。

虛無子轉過身。「可以，不過醫書只有一本，剛才我已經給了南溪。」

景鈺望了一眼院門方向。「沒關係，我可以去她家跟她一起看。」

虛無子撚著鬍鬚，點頭。「嗯，也行。」

南溪沒想到村長會答應得如此爽快，本來，她已經做好要三顧茅廬的準備了。

她把醫書小心地放進懷裡，心情不錯地哼起了歌。

經過一家房舍門口時，一個妙齡少女從裡面走出來。

「南溪。」

南溪甜甜地打招呼。「杏兒姊姊，這是要去哪裡呀？」

杏兒今年十四歲，長相清秀，性子單純溫和。她把手裡提著的兩個小酒罈子晃了晃，說道：「阿娘讓我給秦叔家送兩罈桃花醉去，以做答謝。」

阿秀姨親自釀的桃花醉？南溪眼珠子轉了一圈，笑嘻嘻地攔住杏兒。「杏兒姊姊，這酒我幫妳送吧，反正我回家也要經過秦叔家。」

杏兒有些猶豫。「這……」

恰在這時，房舍裡響起一道女聲。「杏兒，妳在跟誰說話？還不快去快回！」

南溪順勢拿過杏兒手裡的酒罈子。

「杏兒姊姊妳回去忙，我幫妳送。」

杏兒溫柔一笑。「多謝妳，南溪。」

「不謝不謝。」南溪心虛地提著酒罈子就走。

杏兒擔心地在她身後喊：「南溪，妳走慢點，擔心酒灑了。」

「好的好的！」南溪連忙放慢腳步。

一刻鐘後，她來到胖虎家院門前，伸手敲門。

「來啦！」

院門吱呀一聲打開，一顆胖乎乎的腦袋探出頭來。「南溪？」胖虎見是她，連忙推開院門走出來。「有什麼事嗎？」

南溪把手裡的酒罈子遞給他。「喏，我幫杏兒姊姊送桃花醉來給秦叔。」

胖虎接過。「妳怎麼會幫杏兒姊姊送酒？」她家跟杏兒姊姊家的距離比到他家都遠。

南溪解釋。「我剛從杏兒姊姊家門口路過……酒已經交給你了，我先走了。」

看著她快速跑走的身影，胖虎抓著腦袋小聲嘀咕。「跑那麼快做什麼？又沒有人在後面追。」

這邊，南溪跑到一個拐角處，伸長脖子偷偷往外瞧，見胖虎關上院門，才吐了一口氣。她蹲下身子，把事先藏好的那罈酒從茂密的雜草叢中拉出來，抱著往家走。

回到家時，天已經將黑，錦娘正要提著油燈出來尋她，見她跨進院門，忙上前詢問。「妳是去哪了？怎得去這麼久？」

「我剛去了一趟村長伯伯家……」南溪牽著她的手進屋，把她去拜師學醫的事情告訴了錦娘。

錦娘把油燈放在桌上，轉身問道：「村長當真願意收妳為徒？」

「嗯，阿娘妳看，村長伯伯還給了我一本醫書，讓我這些時日仔細翻閱。」南溪從懷裡掏出醫書給錦娘看。

錦娘拿過醫書只翻看了兩頁便還給她，殷殷叮嚀道：「妳既已拜師，那以後便跟著師父好好的學習醫術，切忌半途而廢，知道嗎？」

南溪忙不迭地點頭。「嗯，孩兒曉得的。」

錦娘伸手幫她拂開頰邊的髮絲。「天色不早了，快去洗漱休息吧。」

翌日，錦娘又一大早就去了地裡幹活。

太陽初升之時，南溪從睡夢中醒來。

她起床的第一件事就是跑到院牆外堆放柴火的地方，把昨夜藏在那裡的桃花醉取出來。為了這一小罈桃花醉，她昨日可是煞費苦心哪！

「待會兒就全部喝掉！」南溪抱著小酒罈子就往家裡走。
只是還沒走到門口，景鈺就從下坡那條小徑走了上來。
「妳居然偷偷藏酒喝！」
嚇得南溪一個趔趄。
她做賊心虛地左右看了看，拉起景鈺的手就往家裡跑。跑到家裡後，她把院門關好，有些後怕地拍著胸口。「呼，嚇死了！」
隨後，她轉身看向站在那裡的景鈺。「小景鈺，你怎麼來了？」
雖說昨日約好了今日一起去玩沒錯，但他們約的是下午啊？
「我來找妳。」景鈺把雙手背在身後，悄悄在衣衫上面擦手。
她剛才出手太快，他還沒反應過來，手就已經被她捉住。
南溪抱著酒罈，歪著小腦袋，不解地問：「找我？找我做甚？」
「虛無道長給妳的那本醫書，我與妳一起看。」
南溪懵懵地眨眨眼。「啊？」
景鈺見她一臉不明的樣子，幾不可見地皺了皺眉。他說得還不夠清楚嗎？
「虛無道長已經同意我跟他學習醫術，可醫書只有一本，所以我才來找妳，打算與妳一同看那本醫書。」
原來是這樣！南溪與他商量。「兩人看一本書總歸有些掣肘，還是等一人先看完另一人再拿去看，如何？」

景鈺看著她，淡淡道：「可以，我先拿去看，看完再給妳。」
南溪瞪著眼睛。「憑什麼呀？醫書明明是師父給我的，要看也是我先看。」
然而景鈺的目光卻落在她懷裡的酒罈子上。
威脅之意不言而喻。
最後，她只好退而求其次，選擇與景鈺一同看醫書。
南溪從屋裡搬出一張高凳子和兩把小矮凳，放到院子裡光線最好的位置，再把醫書平整地放在高凳子上面。做完這一切後，她回頭看向還站在門口的景鈺。「你不是說要一起看書嗎？過來呀。」
還不等景鈺走過去，她又轉身跑去廚房，沒多時，又從廚房探出頭來。
「小景鈺，你吃早飯了嗎？」
「嗯。」景鈺走去把緊挨著的兩張小矮凳分開了一點距離。
南溪又問：「要再吃點不？」
「不了，謝謝。」
行吧！南溪把錦娘溫在鍋裡的窩窩頭跟稀粥拿出來。
不多時，就見她一手端著碗一手拿著窩窩頭坐在小矮凳上，一邊吃一邊看書，坐在旁邊的景鈺則眉頭緊鎖。
「妳為何不先吃完早飯再來看？」
南溪咀嚼著嘴裡的窩窩頭，又喝了一大口稀粥，才囫圇道：「唔醬不是怕跟唔上呢的節奏嗎？」

在她說話的同時，還有零星的稀粥從口中噴出，有些還濺到了景鈺的衣衫上。

景鈺閉了閉眼，把凳子再往旁邊挪了一點。「妳先吃完早飯，我等妳。」

「放心，偶很快就吃完嗞。」

景鈺深吸了一口氣，沒再說話。

在他看不見的地方，南溪的一雙大眼睛裡卻閃過狡黠。她昨日便看出了這小孩在某些方面有潔癖，剛才就是故意的。

哼！讓你威脅我！小小報復你一下！

這時，景鈺狐疑側目。這小表情，難道她剛才故意的？可她才六歲，應該還不會如此有「深度」地算計，不像他……

景鈺不知道想到了什麼，整個人的氣質突然變得沈鬱起來。

咦？這小孩怎麼回事？南溪眼神疑惑地看著他。「小景鈺？」

景鈺回神，睨了身旁的小女孩一眼，語氣淡淡。「妳吃快點。」

「哦。」南溪埋下頭，幾下就把碗裡的稀粥喝光。

等到她進廚房洗碗才反應過來，不對呀，她剛才怎麼就乖乖聽一個小屁孩的話了呢？可是，小景鈺剛才的神情，看著確實有點嚇人。

春日的早晨，陽光明媚，微風不燥。

院子裡，南溪與景鈺並排而坐地看著醫書。

南溪看著醫書上的插畫跟文字感慨。「原來這書裡記載的全是草藥名以及相應的功效啊！」怪不得師父要求她先熟背這本醫書。

「學醫先識藥。」景鈺把醫書翻了一頁。「看完了嗎？看完我翻篇了。」

南溪點頭，隨後好奇問他。「小景鈺，你為什麼想學醫呀？」

景鈺目光淡淡看著她。「妳又為什麼想要學醫？」

好傢伙，居然把問題又拋了回來。南溪清了清嗓子，大義凜然地說道：「因為我想要像師父那樣救死扶傷。」

咳，其實她只是單純想學來傍身。老話不是說了嗎，技多不壓身，尤其是在這個醫學不發達的朝代，學醫太重要了。

「你呢？」

想不到她小小年紀竟有如此大義。景鈺斂下眉眼。「想學便學了。」

南溪嘴角幾不可見地抽了抽。這個回答……除了有點臭屁，好像也沒其他毛病。

聊天結束，兩人垂首，繼續互不打擾地看書。

大概過了半個時辰，胖虎捲著褲腿赤著雙足，興沖沖地跑來找南溪。「南溪，妳看這是什麼?!」

南溪聞聲抬頭，就看到他手裡提著的兩條巴掌大的鯉魚。

「你一大早就跑去河裡捉魚了？」

胖虎提著魚走近。「才不是，今早我阿爹帶我去河邊練功，我在河邊的雜草叢裡撿的。」

南溪疑惑。「你練什麼功？還要跑去河邊練。」

景鈺抬頭，視線落在胖虎的身上，開口。「你在練輕功？」

胖虎驚訝地望著他。「你怎麼知道？」

「只有練輕功水上飛的時候才會去有水的地方。」

「對。」胖虎朝他豎起大拇指。

南溪聽到輕功這兩個字後，一雙大眼睛瞬間發亮。「胖虎，你練會了嗎？我想要看看。」

「只掌握了一些皮毛。」

「我要看我要看！」

「好吧。」

胖虎把手裡的魚交給南溪，走到一邊，調整了一下呼吸，然後腳尖一點，縱身躍上房頂，在房頂上來回走了兩圈後再一個前空翻輕鬆躍下。

「哇！好厲害！」

南溪激動得拍起巴掌。這就是傳說中的輕功嗎？簡直帥炸了！

胖虎被誇得有些害羞，不好意思地抓著腦袋。「也沒有啦，主要我今早才開始練，落地的時候底盤還有些不穩。」

「今早才開始練就可以飛這麼高了？你怕不是個練武奇才？」

一個早晨學會一門功夫？小說都不敢這麼編！

就連坐在她旁邊的景鈺都一臉詫異地看著胖虎。若真是這樣，那他的確是個練武奇才。

胖虎咧嘴傻笑。「沒有啦，嘿嘿……」

南溪把魚還給他，重新坐到矮凳上。

胖虎看著她面前那張高凳上的黃皮書，好奇地問：「你們這是在看什麼？」

「醫書。」

「看醫書做什麼？難道妳要學醫？」

南溪點頭。「我昨日已經拜村長伯伯為師啦，這本醫書就是他拿給我看的。」

「那他怎麼也在看？」胖虎看向景鈺。

「他也要跟著村長伯伯學醫。」

胖虎聽完，馬上就不高興了。「好哇，你們倆拜師都不叫我，不講義氣！」

南溪抬頭看他。「你對醫術感興趣嗎？」

「……不感興趣。」

「那不就結了？」

「可……可是……」胖虎可是了半天也沒可是出一個所以然來。

南溪站起來拍拍他的肩膀。「這次是我忘記了，下次我一定記得叫你。」

「好，妳說的啊！」

胖虎這才滿意了，晃著手裡的魚，道：「咱們下午去後山那個窯洞裡烤魚吧！」

南溪眼睛一亮。「好呀，不過兩條魚怕是不夠！」

「我再去捉兩條就是。」說做就做，胖虎把魚放水桶裡養著，就要去河邊捉魚。

「我跟你一起去吧。」景鈺合上醫書，隨胖虎一起走出院門。

第五章

下午，後山窯洞裡，三個小孩圍在一個火堆旁邊，一人手裡拿著一根削乾淨了的木棍在烤東西。

胖虎一邊翻烤著手裡的魚，一邊問旁邊的南溪。「我這個應該可以了吧？」

南溪看了一眼。「嗯，再撒點鹽就可以吃了。」

「終於可以吃了。」

胖虎撒好鹽，把烤魚拿到嘴邊吹了吹，就開始吃起來。「真香！」

這邊，南溪跟景鈺的也已烤好。

就在南溪吹著滾燙的魚肉時，景鈺突然開口問她。「南溪，妳那罈酒帶來了嗎？」

胖虎聞聲抬頭。「酒？什麼酒？」

「就一個小酒罈子裝著的，這麼大一點。」景鈺一邊說，一邊比劃。

南溪認命地站起身。「……我去拿。」

片刻之後，她拿著三個碗，抱著一個酒罈子回到窯洞。胖虎看著她懷裡的酒罈子時，忽然明白過來。

「我就說，杏兒姊姊以往送酒都是送兩罈，怎麼這次才送一罈，原來是被妳昧下來了啊！南溪，妳膽子也太大了，居然敢偷偷藏酒喝！」

「我就是想嚐嚐看桃花醉是什麼味。」南溪底氣不足地小聲反駁。

景鈺也在這個時候出聲。「胖虎，你難道不想嚐嚐這桃花醉是什麼味？」

胖虎看著南溪懷裡的酒罈子，悄悄嚥了嚥口水。「……想。」

雖然他也偷喝過阿爹的酒，但怕被發現，每次都只敢偷喝一小口，一點都不過癮！

「這不就結了。」

景鈺從南溪懷裡拿走酒罈，撕開封口，一陣濃郁的蜜桃清香頓時飄滿整個窯洞。

南溪輕嗅。「好香啊！」

胖虎雖然在家裡已經偷嚐過這桃花醉，此時仍是被這酒香勾起了饞意，他從南溪手裡取過一個碗，拿到景鈺面前。「快倒點給我嚐嚐。」

「我也要我也要。」南溪也連忙把手裡的兩個碗攤開，拿到景鈺面前。

景鈺抱著酒罈，把面前的三個碗一一倒滿。

須臾，就見三人一手拿著烤魚，一手端著酒碗，吃一口魚配一口酒，好不愜意。

這桃花醉有點像雞尾酒呢！南溪砸吧砸吧嘴，把碗裡的酒喝光後，又去拿旁邊的酒罈子倒酒，卻發現裡面已經滴酒不剩了。

她嘴巴一撇，不滿地把酒罈子扔開。

「怎麼就沒了？這桃花醉也太不經喝了。」

景鈺看著她已經染上緋色的臉頰，皺起眉頭。

「妳醉了。」這麼容易醉還敢偷酒喝！

「她以前從未沾過酒，醉了也是正常。」看著南溪憨醉的樣子，胖虎無奈地搖頭。

景鈺看向他。「你們好像感情很好？」

「當然，我倆可是穿同一條褲衩長大的，幼時還、還曾睡在同一張床上！」南溪感覺自己的嘴有點不受控制，還有這地面，怎麼開始搖晃起來了？

「妳別瞎說，我們幼時不曾睡過同一張床。」看她有些身形不穩，胖虎連忙挪過去扶住她。

南溪順勢便把腦袋靠在他的肩膀上，閉上眼睡覺。

胖虎見了，又往她那邊挪了挪。

「我跟南溪年紀相仿，又天天在一起玩，感情自然比一般人要好。」說到這裡，他側目看了一眼肩上的南溪，對景鈺低聲道：「偷偷告訴你，我阿爹還一直想著要去找南溪的阿娘訂娃娃親呢！」

景鈺眉毛一挑。「那訂了嗎？」

胖虎搖頭。「沒有。那只是我阿爹的想法，不是我的，我並不想訂娃娃親。」

景鈺起身來到火堆前面，用腳把餘下的火星子踩滅。「為何？你難道不喜歡南溪？」

「喜歡啊，可喜歡就一定要訂娃娃親嗎？那萬一以後又不喜歡了怎麼辦？難道又去退親嗎？如此這般豈不是平白辱了別人的名聲。所以啊，訂什麼娃娃親，若我長大以後還喜歡她，我自會親自去提親。」

景鈺半垂著眼眸，一邊踩滅火星一邊問：「天有不測風雲，萬一以後你們分開……呃，我的意思是說，萬一她喜歡上別人呢？」

誰知胖虎卻說：「若南溪真喜歡上了別的男人，那我便做她的哥哥，一直守護她。」

景鈺聞言，輕笑一聲。「要是她以後的夫君不喜看見你呢？」

「哼，我管他喜不喜。」

春姑娘的臉色變得極快，白天還是陽光明媚的天氣，到了傍晚便開始烏雲壓頂。

睡夢中的南溪總感覺臉上有癢意，抬手揮了幾次都沒揮走，於是噌地一聲就從床上坐了起來。

「死蚊子！」

然而在她臉上作亂的並不是蚊子，而是一株長著白色根莖，且在根莖頂端還有兩瓣嫩綠色葉子的植物。

這……這是什麼東西？會飛的豆芽？

南溪盯著漂浮在眼前的植物許久，才壯著膽子，試探地伸出一根手指去輕輕戳了戳它的葉子。

小東西似乎很喜歡與她親近，用兩瓣葉子把南溪靠近的手指緊緊包著不撒手，就好像是養的寵物在撒嬌一樣。

這讓南溪看得有些好笑，緊繃的情緒也放鬆了些。她指關節輕輕動了動，與它交流。

「能告訴我，你是從哪兒冒出來的嗎？」

小東西鬆開她的手指，抖著兩瓣小嫩葉，似是在表達不滿，而後便咻地一下鑽進了她的眉心。

南溪下意識閉上眼睛。須臾，這株植物的所有資訊便出現在她的腦海裡。

原來小東西……哦不是，應該叫木元石，是八大元素之一的木元素。

木元石除了有著生生不息的綠色生命力之外，還可以操控所有木系植物，但前提是宿主的精神力必須十分強悍。

看到這裡，南溪心中一喜。所以，她只要精神力夠強悍，還可以隨心所欲地操控所有植物？

識海裡，木元石的兩瓣嫩葉子輕輕點了點。

這小東西居然知道她在想什麼！南溪試著用意念同它交流。「我叫你胖豆芽好不好？」

木元石似乎很開心，在識海裡一直打著轉。

轟隆隆！此時，外面隨著這一聲雷鳴，無根水開始從穹頂大顆大顆地滴下。

南溪睜開雙眼，麻溜下床，去堂屋找來斗笠跟蓑衣就往地裡跑。

「錦娘，妳怎麼還在那裡翻土？這雨眼看著就要下大了，快回去避雨！」

虛無子領著幾個開荒的爺兒們經過田埂時，看見錦娘還在田裡勞作，不由扯著嗓門大聲喊道。

錦娘抬起頭，抹了一把滴在臉上的雨水。「沒事村長，我還剩這一點，很快就翻完了，你們先回去吧。」

虛無子嘆了口氣，揮手讓其他人先走，自己則扛著鋤具下了田埂，幫錦娘一起翻土。

「村長，我一個人可以……」

「別囉嗦，翻完趕緊回去。」

虛無子翻土的動作俐落又乾脆，沒兩三下就把餘下的一小塊地翻完了。

「阿娘，我來給妳送蓑衣了！」南溪一路小跑到田埂，拿著手裡的蓑衣朝錦娘揮舞。

「咦？師父也在？」

虛無子雙肩上的衣裳已經被雨水浸濕，他扛著鋤頭走上田埂，拍著南溪的肩膀。「給妳阿娘送蓑衣來了？」

南溪乖巧點頭，見他既沒有斗笠又沒有蓑衣，連忙把頭上的斗笠取下來遞過去。

「師父，斗笠。」

虛無子卻一個反手，把斗笠又扣回到她頭上。「妳給我好好戴著，可別又不小心染上風寒。」

「可您……」

「可什麼可？為師身體比妳壯，腿比妳長，兩三下便能趕回去。跟著妳阿娘，趕緊回去。」

錦娘走過來，接過南溪手裡的蓑衣給虛無子。「村長，還是把這件蓑衣披上吧！」

「不用，我先走一步，妳們母女倆也趕緊回去。」

虛無子越過南溪母女，大步流星地離開。

眼看著雨越下越大，錦娘也不再耽擱，披好蓑衣，牽著南溪的手就往家裡跑。

母女倆一回到家，南溪就連忙跑進廚房生火燒水。

錦娘把斗笠跟蓑衣都掛在廚房的外牆上過水，望著那猶如從穹頂潑下的大雨，感慨道：「許久沒下這麼大的雨了。這場雨過後，田裡該是能關水插秧了吧？」

兩口鍋都生了火，一口鍋燒水，一口鍋做飯。聽到錦娘的感慨，南溪隨口答道：「阿娘，有多久沒下過這麼大的雨了？」

錦娘低眉想了想。「從年初到現在，大概有兩、三月沒下過這麼大的雨了吧？先前雖然也下過那麼幾次，可下的都是些綿綿細雨。雨水根本就浸不進土裡，前期栽種的那些小菜苗也因為缺水，長得一點都不好。」

南溪抬頭看了一眼外面的雨勢。「今日這場雨一定能浸到土裡，阿娘放寬心。」

過了一會兒，她揭開鍋蓋，伸出手指試了試水的溫度，然後就朝外面喊道：「阿娘，水燒好了，趕緊洗個熱水澡，換下那身濕衣服。」

錦娘一直以為南溪是在廚房煮飯，沒想到卻是在為她燒熱水。轉身走進廚房，看著那滿滿一鍋的熱水，錦娘的心跟鍋裡的水一樣，暖得滾燙。

她的溪兒是真的長大懂事了。

就在錦娘去洗澡換衣的功夫，南溪把昨天掏的十七個鳥蛋全部下鍋煮好後，又撈起來過了一遍冷水再剝殼，打算做個再簡單不過的涼拌鳥蛋。

把鳥蛋拌好，南溪又趕緊給即將熄滅的灶裡添上一根木柴，準備炒大白菜。

錦娘洗漱出來，就看到南溪搭著一張小板凳站在灶臺前，一雙白嫩的小手緊緊握住鍋鏟，正在賣力翻炒著鍋裡的大白菜。

她快步走過去，把南溪從凳子上抱下來，同時取走她手裡的鍋鏟。

「阿娘來炒吧，妳去給灶裡添把柴。」

「好。」南溪甩了甩因拿大鍋鏟太久而有些發酸的手臂，跑去燒火。

期間，大雨一直淅瀝瀝下個沒停。

用過晚飯，錦娘坐在堂屋的一張板凳上，借著油燈的光亮，正埋首繡著一件繡品。

她的左手邊，南溪正在朗朗背著三字經。

等到她背完最後一個字，錦娘抬起頭。「溪兒，從明日開始，妳便開始背那本醫書吧，如此才能更好更快的記住裡面的東西。」

「嗯，孩兒知道了。」

望著外面絲毫沒有減弱的雨勢，錦娘收拾好針線簍。「今夜妳和阿娘一起睡。」

南溪牽著錦娘的手，錦娘提著油燈，兩人一起進了裡屋。

這場大雨從傍晚一直下到第二日，也沒有絲毫要停歇的意思。

錦娘擔心這麼大的雨水會沖垮田埂，一大早便穿著蓑衣，扛著鋤頭去了地裡。

南溪把屋子打掃乾淨後，坐在堂屋門口的一張凳子上翻看醫書。

半個時辰後，她抬起頭看向院門口。阿娘怎麼還沒有回來？

望著遠處被雨霧籠罩著的青山，醫書卻怎麼也看不下去。不行，她得出去看看。

待雨勢弱了一些，南溪收起醫書，戴上斗笠就出了門。

下雨天的路非常泥濘，南溪打著赤腳，拄著一根木棍，深一腳淺一腳地艱難行走。

「南溪？下這麼大的雨，妳要去哪？」同樣戴著斗笠的杏兒從另一條道上迎面走來。

南溪穩住有些滑的腳下。「我去找我阿娘。杏兒姊姊，妳又是去哪兒？」

杏兒幾步走過來，扶住她。

「北邊有一處山體滑坡，我阿爹擔心家裡的田地遭殃，一大早便出門查看，到現在都還沒有回來。我阿娘不放心，讓我出來尋他。」

南溪瞪大了雙眼。「山體滑坡？」那她阿娘是不是也去了北邊？「杏兒姊姊，我跟妳一起去看看，可能我阿娘也在那裡。」

「好，我牽著妳走。」

「謝謝杏兒姊姊。」

北邊，四、五個頭戴斗笠身穿蓑衣的大人立在一塊安全的地方，愁眉不展地望著前方那一大片滑坡。

「唉，這一大片的莊稼算是毀了！」杏兒的阿爹劉能嘆氣說道。

虛無子拍著他的肩膀，無聲安慰。

錦娘此時也是愁眉不展。這被泥石掩埋了的土地，除了有劉能家的，還有她家的。雖然面積不是很大，可對她們家以後的收成也一樣造成不小的影響。

「阿爹！」

「阿娘！」

就在這時，杏兒牽著南溪來到幾人的面前。

錦娘連忙過去從杏兒手裡接過南溪，並伸手抹去濺在臉上的泥水。「妳怎麼來了？」還弄得一身泥濘。

南溪睜著一雙大眼睛望著她。「溪兒等了阿娘那麼久都沒有回來，心裡擔心……」

錦娘替她正了正斗笠。「阿娘無事。」

這邊，盧無子朝幾人揮了揮手。

「都回去吧，等這雨徹底停了，再來想辦法把這些泥石搬開，重新栽種莊稼。」

「如今也只能如此了。」

劉能嘆息一聲，領著杏兒率先離開，其他兩人也跟在他們後面離開。

盧無子走到母女倆跟前。「妳們母女也回去吧。」

錦娘頷首，牽著南溪離開。

雨水稀稀疏疏又下了一日。

而這一整日，錦娘都眉頭緊鎖，一副憂心忡忡的樣子。

南溪去雞圈裡給雞撒了吃食出來，就看到錦娘站在屋簷下唉聲嘆氣地望著遠處。

她走過去。「阿娘是在憂心被山坡掩埋了的那塊土地嗎？」

錦娘嘆道：「是啊。那地裡的小麥原本都已經長出了那麼長一截，如今卻全被埋在了泥石下……辛辛苦苦種的糧食，卻在一夜之間幾乎毀於一旦，阿娘心裡難過呀！」

桃花村水田稀少，無法大面積栽種水稻，因此，作為副食的小麥也是極其重要的。

南溪小手搭上錦娘的手腕，安慰她。「阿娘莫要難過了，師父不是說了嗎？等雨停了便會把那些泥石從地裡清理出去，讓我們重新種上莊稼。」

錦娘搖頭，垂目看她。「如今早已經過了播種小麥的季節，就算現在把地清理出來再重新播種，長勢跟收成也是猶未可知的啊！」

原來她是在擔心收成問題。

「阿娘不要太杞人憂天了，說不定後面播種的小麥比之前種的生長得還要好呢？」

「但願吧……」錦娘牽著她的手轉身進屋。

下午，母女倆都待在家裡，哪兒也沒去。堂屋門口，母女倆一人分坐兩邊，一個刺繡，一個看書，安靜無聲，互不打擾。

忽然，兩隻麻雀飛落在屋門前，嘰嘰喳喳叫個不停。

南溪抬頭望去，這才發現外面的雨已經停了。

「阿娘，雨停了。」

錦娘扭頭看向外面。「停了就好。」明日她便去清理北邊那塊土地。

這時，南溪像是發現了什麼好玩的事情一般，開心說道：「阿娘快看，那兩隻麻雀像不像是夫妻在吵架？」

屋簷下，兩隻麻雀對立站著，你一句我一句，一直嘰嘰喳喳個沒停。

錦娘看了一眼，笑著附和。「嗯，是挺像。」

南溪目光一轉，看著錦娘，小心翼翼開口。「阿娘，妳跟我阿爹以前吵過架嗎？」

錦娘刺繡的動作一僵，不過很快又恢復如常。

「……我和妳阿爹不曾吵過架。」

不曾吵過架？要麼是兩人的感情很好，要麼就是相敬如賓。

南溪眨巴著大眼睛。「真的？那阿爹一定很愛阿娘。阿娘，能不能多跟溪兒講講阿爹的事情？溪兒想聽。」

錦娘面色一僵，那捏住繡花針的兩根指尖也因太過用力而漸漸發白。

「他……」

有戲！南溪再接再厲，打鐵趁熱。「溪兒從來都沒有見過阿爹，不知道他長什麼樣子，也不知道他是個什麼樣的人，阿娘，妳給我講講阿爹的事好不好？」

誰知錦娘卻是站起。「阿娘突感身體不適，要先去床上躺一會兒，妳自己看書。」說完，便轉身進了裡屋，從裡面把門閂拴死。

南溪跑過去，擔心地拍著門板。「阿娘……阿娘，怎麼了？妳若是不願提起阿爹，那我以後都不提了，妳別嚇溪兒！」

似是過了許久，錦娘帶著些許壓抑的聲音從門板裡面傳來。

「阿娘只是想休息一會兒，溪兒，妳自己先看會兒書。」

「那阿娘好好休息，溪兒不吵妳了。」

南溪放下拍門的手，重新坐回門口的板凳上。

原主的阿爹到底是什麼人？為何錦娘的反應會這麼激烈？唉，古人的愛恨情仇好複雜呀！

第六章

第二日，天才矇矇亮，錦娘便帶著鋤頭跟擔子準備出門。

「阿娘，我跟妳一起去。」

南溪拖著一把鐵鍬，小跑著追上她。

看著向自己跑來、還沒有鐵鍬高的女兒，錦娘微微皺眉。「妳去做什麼？乖乖待在家裡看書。」

南溪揮著鐵鍬。「我去幫忙鏟泥石，阿娘妳就帶上我吧！」

錦娘伸手把她推進院子。「別添亂，快回去。」

南溪回頭拉著她的衣袖不肯撒手。「阿娘……」

錦娘沈下臉色。「聽話！」

「哦。」

南溪站在院子門口，眼巴巴地看著錦娘離開。她是真的想去幫忙呀，怎麼就不讓她去呢？

「妳站在這裡做什麼？莫非是在等我？」

景鈺從另一條道上走來，看著呆呆望著遠方的南溪，出聲問道。

南溪視線移向他。「小景鈺，你怎麼這麼早就來了？」

景鈺甩了甩黏在雙足上的泥濘，一雙眉頭皺得死緊。

「進屋，我要洗腳。」天知道他這一路走來，忍得多辛苦！

南溪低頭看去，這才發現他是打著一雙赤足來的，連忙把他拉進院子，帶他走到一個專門接雨水的水缸前面。

「你怎麼是打著赤腳來的？」

「村長家沒有我能穿的油鞋。」景鈺把衣襬撩起，彎腰洗足。

南溪給他端來一張小木凳，方便他坐著洗腳。「那你也該穿一雙草鞋呀，大清早就打赤腳，萬一受涼了怎麼辦？」

景鈺頓住洗腳的動作，抬起頭看著她。「草鞋在半道上壞了，我便扔了。」

見他已洗好腳，南溪轉身去了自己房間，從屋裡拿了一雙草鞋出來。

「這是我的鞋子，你應該能穿。」

誰知景鈺的臉上卻寫滿了嫌棄。「不用，我赤足就好。」

他這是什麼表情？

好心給他鞋穿他居然還嫌棄起來?!

「行。」南溪拿著鞋子轉身就走。

她要是再可憐他，她就是豬！

由於院壩裡的雨水還未乾，南溪便把凳子放在屋簷下。

她拿出醫書遞給景鈺。「你且先看，我還沒吃早飯。」說完就進了廚房。

沒過一會兒，廚房裡就飄出了一股饞人的蔥香味。

「咕……咕……」

景鈺抿著唇，把手按在不爭氣的肚子上。虛無子今日一大早就扛著鋤頭去了北邊，早飯吃的都是昨晚剩下的窩窩頭，又硬又沒有味，他看著便飽腹，哪像這股飄入鼻尖的蔥香味，光是嗅著就讓人口沫直流。

景鈺嚥了嚥口中唾沫，起身走向廚房。他要去看看南溪在弄什麼。

廚房裡，南溪正在把一張剛烙好的蔥油餅捲成卷，再放到盤子裡。她準備烙多一點，待會兒帶去給胖虎。

景鈺走進來，看著盤子裡的餅，好奇問道：「妳這是烙的什麼餅？」怎麼會那麼香！

「蔥油餅。」南溪站在小板凳上，一手扶著盆一手拿著勺子在那裡忙碌著。

景鈺又走近幾步，視線一直盯著盤子裡的餅。

「好吃嗎？」

「當然好——」

話還沒說完，就看到一隻手伸進了盤子裡，極快地拿走一個蔥油餅。「你在幹麼？」南溪的目光隨著那隻手移向景鈺。

景鈺臉不紅氣不喘地咬下一口蔥油餅。

「我幫妳試試味道。嗯，味道還不錯。」

嘖，明明是自己想吃！看著他斯文卻又快速吃餅的樣子，南溪癟了癟嘴。剛不是還嫌棄她給的東西嗎？現在怎麼自己上手了？

「小心燙呀。」

算啦，懶得跟一個龜毛的小屁孩計較。

她扭過頭，繼續專心烙餅。

一刻鐘後，南溪呆呆看著打著飽嗝的景鈺。「你吃得挺飽的？」

景鈺砸吧砸吧嘴。「不算太飽，我其實還可以再吃兩個。」

她驚得下巴都快掉到地上。「你是大胃王嗎？吃了五個餅還沒飽？」

好像是吃得有點多了。景鈺揉了揉肚皮，有些不好意思地輕咳一聲。「好……好像是有點飽了。」

本來，南溪烙了六個蔥油餅，想著他們三個一人分兩個應該夠了，沒想到景鈺一個人就幹掉了五個！

像是怕他把最後一個也搶走似的，南溪把最後烙好的蔥油餅快速塞到嘴裡咬了一口。

呼！好燙！剛出鍋的餅燙得她舌頭都麻了。

景鈺連忙去舀了一碗水遞給她。「快喝口水。」

南溪接過水咕嚕喝了兩口後，才感覺好了一點。

之後，兩人便坐在屋簷下看書。

其實，今日看的那些內容，南溪昨日便已看過，之所以還跟著景鈺一起看，是想溫故而知新。

看著景鈺極快翻著書頁，她不由蹙眉。

「你翻這麼快，前面的記住了嗎？」

景鈺側目看她。「妳可以考我，看看有沒有記住。」

這麼自信？南溪拿過醫書，問道：「書上第三十八頁第八行寫的是什麼？」

景鈺瞅了她一眼，道：「第三十八頁是畫的一張白芷的藥草圖，其左側有兩豎行小字，寫著——白芷味辛，溫。歸肺、胃經。為陽明經引經藥，善治陽明經頭痛。」

南溪看了一眼拿在手裡的醫書，默默地放回在凳子上。

過目不忘什麼的最討厭了！

見她一臉悻悻，景鈺挑著眉毛，說道：「我自三歲起便可一目十行，且過目不忘。」

「可你之前看書明明沒有這麼快……」

「那不過是為了配合妳看書的節奏。」

「既然如此，你今日怎麼不配合了？」

「今日看的這些內容，妳昨日都看過一遍了吧？」

南溪眨眨眼。「我是看過。怎麼啦？」看過就不能再多看一遍了？

「既然妳昨日都已經看過一遍，今日溫習的速度應該很快才是。如此，我又何須放慢速度？」

景鈺側目睥著她的眼神，彷彿是說：都多看了一遍還需人等，妳是有多笨哪！

嘶，這欠揍的小眼神！要不是看他長得好看，她非得把他屁股下面那張凳子給抽走不可！

見南溪瞪著大眼睛，鼓起雙腮地看著自己，景鈺的嘴角幾不可見地輕輕勾了勾。

晌午，錦娘一身疲憊地回來，南溪連忙把準備好的熱水端出來，給她擦臉抹汗。待錦娘坐在門口的小木凳上歇息的時候，南溪殷勤地站到她的身後。

「阿娘，溪兒給妳捏捏肩。」

「不用……嘶！」

不等錦娘拒絕，南溪的雙手已經按在她的肩上，引得她一陣痛呼。南溪嚇得連忙把手拿開。「怎麼了，阿娘？」

錦娘極輕地揉了揉肩膀。「沒事，就是擔了一上午泥石，肩膀有些痠痛。」

「阿娘給溪兒看看。」

南溪輕輕扯開錦娘的衣領，就看到衣領之下一片紅腫。

她頓了一瞬，又去扯開另一邊的衣領，那紅腫的位置跟這邊一樣。

南溪垂下眉眼。「阿娘，妳兩邊肩膀都已經紅腫了一大片，下午就別去擔泥石了。」

錦娘拍著她的手。「所有人都在幫忙，我如何能不去？放心，阿娘無事，歇歇就好。」

南溪微微提高了音量。「阿娘，到底是地重要還是妳的身體重要？」

「咱們家分的土地本就不多，這塊地若不儘早清理出來，重新種上糧食，下半年我們家很有可能會缺糧的。」

「可是阿娘的肩膀……」

「沒事，阿娘屋裡有藥酒，妳去拿來，我擦擦便是。」

南溪連忙跑去屋裡取來藥酒，又去錦娘的線簍裡找來一塊碎布，用藥酒打濕後，再輕柔地在錦娘肩膀上擦拭。

錦娘緊咬著牙齒，忍著藥酒剛擦拭在肩上時那股火辣辣的疼痛。

南溪抿著嘴唇沒有說話，只加快了手上擦拭的動作。

搽好藥酒，錦娘只歇了一會兒便又去了北邊地裡。

南溪想要跟去，卻再次被拒。

胖虎跟景鈺剛走進院子，就看到南溪坐在屋簷下的小板凳上，雙眉緊鎖，一臉苦惱。

「南溪，怎麼啦？」

她抬起頭，這才發現胖虎跟景鈺已經站在面前。

「你們倆什麼時候來的？」

胖虎熟稔地去屋裡找來兩張小木凳，與景鈺一左一右地坐在南溪旁邊，偏著腦袋看她。

「剛來。一來就看到妳坐這裡發呆，喚妳好幾次都沒應，到底在想什麼呀？」

景鈺雖然沒有出聲，但也一樣看著南溪。

南溪雙手托腮。「我在想該如何幫助阿娘。」

「錦姨怎麼了？」

「妳阿娘怎麼了？」

胖虎跟景鈺同時出聲問道。

南溪扁著嘴。「她晌午回來，兩邊肩膀都紅腫得好厲害。」

胖虎抓著腦袋。「挑擔子挑的嗎？」

南溪點頭。「唉，也不知道那些泥石還要清理多久。」

景鈺提了提快要沾地的衣襬。「我聽盧無子說，兩日便可清理好。」

胖虎俯著身子，歪著腦袋看他。「你居然直呼村長伯伯名諱！」

南溪也扭過頭，用大眼睛瞪著他。

景鈺看看胖虎又看看南溪，最後輕咳一聲，道：「……一時口誤。」

下午，院壩的地面已經晾乾。

南溪跟景鈺把板凳搬到院子裡最亮堂的位置看書，胖虎則在一邊拿著木棍練功夫，練得虎虎生風。

期間，景鈺偶爾會抬起頭，用一種莫測難辨的目光看向胖虎。

兩日後，山體滑坡下來的泥石終於清理乾淨，幾塊被泥石掩埋了的土地重新露出地面，而地裡的莊稼也如眾人預料的那般，全部被毀，需重新栽種莊稼。

地裡，錦娘正在揮舞著鋤頭打著窩子，南溪則站在她的正前方，一邊往窩子裡撒著種子，一邊再把兩邊鬆軟的泥土刨進窩子把種子填好。

母女倆配合得十分默契。

她們那塊地旁邊，杏兒也在做著跟南溪同樣的工作。

杏兒的阿爹劉能此時正站在地裡歇息。他一邊擦著額頭上的汗，一邊笑看著南溪，打趣道：「喲，小南溪幹活是把好手啊，妳阿娘都快跟不上妳了。」

南溪小嘴一咧。「劉伯跟杏兒姊姊才是幹活的好手，這麼大一塊地，你們兩三下就忙完了。」

兩家人在地裡有說有笑，不知不覺就把活幹完了。

離開的時候，南溪回頭看了一眼兩家人的土地。

小麥呀小麥，要快快發芽，快快拔尖啊！

自那日後，南溪隔三差五地便往那塊地裡跑，比錦娘都勤。

錦娘問她為何總往地裡跑，她眨巴著眼說，因為擔心有麻雀落到地裡去偷吃種子，她才總想去守著。錦娘笑她是個傻孩子，說地裡紮了稻草人，就算她不去守著，麻雀也不敢偷吃的。

南溪做出一臉恍悟。「那我今天不去了。」

反正地裡的小麥種子都已經冒出了胚芽，她便過一段時間再去吧，不然小麥生長太快，會讓人懷疑的。

這日，南溪把髒衣服裝進衣簍，準備拿去河邊洗，胖虎跟景鈺卻來到院子。

南溪歪頭看著他們。「我發現這段日子，你們倆的感情是突飛猛進啊！」

胖虎嘿嘿一笑。「南溪，妳是要去河邊洗衣服嗎？」

「嗯。」看了景鈺一眼，南溪放下衣簍，轉身進了屋裡。等她再出來時，手裡多了一本醫書。

「給你。」她把醫書遞給景鈺。

景鈺疑惑地看著她。

「反正你看得極快，又有過目不忘的本領，還不如讓你先看完再給我，省得為了配合我浪費你的時間。」

最後一句似乎帶了一絲不知名的怨念。

景鈺微微一挑眉，拿著醫書在手心裡拍了拍，頷首說道：「妳若是早些有此覺悟，我早已把它看完又還給妳了。」

南溪扭頭看向胖虎。「胖虎，你能幫我揍他麼？我給你烙蔥油餅吃。」

「好。」

胖虎一巴掌拍在景鈺的後背上，而後笑嘻嘻地對她說道：「南溪妳看，我幫妳揍他了。」

呵呵，你放水不要太明顯哦！

「你們自己玩吧！」

南溪哼了一聲，揹著衣簍直接越過兩人，走出院子。

見她離開，胖虎和景鈺對視一眼，默契跟上。

水光粼粼的小河裡，把褲腿捲到大腿上的胖虎站在一個淺水位置，眼睛一眨不眨地盯著河裡。

岸邊，一塊光滑的大石頭上，南溪正蹲在那裡認真搓洗著衣服。再遠一點的草地上，景鈺嘴裡叼著根狗尾巴草，悠哉地坐在那裡看書。

就在他的腳邊，有三條被雜草串到一起的半大魚兒，在那裡垂死掙扎著。

河水緩流如鏡，一條肥碩的紅尾鯉魚甩著魚尾巴，愜意地隨著河水從上游下來。緊盯著河面的胖虎眼睛一亮，而後瞅準時機，快速出手。

噗！一時間，河裡水花四濺，南溪閃躲不及，被飛濺而來的河水澆了一臉。

她吐出一口河水，咬牙切齒。「胖、虎！」

「哈哈哈……這條魚好大。」胖虎高興地仰頭大笑。

這是他有生以來捉住的最大的一條魚！

南溪抹了一把臉，看向他懷裡抱的大魚，也有些驚訝。「這麼大一條魚？」看樣子應該也有四、五斤吧！

坐在岸邊草地上的景鈺也從書中抬起頭看過來。

還站在河裡的胖虎，一隻手死死抱住滑不溜秋的大魚，一隻手朝岸邊揮舞。「景鈺，快過來。」

「來了。」

景鈺放下醫書，提著腳邊的魚走了過去。

同時，胖虎也從河裡走過來與他會合，並把懷裡的大魚同那幾條小魚串在一起。

而後，景鈺提著一串大小魚又走回先前的位置，繼續看書，胖虎走回河裡。

南溪的衣服已經洗好，見胖虎又要往河裡走，她連忙拉住他的袖子。

「該回去了。」

胖虎才剛捉住一條大魚，是興頭正高的時候，哪裡肯走，一把拂開南溪的手。「遲一會兒回去，我再去捉幾條魚。」

「你說過要幫我抬衣簍回去的。」洗好的衣服比沒洗的時候更沈，她一個人拿有些吃力。

胖虎邊說邊往河中間走。「我知道，妳在岸邊等我一會兒，很快的。」

「那你快點……喂，你別去那裡，那裡水深！」南溪見他居然朝水深的河中間走去，連忙大聲阻止。

「知道啦！」

胖虎退後一步，不再往河中間走，南溪這才放心走到景鈺旁邊坐下。

景鈺把醫書往她這邊挪了挪。「看會兒書吧。」

南溪偏頭看著他。「小景鈺。」

景鈺疑惑側目。

她對他粲然一笑。「我發現你除了偶爾臭屁一點，其他時候還滿可愛的。」

這是在誇他還是在損他呢？

「景鈺，南溪，你們快過來看！那是什麼？」就在這時，河裡的胖虎朝著二人大聲喊道。

兩人一聽，連忙站起身跑了過去。

「哪裡？」

南溪捲起褲腿來到胖虎跟前，景鈺緊隨其後。

胖虎指著河邊的一處草叢。「那裡，有一團藍色的東西。」

景鈺眯起眼睛看了半晌。

「好像是一個人。」

第七章

「我們過去看看。」

南溪拉著胖虎就要往那邊的草叢走。

「南溪，你們在做什麼？河裡很危險，快上來！」岸上，杏兒剛好路經此處，看到三個小孩都泡在河裡，趕忙放下肩上的擔子跑下來呵斥道。

南溪跟她解釋。「杏兒姊姊，那邊草叢裡好像有人。」

什麼？杏兒一聽，也捲起褲腿下了河。

「你們先別動，我過去看看。」攔住三個小的，她小心翼翼靠近草叢。

「杏兒姊姊，妳也要小心。」

「嗯。」杏兒先是站在遠處朝草叢裡扔了幾顆石子，見其沒有動靜，才又繼續慢慢靠近。

見杏兒已經走近草叢，三個小的都緊張的伸長了脖子。

須臾，三人就看杏兒給那團東西翻了個身，跟著便驚呼出聲。三人連忙過去。「杏兒姊姊怎麼了？」

「沒事，你們三個快過來搭把手。」

南溪快步走向杏兒，胖虎和景鈺忙跟在她身後。

等到三人走近，方才看清那團藍色東西，竟是一個身穿藍色長袍的年輕男子。那男子的整張臉都被河水浸泡得比白紙還白，看起來很瘆人。

南溪有些不敢上前。

「杏兒姊姊，他還有氣嗎？」

杏兒點頭。她剛才已經探過這人的鼻息，尚有一口氣在。

「你們三個拉那邊，我拖這邊，咱們先把他弄到岸上去。」

「好。」

不是死人就行。南溪鬆一口氣，幾人齊心協力地把人拖上岸。

須臾，一大三小皆氣喘吁吁地坐在岸邊的草地上歇氣。

胖虎喘著粗氣。「累死我了，這人可真沈。」

南溪伸手抹去額頭上的細汗，皺眉瞅著那躺在草地上半死不活的男子，說道：「這人好像不是我們桃花村的。」

桃花村總共才那麼十幾戶人家，村裡的人每天抬頭不見低頭見的，就沒有不認識的。

杏兒一愣，隨即把目光落在那男子的臉上仔細端詳。「還真是個生面孔。」她剛才只顧著救人，沒有注意到這一點。

胖虎也把腦袋湊過來瞧了瞧。「外來者？那他是怎麼進來的？」

景鈺理了理衣袖。「應該是從上游沖下來的。」

前兩日下大雨，許多河床漲水，這人說不定就是在那個時候被水沖進來的。

南溪點頭。應該是這樣沒錯。

胖虎看看景鈺又看看南溪。「不是村裡的人，那我們現在還救他不救？」

南溪跟杏兒異口同聲。「當然要救。」

好歹是條人命！她看向胖虎。「胖虎，你跑一趟去把村長伯伯找來。」

景鈺抬目過來。「虛……村長不在家，他今日一大早就去了西邊開荒。」

「我這就去西邊。」

胖虎撒腿就跑去西邊找村長，其他三人則在岸邊守著。

南溪走到男子面前蹲下，望著他胸前那道已經泛白了的傷口，摩挲著下頷，喃喃說道：

「傷成這樣都沒死，還真是命硬……」

這人也不知道在水裡泡了多久，不光臉被泡得慘白，手上的皮膚也都泡起了褶子。

沒過多久，胖虎便領著虛無子來到了河邊，虛無子為那人檢查了一番，便把人給帶了回去。

屋裡，面無血色的年輕男子半身赤裸地躺在床上，而在他的腦門、面部，還有胸膛上都扎滿了銀針。

「村……師父，他還有救嗎？」南溪看著正在為男子施針的虛無子，小聲問道。

虛無子扎針的動作沒停，聞言只道：「一時半會兒應該是死不了。」

說罷，他向南溪跟景鈺招了招手。「你們倆過來。」

等到兩人走近，虛無子又拿起一根銀針。「仔細看著……」
「是。」兩人一左一右站在虛無子身側，認真看著。
胖虎想了想，也湊熱鬧地站到床尾那裡看著。
半個時辰後，虛無子把僅剩的幾根銀針收起。
「好了，現在就看他自己的造化了。」
南溪疑惑。「師父這話是什麼意思？您不是說他死不了的嗎？」怎麼現在又要看他自己的造化了？
虛無子站起身。「他這般狀況是死不了沒錯，可也十之八九醒不過來。」
景鈺眸光一閃。「你是說，他會變成活死人？」
虛無子輕撫著八字鬍。「我已為他打通所有生門的穴位，若是兩日後他還未醒，那便無能為力了。」
南溪看著床上的人，語氣篤定。「在水裡泡了那麼久都沒死，說明他求生的意念十分頑強，所以，他肯定會醒過來的。」
「我出去熬藥，你們三個站遠一點，別碰到他身上的銀針。」虛無子說完，轉身走出屋子。
南溪一手拉一個地往外面走。「反正他這會兒也不可能會醒過來，咱們還是先出去吧。」
三人剛走出屋子，就看到杏兒從門外進來。見到他們，她出聲問道：「怎麼樣，那人醒了嗎？」

三人齊齊搖頭。

「師父說，那人若兩日後還未醒，便可能再也醒不過來了……」

傍晚，夕陽的光線金黃而遼遠，大地就這樣被籠罩在一層濛濛淡淡的金色之中。

微風細細，炊煙嫋嫋，南溪剛把晚飯做好走出廚房，錦娘就擔著水桶跨進了院子。

「溪兒，妳看阿娘給妳帶了什麼回來？」

錦娘把水桶放到院子一角後，從懷裡掏出幾顆紅彤彤的果子來。

南溪走過來一看，欣喜出聲。「是草莓！」

錦娘笑著把草莓放到她手裡。

「拿去用清水洗洗再吃。」

「嗯。」

南溪高興地捧著草莓去了廚房，沒過一會兒，便把洗好的草莓用碗裝著端出來。

「阿娘，妳嚐一個。」南溪撚起一顆洗好的草莓送到錦娘嘴邊。

誰知錦娘一個偏頭避開了。

「阿娘不喜吃草莓，溪兒自己吃吧！」

南溪聽了卻心中泛酸。

小時候，她的媽媽也說過類似的話。

只要是她喜歡吃的東西，媽媽就會留給她一個人吃，她問她為什麼不吃，她會說，我不喜歡吃。

她以前不懂，還以為媽媽是真的不喜歡，直到長大，出了社會工作，才終於明白那只不過是媽媽的愛的謊言。

南溪深吸了口氣，在碗裡挑挑揀揀出一顆草莓，再次遞到錦娘的嘴邊。

「阿娘，這顆長得好醜，溪兒不要吃，妳把它吃掉吧！」

「妳呀，怎麼吃個東西還要看外表？」錦娘抬起頭，看著南溪送到眼前的草莓，無奈地張開了嘴。

嗯，真甜！

南溪見她吃了，眉眼一彎，也放了一顆草莓到自己嘴裡。「好甜呀！」

隨後她又拿著一顆草莓給錦娘。「阿娘，這顆也好醜，給妳。」

錦娘哪會看不出南溪是故意如此說的？

為的不過是想讓她也嚐嚐這草莓的味道。

她心中雖是一陣熨貼，卻也不肯再吃了。「阿娘已經嚐過味道了，妳自己吃。」

南溪只好把草莓送到自己的嘴裡吃掉。

草莓一共才五顆，不過幾口便吃完，南溪意猶未盡地舔著嘴唇。

不過癮啊不過癮，要是能一次吃過癮就好了。可惜這裡沒有水果超市，也沒有草莓園，唉！

等等，草莓園？南溪突然想到了什麼，一雙大眼睛亮晶晶地看著錦娘。

「阿娘，這草莓是在哪兒摘的？」

錦娘已經洗好臉擦好手，正準備去廚房端飯菜。

「就在北邊那塊地的一個斜坡上，有兩株野草莓秧子。」

「阿娘，我可以去把它們都移到後院來種嗎？我想明年也可以吃到草莓。」

南溪跟著錦娘進了廚房，錦娘端菜，她拿碗筷。

錦娘恍然開口。「我怎麼就沒想到這茬呢？阿娘明日便去把它們移回來栽。」

晚飯過後，外面已是夜幕，母女倆洗漱好，圍在一盞油燈下各自做著自己的事情，互不打擾。

須臾，錦娘抬起頭，發現南溪看的不是醫書，而是之前給她買回來的那些書籍，便疑惑開口。「怎麼不看醫書了？是都熟記了嗎？」

南溪搖頭。「景鈺看書的速度比我快，我讓他把醫書先拿去看了。」

錦娘點點頭，隨即又想到什麼。「你們上午發現的那個人可有救醒？」

南溪緩緩搖頭。「師父說，他若是兩日後還沒醒，極有可能會成為一個活死人。」

「這人也是可憐。」

錦娘輕嘆一聲，低頭繼續做著手裡的女紅。

次日清晨，南溪拿著一把小鏟子跟在錦娘後面。

錦娘有些無奈地扭頭看她。「阿娘去給妳挖回來便是，妳拿著一把小鏟子跟去是要做甚？」

南溪咧著嘴。「我去看看還有沒有其他什麼能吃的東西，一併挖回來栽種，阿娘就讓我去吧！」

錦娘抬手揉了揉她的小腦袋瓜，嗔怪道：「人小鬼大。」

一刻鐘後，母女倆來到斜坡上，錦娘吩咐南溪不要亂跑之後，便拿著鋤頭開始挖那幾株草莓。

南溪站在斜坡的坡上，伸長脖子向下方遙望。

在這個斜坡的左側就是先前山體滑坡的地方，那因斷層滑坡而變得陡峭的山體，如今也已經開始生長出綠草，只是偶爾也會有細小沙土和石子往下方滾落。

南溪看著，眉頭一皺。

這個地方如果再下一場大雨，很有可能會再一次坍方的。得讓阿娘做好防止坍方的措施才行。

「阿……」

她張口就要喚錦娘，可看到錦娘那瘦弱的背影，又突然頓住了聲音。

回頭看了看泥石滾落的位置，再看了看坡下已經冒出嫩綠苗芽的麥地，南溪慢慢往左邊移了幾步。

有什麼辦法能夠快速又有效地防止山體再次坍方呢？

南溪抓住一根藤蔓，小心翼翼靠近那面陡峭的山體，然後站在那裡皺眉思忖。

在後世，土質結構鬆軟的地方如果遇到連續的豪大雨，便會導致山體滑坡。預防此災害最好且最有效的方法，便是在周圍大量栽種樹木，因為樹木的根莖複雜，可以有效地把周邊的土壤穩固，使其更加緊實，不易坍方。

只是，眼前的這面山體這麼陡峭，就算移來樹木也根本沒法栽種啊！

南溪有些心煩地拉扯著旁邊的藤蔓，結果不但沒把藤蔓的根拔起來，反倒把手心給勒得通紅。

「嘶！」南溪低頭，看了看自己的手心，又看了看身旁的藤蔓，腦海裡突然靈光一閃。有了！

確定錦娘沒有注意到這邊後，她雙手抓住藤蔓，開始使用異能。

這邊，錦娘在挖那幾株草莓的同時又發現了一些魚腥草。等她把魚腥草挖好並轉過身來，差點沒把魂兒給嚇沒了！

「溪兒！」

錦娘扔掉鋤頭，手腳並爬地趕到那陡坡處，把站在那裡搖搖晃晃好似馬上就要栽倒的女兒一把拉住。

「阿娘？」

剛才過度使用異能，腦袋有些暈眩的南溪慢半拍地看著一臉驚魂未定的錦娘。

錦娘臉色煞白，一掌呼在了她的小屁股上。

「我讓妳不聽話，我讓妳亂跑！」

「阿娘，疼疼疼……」

原本還有些暈乎的南溪一下就被錦娘給拍抖擻了，連忙用雙手抱住那隻執法的大手，撒嬌開口。

錦娘愣愣看了自己的手一眼，隨後深吸了一口氣，拉著南溪離開了陡坡。

也因此她並沒有注意到，就在南溪剛才站著的位置的正下方，有無數的藤蔓植物纏纏繞繞地爬滿了整個陡坡。

到家後，錦娘便去了後院栽種草莓，南溪則坐在廚房門口擇著魚腥草。

剛才回來的時候，她隱約看到村口的桃花已經盛開，那大片的粉紅給這青山綠水增添了一抹點綴，煞是好看。

話說，這桃花的花期應該很短吧？

南溪決定下午叫上胖虎他們一起去村口的桃林賞桃花，可能的話順便弄點花瓣回來，然後再偷偷請杏兒姊姊幫忙釀桃花醉。

自從上次喝了杏兒釀的桃花醉，可一直都在想著要再品嚐一次！

下午，陽光溫煦，微風輕輕。

吃完午飯的南溪去胖虎家找人，結果發現他家院門緊鎖，家中無人。

人去哪兒了？就在她納悶之際，聽到動靜的隔壁阿嬸出來告訴她，說胖虎隨著他爹去山上打獵了。

南溪謝過阿嬸，又去找景鈺。

可等她到了村長家，便得知景鈺跟著村長同胖虎父子一起上山了。

這兩人，去山裡都不叫她！

南溪很生氣，後果很嚴重！

在院子裡收拾東西的錦娘看著女兒悶悶不樂地從外面回來，疑惑問道：「妳不是說去找胖虎他們一起看桃花嗎？怎麼又回來了？」

南溪嘟著嘴，坐在小板凳上。「他們都不在家，都隨大人到山上去了。」

錦娘走過來摸摸她的頭。

「既然如此，妳便好好在家待著別亂跑，阿娘還要去地裡忙。」

「嗯。」南溪雙手托著下巴，有氣無力地應道。

等錦娘離開，無所事事的南溪便來到了後院。

說是後院，其實也只不過是有幾分地寬的菜園子而已。菜園裡的蔬菜栽種得很是工整，左邊的地隔成了幾個小塊，分別種著菠菜、白菜等幾種綠葉蔬菜，右邊的地裡則是用竹杆搭起了一排排的架子，種著些需要爬藤的黃瓜絲瓜。

南溪在菜園子裡轉了一圈，最後走到左邊地裡的角落蹲下。那裡栽種著今早剛挖回來的草莓苗。

這草莓苗才幾株，有點少啊！

要不是怕曝光，她真想用異能把這幾株草莓苗成倍成倍地快速複製出來，然後一次吃個夠。

南溪盯著面前的草莓苗看了半晌，吞嚥了一口口水後，緩緩伸出了她的手……

黃昏時分，已經煮好飯的南溪拿著一根黃瓜在廚房裡削皮，她打算今晚做個涼拌黃瓜。

「南溪，南溪！」胖虎咋咋呼呼的聲音自院門口傳來。

南溪耳朵動了動，慢悠悠地從廚房走出來。「幹麼？」

胖虎樂呵呵地把手裡提著的灰毛野兔高高舉起。「妳看，野兔，我獵的！」

那野兔不是很大，目測有一、兩斤的樣子，應該還是幼兔。南溪倚靠在門框上淡淡掃了一眼，甚是隨意。

「哦，恭喜。」

「送給妳。」

胖虎雖然察覺她的態度有點奇怪，但也沒太在意。比他慢一步走進院子的景鈺卻是眉梢微微一挑，一雙黑眸探究地望著南溪。

南溪把手上的黃瓜送到嘴裡，一口咬下。「我不要。」

「啊這……妳不喜歡兔子嗎？」

胖虎不解問道。他還以為女孩子都會喜歡這種可愛的小動物呢！

南溪睥著他手裡被提著兩隻耳朵的兔子。

「喜歡啊。」

胖虎不懂。「那妳怎麼不要？」

又咬了一口黃瓜，南溪慢悠悠開口。

「兔兔那麼可愛，不但可以用來紅燒，還可以用來麻辣小煎和水煮，我又怎麼會真的不要？只是這隻才這麼大一點，我有些於心不忍哪！」

第八章

「妳可以先養著，待長大妳再紅燒或是小炒。」

胖虎連忙點頭。「對。」

「行吧，既然你都如此誠心誠意地相送了，我就勉為其難收下吧！」

南溪這話說得甚是欠揍，胖虎卻是絲毫都不介意，彎腰把兔子放下，任牠在院子裡四處逃竄——反正院門已經關好。

他看著南溪手裡拿的黃瓜。「南溪，妳家的黃瓜怎麼長得這麼快，都可以吃了？我家的才一根手指頭那麼大一點點。」

南溪眨眨眼。「我家的黃瓜苗種得早唄。」

胖虎將信將疑。「是這樣嗎？」

她眼睛一瞪，看看胖虎又看看景鈺，質問道：「你們今日去山上為什麼不叫我？」她也想去見識一下他們都是怎麼打獵。

「叫妳做什麼？妳會打獵嗎？」

她去了只會扯後腿。景鈺把一直提在手裡的小雞仔也放在院子裡。

胖虎開口解釋。「我們是去深山裡打獵又不是去玩，妳跟著去會很危險。」

這些道理南溪自然都懂，只是在初初知道的時候心中有些落差，就感覺這兩小子最近做什麼都一起，都沒有人想起還有一個她！

沒錯，她就是吃醋了！

吃醋這兩個小子越走越近，卻把她忽略了。

「哼！」南溪抬起下巴，輕哼了一聲。

「好了南溪，妳看，雖然妳沒有跟著我們一起上山，但我們都給妳帶了禮物回來呀，妳就別再生我們的氣了！」

胖虎笑嘿嘿地拉扯著南溪的衣袖，好言好語。

南溪抬頭看向景鈺。「你也帶了禮物？在哪兒？」她怎麼沒看到？

「在這裡。」

景鈺輕咳一聲，隨後抬腳挪開一步，一隻有著彩色羽毛的小雞仔就這樣從他的長袍底下暴露出來。

好吧，這兩小子還算有點良心，那她就寬宏大量的原諒他們吧！

「行吧，看在野雞仔跟小野兔的分上，本姑娘就不跟你倆計較了。你們倆等我一下，我也有東西要給你們。」

南溪說完就轉身進了廚房。

胖虎與景鈺對視一眼。

沒過一會兒，就見南溪端著一個盤子走了出來，盤子裡則裝著還掛著水珠的草莓。

她把草莓盤子往胖虎懷裡一送。「給你倆留的。」

「居然是草莓！」胖虎驚訝又欣喜地接過盤子。

「妳怎麼會有這麼多又大又紅的草莓？」景鈺也同樣驚訝。且不說這草莓的個頭都已經快比上貢品，就說這滿滿的一大盤，她又是從哪兒得來的？野生的嗎？可就算是野生的，也不會個頭這麼大、數量這麼多。

景鈺一臉晦澀不明地看向南溪。

她捂唇輕咳。

「自然是同我阿娘一起去北邊山坡上摘的，而且我們已經把發現的草莓苗都移栽到後院了，以後在家裡就可以吃到草莓，再也不用去山上找了。」

胖虎一口一個，吃得好不樂乎，同時不忘招手讓景鈺過去。

「嗯，真甜，景鈺快過來嚐嚐呀！」

景鈺過去，舉止斯文地撚了一顆草莓放進嘴裡。

「怎麼樣？甜吧？」胖虎一臉期待地看著他。

「嗯。」

一顆吃完，景鈺伸手又撚起一顆。

南溪看著兩人囫圇吃著草莓的樣子，勾起了嘴角，彎起了眉。

當然甜了，這可是她用木元石，也就是異能快速結出來的果子。要不是怕曝光，她能結出好幾盤子的草莓來。

唉！有誰能了解，明明開掛卻不敢明目張膽使用的悲哀！

不行，若一直這樣畏手畏腳，她要等到何時才能實現自己開掛般的人生？

得想個法子。

一盤草莓很快吃完，胖虎似是有些意猶未盡地吸溜了一下手指，便把空盤還給了南溪。

南溪把盤子拿進廚房洗乾淨放好出來，問他們。「對了，今日師父跟秦叔怎麼會一起進山狩獵？」

據她所知，村長從不狩獵，一年都難得進一次山，更別說是同胖虎的阿爹一起上山了。

胖虎在屋簷邊拉了一張小木凳過來坐下。「他們不是去狩獵。」

「嗯？」上山不是去狩獵，那是去做什麼？

胖虎抬頭望著景鈺。「你來跟南溪說吧。」

他阿爹跟村長先前的談話內容，他都沒聽很懂。

景鈺啟唇道：「他們是去巡山，順便勘察一下山上的地勢。」

見南溪一臉不明地看著自己，他繼續道：「桃花村只有東邊那一條小河流，每到插秧栽種時節便會水源不足，總是因缺水而苦惱不已。所以虛無子便打算在某座山腳下用人力挖出一個蓄水坑，把四季的雨水跟平時外溢的山水儲存下來，以補足水源的缺憾。這次進山就是為了勘察各座山峰的地勢結構，從而決定哪座山腳下更適合挖坑蓄水。」

南溪頷首。「是一個好法子。」

不得不說，虛無子是個好村長，一心只為村民。

胖虎還是沒聽太懂。「不是，既然是在山腳挖蓄水坑，又為何要去山上勘察呀？就在山腳勘察不行嗎？」

南溪扭頭看著他。

「想要把平時積在山裡的山水完全引流下山，必然是要先去山上進行地勢勘察，然後再具體規劃引流的方式及方法。」

「是這樣啊！南溪妳好厲害，還懂這些。」

胖虎抓著腦袋瓜子，由衷誇讚。

南溪下巴微抬。「那是。」

景鈺那雙如琉璃一般剔透的黑眸則直直看著她。她倒是懂得不少，一點都不像是一個從未見過世面的小女孩。

之後，他們又跟南溪講述進山之後發生的一些趣事，直到天幕將黑，錦娘都已經從地裡回來才離開。

堂屋裡，錦娘看著桌子上的涼拌黃瓜，一臉詫異。

「這黃瓜……妳是從哪兒摘的？」

她早上去後院栽草莓苗的時候，分明看到棚架上的黃瓜只有手指頭那麼大一點，所以不可能是自己種的黃瓜。只是，又是誰家的黃瓜這麼早就長成？

南溪本來早就想好了蒙混過關的藉口，可就在剛才，她突然改變了主意。

她抬頭看著錦娘。「阿娘，等會兒吃完飯，溪兒要告訴妳一件事情。」

錦娘看著她一臉認真的樣子，心裡一緊。「什麼事？」

南溪拍著她的肩膀。「阿娘，咱們吃完飯再說。」
「好。」
吃過晚飯，把碗筷洗好之後，她便帶著錦娘來到了後院菜地。
錦娘站在黃瓜架下，不解地問南溪。「溪兒，妳不是說要告訴我一件事嗎？怎麼又帶我來這裡？」
南溪一雙大眼睛一眨不眨地看著她。「阿娘，我希望妳先提前做好準備，因為接下來發生的事情對妳來說可能是匪夷所思。」
錦娘被她一臉鄭重其事的模樣嚇到了，一雙手緊緊抓住她的雙肩，眸子裡滿是擔憂。「溪兒，到底是什麼事？妳別嚇唬阿娘。」
南溪掙開她，抬起一雙小手握住她的右手，寬慰道：「阿娘別怕，溪兒沒事的，只不過是多了一項本領。」
「本領？什麼本領？」
「阿娘妳看……」
南溪伸出一根手指，碰觸一根有手指頭大小的黃瓜身上，然後，那根黃瓜便以肉眼可見的速度急速生長，一直到長成有她的手臂那麼粗。
錦娘微張著嘴，一臉震驚看著那根黃瓜。
南溪收回小手，看著因為太過震驚而陷入呆滯的錦娘，關心詢問。「阿娘，還好嗎？」說著還輕輕拉扯了一下錦娘的衣袖。

錦娘慢慢從震驚中回過神，跟著便一把抓住南溪的雙肩，睜大雙眸看著南溪。

「溪兒，這……這到底是怎麼回事？妳怎麼……」

南溪朝她安撫一笑。

「阿娘莫急，且聽溪兒慢慢講給妳聽。那日，妳出村補給物資，我攛掇胖虎與我一同上山……」

南溪把她是如何得到異能的前因後果，一五一十全都告訴了錦娘。

半個時辰後，她巴巴地望著錦娘。

南溪在賭錦娘的母女情深，只要賭贏了，以後使用異能就會方便許多，因為會有錦娘幫她做掩護。若是賭輸了……

不，以她這些時日對錦娘了解，她不會輸！

錦娘聽完南溪的講述，一臉不可思議。

「所……所以自那以後，妳便擁有了可以使植物瞬間生長，甚至開花結果的異術？」

南溪乖巧地點點頭。「嗯。」

錦娘突然蹲下身子，鄭重其事地看著南溪。

「溪兒，妳可以控制植物生長這件事，除了告訴阿娘還告訴了誰？」

南溪眨巴著眼睛。「我只告訴了阿娘。」

聽完她的回答，錦娘鬆一口氣。「記住，這件事情就只妳知我知，不可再告訴別人，知道了嗎？」

匹夫無罪懷璧其罪，她擔心南溪會因此事招來禍端。

南溪頷首。「溪兒知道了。」

看來她是賭贏了。

南溪心情不錯地跑向左邊那塊地，不多時，雙手捧著一把紅彤彤的草莓過來，笑咪咪對錦娘說道：「阿娘吃草莓。」

錦娘看著她捧在手裡的草莓，擔憂詢問道：「妳如此頻繁使用異術，可會對身體造成什麼傷害？」

南溪搖頭。「阿娘放心，只除了過度使用時會有一點暈眩困頓之外，身體沒有任何的不適，而且就算是暈眩困頓，也只需睡一覺便會好。」

錦娘這才放下心來。「這便好。」

隨後，她又似是想起了什麼，不確定地開口問南溪。「北邊那塊地裡的小麥生長那般快，是不是也是妳使用了異術？」

「嗯。」南溪大方承認。「阿娘不是總擔心重新播種的小麥長勢不好嗎？溪兒只是想替妳分憂。」

聞言，錦娘心裡柔得一塌糊塗，按著她的小腦袋摟在懷裡，溫聲說道：「阿娘知道，只是妳以後若非得已，最好不要對外面的莊稼使用異術，如此違反自然生長規律的操作，稍不小心便會引起別人的懷疑，懂嗎？」

南溪在她懷裡蹭了蹭。「嗯，溪兒以後就在家裡使用異術，絕不在外面亂用。阿娘，咱們把後院擴張一些，再多種一點東西吧！」
「好，阿娘得空便弄。」
「還要在院角栽幾棵果樹。」
「好。」
真好，這下她可以肆無忌憚地把後院種的各種蔬菜都「催熟」擇摘並炒來吃了，還可以想吃什麼蔬菜就撒什麼蔬菜種子，完全不用擔心時令問題。
兩日後，地裡的活已經差不多忙完，錦娘便抽空把後院又整理了一小塊地出來，撒上新的菜苗種子。
南溪蹲在一旁守著，等到錦娘撒完種子，她便把手放在土壤上，閉上雙眼。
錦娘親眼看到她剛撒下的種子迅速冒出了兩瓣綠芽，再迅速長高長大，變成一顆顆將吃的蔬菜。
雖然昨日便已經見識了南溪的異術，可此時再見，錦娘心中仍是一陣激蕩。眼前種種太不真實，她總感覺自己還尚在夢中，未曾清醒！
南溪收回手，抬起頭，笑意吟吟地看著錦娘。「阿娘，可以摘菜啦！」
錦娘望了一眼地裡的蔬菜，無奈開口。「這麼多蔬菜，咱們娘倆得吃多久才能吃完呀？」
南溪思忖一瞬，轉著眼珠子說道：「我待會兒給胖虎還有景鈺他們摘去一些好了。」
「可……」

錦娘有些猶豫。她倒不是不願意把蔬菜分給他們，只是萬一村長跟秦秀才問起菜是怎麼來的，又該如何是好。

雖然村長跟秦秀才的為人她都信得過，可溪兒這異術還是越少人知道越好。

南溪知道她在擔心什麼，搖著她的衣袖，寬慰道：「阿娘放心，不過是幾顆當下的時令蔬菜，他們不會發現的。」

錦娘輕嘆一聲，拉起她的小手。「隨妳吧。」

她也發現自己有些杯弓蛇影了，可事關溪兒，她不得不多思慮一些。

下午，南溪把後院的蔬菜都摘了一些，然後揹著個小背簍就出了門。

繞過古娘子跟阿嬸的屋舍，南溪揹著背簍來到胖虎家。

彼時，胖虎正好出了院門，並輕手輕腳地把兩邊的院門拉好關上。

南溪從拐彎處走過來時正好看見這一幕，一雙大眼中閃過一抹狡黠，朝著胖虎的背影大吼。「胖虎！」

哎喲！毫無防備的胖虎嚇得腳下一個踉蹌，一屁股摔在了地上。

「哈哈哈……」

南溪笑得前俯後仰。

胖虎坐在地上，一邊齜牙咧嘴地揉著屁股，一邊目光幽怨地看著遠處不顧形象大笑的南溪。

「妳還笑！我屁股都快摔成兩瓣了……」

「屁股本來就是兩瓣。」

胖虎呼吸一滯，嘟囔了一句。「女孩子不能說這種不雅的話。」

南溪緩步走到胖虎面前，俯首笑望著他。

「你剛才鬼鬼祟祟的是在幹麼呢？」

胖虎忙把食指湊到嘴邊。「噓！小點聲。」

南溪眨眨眼。「什麼情況？」

胖虎拍拍屁股起身。「我好不容易趁著我阿爹喝醉了才能偷溜出來，萬一把他吵醒，就得被他抓回去練功了。」

南溪點了點腦袋，取下背上的小背簍。「我是來送蔬菜的。」說著就把背簍裡的蔬菜拿出來一大半塞到胖虎的懷裡。

胖虎看著塞到懷裡的蔬菜，愣了半晌才反應過來。

「等等，妳幹麼要送這麼多蔬菜給我們？妳家夠吃嗎？」

南溪拍了拍小手，又把背簍揹在身後。

「自然是夠吃才給你們送來的呀。行了，你快把菜拿回去放好，我還要去師父家。」見她轉身要走，胖虎連忙道：「妳等等我，我跟妳一起去。」說完便抱著蔬菜推開院門，快速跑進了屋。

南溪跟胖虎繞過幾戶人家，徑直來到村長家門前。

胖虎剛抬手準備敲門，卻見南溪直接推開院門走了進去。

院子裡，一身蒼色交領長袍的景鈺正一臉肅穆地頭頂大碗，在那裡練金雞獨立，聽到有人進來，也只是耳朵動了一動。

看著景鈺練功的背影，兩人相視一眼，胖虎快步走到景鈺的正面。「你也開始練功了？」

「嗯。」

南溪把背簍放在院子一角，也來到了景鈺跟前，目光落在他身上半晌，稀奇地開口。「哇，小景鈺你立得好穩，簡直就是紋絲不動。」

景鈺抬起眼皮睥了兩人一眼。「我自三歲起便開始扎馬步。」

胖虎扭頭看向站旁邊的南溪。「我也是從三歲開始學扎馬步。」

南溪連忙誇讚。「你們都好厲害。」

「吃飯了吃飯了。」

虛無子一手拿著碗筷一手端著菜盤從廚房裡出來，邊走邊吆喝景鈺吃飯。也是在這時，他才發現院子裡還站著兩個小傢伙。

「喲，你們兩個什麼時候來的？都吃過午飯了嗎？」

「村長伯伯。」

「師父。」

南溪的目光落在虛無子的雙手上，笑吟吟地調侃。「師父，您的午飯開得有些遲呀！」

這都快到未時了，才吃午飯？

虛無子有些訕訕。

「為師今日忘了看時辰。景鈺，快去洗手吃飯。」

景鈺這才取下頭頂上的碗，並倒掉了裡面的水，拿著碗走進了堂屋。

第九章

虛無子擺好碗筷，招呼著南溪二人。「你們倆要不要再吃點？」

兩人同時搖頭。

「師父，我想去看看那日救回來的男子。」

已經過了兩天，這人卻還不見醒來，不會真變成植物人了吧？

「嗯，去吧去吧，他能否醒得過來，就看今日了。」

「謝謝師父，那我去了。」

南溪道完謝，就朝著安置男子的那間屋子走去。

胖虎跟上。「我也去看看。」

掀開厚重的門簾，南溪從外面走了進來，胖虎跟在她身後。

兩人來到木板床邊，看著一動不動躺在上面的年輕男子。

男子身上蓋著一床灰色薄被，先前因長時間泡水而浮腫的臉龐已經恢復了原樣，雖然臉色還是蒼白，但比起剛救起的那會兒，已經好看太多。

胖虎小聲道：「他怎麼還不醒？」

南溪走近床頭，一雙大眼睛直盯著床上的男子看。

想不到，這人臉上的浮腫消下去了以後，看著還滿帥的。端正的五官配上此時蒼白的臉色，看著竟有一種病美感。

南溪雙眼放光地越湊越近。卻在這時，床上傳來一陣咳嗽。「咳咳……」

兩人看向床上，不約而同驚呼出聲。「醒了！」

「我去告訴村長伯伯！」胖虎連忙出了屋子。

「你們是誰？」男子掙扎著就要起身。

南溪連忙走過去，攙扶著他靠在床頭。「你別亂動。不知道自己現在一點力氣都使不上嗎？」

長期昏迷加上一直滴水未進，他現在只要被風輕輕一吹就會倒。

男子的目光落在南溪身上。「謝謝……」

很快，虛無子掀開門簾走進來。

「醒了？感覺如何？可還有哪裡不舒服的？」

南溪連忙退離床頭，虛無子走過來坐下。

「把手伸出來，貧道替你把把脈。」

男子聽話地伸出手，只目光似是打量般地看著虛無子。

「是道長救了我？」

虛無子輕撫著鬍鬚，笑著道：「救你的可不只我一人，還有這幾個孩子。」

男子這才抬頭望向屋裡的三個孩子。

一個虎頭虎腦看著就有點憨憨的胖小子站在床尾，一個臉圓圓的，眼睛大大的可愛小姑娘就站在這個道長的身後。還有一個身穿蒼色長袍，墨髮高束，五官精緻的孩子站在小女孩的旁邊，此時正一臉漠然地看著他。

他聲音乾澀沙啞地開口。「多謝。」

南溪眉眼彎彎。「不用客氣。」

隨後就扭頭問旁邊的景鈺。「有水嗎？」

景鈺看了看她，又看了一眼床上的男子。「我去倒。」

出去沒多久，他便端來一碗清水。

他直接走到床邊，把碗送到男子面前。「給你水。」

男子單手接過，牛飲般幾下便把水喝光。

乾得冒煙的嗓子終於得到了潤澤，男子把空碗還給景鈺，並感激一笑。

「謝謝。」

「不客氣。」

景鈺淡漠地接過碗，再回到他原來站著的位置。

南溪奇怪地瞅了他一眼，隨後扭頭看向正在診脈的虛無子，開口詢問。「師父，他已經沒事了吧？」

虛無子收回診脈的手，輕撫著鬍鬚。「已無大礙，只是身體還很虛弱，需再調養一段時日方可下地行走。」

男子虛弱開口。「多謝道長。」

南溪歪頭看他。「對了，你叫什麼名字呀？」

「在下姓徐，單名一個火字。」

徐火？這名字挺特別的。

她自我介紹。「我叫南溪。」

她又拽著虛無子的衣袖道：「這是我師父，也是桃花村的村長——虛無子，就是他把你從鬼門關拉回來的。」

而後又指著景鈺跟胖虎。「他們倆是我的小夥伴，景鈺跟胖虎。那日便是我們三個和杏兒姊姊一起把你從河裡拉上來的。」

徐火抱拳，感激道：「諸位的救命之恩，徐某無以為報。」

虛無子撫著鬍鬚起身，對三個小傢伙說道：「病人還需休息，我們先出去。」

南溪看了一眼徐火，再看向虛無子，眨巴著眼開口。「師父，我覺得他現在最需要的應該是進食。」

話音剛落，徐火的肚子便配合地叫了一聲。

徐火紅著耳朵。「見笑了。」

虛無子乾咳一聲。「我去為你準備一點流食。」

許久都不曾進食的人不能吃太硬太油膩的食物，只能喝一些清淡的流食。

徐火垂首，再次道謝。「多謝道長。」

虛無子朝他揮了揮手。「喚我虛無子或者村長便可。」他不喜歡別人喚他道長，這會使他想起一些不愉快的事情。

徐火從善如流。「村長。」

盧無子頷首，帶著三個小的離開了房間。

院子裡，南溪把小背簍裡的蔬菜拿到廚房，交給盧無子。「師父，這是我家菜地裡種的蔬菜。」

盧無子詫異地看著手裡的一把菠菜，兩顆白菜加三根茄子。「妳們家種了這麼多時蔬啊？」

南溪笑咪咪的。「是啊，種太多了，我跟阿娘都吃不完，所以阿娘就讓我給您送一些來。」

盧無子轉身，把蔬菜都放在一個大簸箕裡。「哈哈哈，倒是讓我撿個大便宜，回去記得替我謝謝妳阿娘。」

南溪揹上小背簍，朝著正在淘米的盧無子說了一句。「師父，那我就先出去啦！」便轉身離開廚房，去到小院裡。

小院裡，胖虎和景鈺的手裡各自拿著一根樹枝在那裡比劃。

「看我橫掃千軍！」胖虎矮身，用樹枝橫掃景鈺的下盤。

景鈺使了一個漂亮的側空翻，完美避開。

胖虎再攻，景鈺再避；兩人你進我退，你攻我守。

看樣子，一時半會兒是停不下來。

南溪放下背簍，搬來一張小木凳坐在屋簷下，雙手托腮地看著他們比劃。

果然，直到虛無子把粥煮好，兩人才停了下來。

「過癮，簡直太過癮了！景鈺，乾脆咱們以後就一起練功吧！」胖虎臉上緋紅，喘著粗氣地說道。

景鈺那張精緻的小臉上也是一片玫色，抬起衣袖擦掉臉上的細汗，呼吸略顯不穩地說道：「有何不可？」

南溪打了個哈欠。「你們倆打完了嗎？打完就該回家了。」

胖虎走過來幫她把背簍提起。「回家回家。」

景鈺連忙叫住要走的他們。「等等。」轉身進屋，沒多久又拿著醫書出來，走到南溪跟前，把醫書遞了過去。「我已經看完，給妳。」

南溪伸手接過，道了一聲告辭便跟著胖虎一起離開。

路上，胖虎察覺到她有些不對，便關心地問：「南溪，妳怎麼了？」

「什麼怎麼？我沒怎麼啊！」

胖虎不信。「妳整張臉都寫著本姑娘不高興。」

呃……這麼明顯嗎？

「我沒有不高興啦，我只是想到自己不能跟你們一樣習武，有點失落。」

胖虎恍然大悟，寬慰地拍著她的肩膀。

「沒事，以後有我護著妳，不會讓妳被欺負的。」

南溪蹙著眉頭，十分不解。

「胖虎你說，我阿娘為什麼不讓我習武啊？」

他躊躇著開口。「可能是覺得妳身子嬌弱，不適合習武。」

她半垂著眉眼。「或許吧。」

胖虎見她還是有些悶悶不樂的樣子，停下腳步，看著她認真說道：「南溪，練武很辛苦的。妳看我和景鈺每日都要早起扎馬步，不管颳風下雨，而且一扎就是好幾個時辰。」

南溪有些詫異地抬頭。「你們每日都扎了馬步的嗎？」

胖虎無語地看著她。「不然呢？」

她睜著無辜的大眼睛。「你們不是偶爾才扎一次馬步嗎？我都沒有看到你們經常扎馬步。」

他們幾乎天天玩在一起，他倆扎沒扎馬步，她會不知道？

胖虎看著她，長長嘆了一口氣。「我們扎馬步都是在天未見亮之時，那時候妳還在好夢正酣。」

南溪瞠目開口。「你們一般幾點……我是說你們一般什麼時辰起床扎馬步？」

「寅時三刻吧！」

凌晨三、四點起床扎馬步？還一扎就是好幾個小時！南溪目光憐憫地看著胖虎。「你受苦了。」

「妳那是什麼眼神？」

「咳，沒什麼，咱們走吧！」南溪拉著胖虎繼續往前走。
胖虎扭頭看她。「妳真那麼想習武嗎？」
如果她真想要習武，他可以偷偷教她一些簡單招式，不用扎馬步。
南溪打著哈哈。「這事以後再說，以後再說。」她現在對習武這件事，已經沒那麼感興趣了。
站在院子門口篩東西的杏兒，正好看到兩人從旁邊小徑走過。
「杏兒姊姊？」南溪見是她，連忙小跑幾步過來。「杏兒姊姊，我們救回來的那個人已經醒過來了。」
「南溪，胖虎──」
杏兒一臉驚喜。「真的？」
胖虎也走過來。「真的，我跟南溪看著他醒來的。」
「既然已經醒來，那他應該也沒什麼事了吧？」
南溪點著小腦袋。「師父說沒什麼大礙，只需要多多調養就好。」
杏兒溫柔一笑。「那便好，今日天色已晚，我明日再去看他。」
回到家時，錦娘還沒有回來。抬頭看了一眼漸黑的天色，她連忙把背簍放在屋簷下，去廚房煮飯。
只是等她把飯菜做好從廚房出來，仍不見錦娘的影子。
這麼晚了，阿娘怎麼還不回來？

南溪有些擔心，正打算出去找人，就見錦娘一手拿著鋤頭，一手拖著一根跟自己差不多高的樹苗從外面回來。

「阿娘，回來了？」

天色昏暗，南溪看不清錦娘手裡拖的是什麼樹苗。她好奇地走過去。「阿娘，這是什麼樹苗？」

錦娘拖著樹苗一步深一步淺地往後院走。「橘子樹的樹苗，我在後山找到的。」

後山？後山哪裡有橘子樹苗？除了那棵生長在半崖上的野橘子樹周圍！

南溪心中一驚，連忙跟在她的身後。「阿娘去崖邊了？」

「嗯。」

錦娘來到後院，把樹苗放入早已挖好的土坑裡，抬起頭對南溪道：「溪兒，幫阿娘扶住樹苗。」

「好。」南溪站過來，用雙手扶住樹苗。

見她已經扶住，錦娘這才揮著鋤頭把堆在周邊的泥土再填進坑裡。

不過須臾，土坑就被填平。

見已完事，南溪隨即跳到填平的地方使勁踩。

錦娘好氣又好笑地一把把她拉開。

「快別踩了，再踩以後就別想有橘子吃了。」

「不可以踩嗎？」南溪有些茫然地抬頭看著錦娘。她以前看別人植樹都需要踩的呀，把樹栽好後，再用腳在上面跺上一跺，完工！

「不輕不重地踩兩腳就好，不用使勁去踩。」

「原來是這樣子。」南溪尬笑著開口。

栽好樹，母女倆回到前院。南溪點燃油燈，再去廚房裡端飯菜，錦娘正在院子裡洗手。

南溪提著油燈經過她身邊的時候，借著光亮，無意間發現她的右腿褲腳上沾了點點血跡。

她忙提著油燈走近。「阿娘，妳右腿怎麼了？」

錦娘甩了甩手上的水漬。

「下山的時候天太暗，我沒看清路，就摔了一跤，沒事。」

南溪心口一滯，拉著她就往屋裡走。「血都浸出來了，哪裡會沒事！走，進去看看。」

回到堂屋，她拉著錦娘坐在一張矮凳上，又把油燈放在就近的地上，以方便待會兒能察看錦娘的腿傷。

隨後，她在錦娘面前蹲下。「阿娘，抬一下腿。」

錦娘彎腰。「我自己來吧。」

「我來，阿娘坐著別動。」南溪一臉嚴肅地制止錦娘。

錦娘見她鼓著個包子臉訓斥自個兒，無奈說道：「好，阿娘不動。」

南溪幫錦娘把鞋脫掉，小心翼翼捲起她的褲管。然後就見褲管下那一大片的瘀青，嚴重的地方甚至還在滲著血。

這麼嚴重，她居然還像沒事一樣，還去後院栽樹！
南溪斂著眉，抿著唇。「阿娘，我不喜歡吃橘子了。」
錦娘好笑地輕撫著她一邊鬢髮。「阿娘沒事，別擔心。不過是摔破了一點皮，過幾天就好了。」
南溪忍不住開始掉眼淚。
「哪裡是只摔破一點皮？腳踝都已經紅腫了……」還有那一大片滲血的瘀青！
她也不想哭的，只是看著這傷，看著錦娘在她面前逞強裝做沒事的樣子，就是忍不住。
「怎麼還哭起來了？阿娘真的沒事，快別哭了！」
錦娘彎腰，溫柔地替她抹去淚水。
南溪吸了吸鼻子，用手輕輕按了一下錦娘的小腿骨。「阿娘，痛不痛？」
錦娘搖頭。「不痛。」
沒傷到骨頭就好。南溪站起身。「阿娘，家裡可有治外傷的藥？」
「我房間的衣櫃抽屜裡有一瓶金瘡藥。」
南溪先是用藥酒給錦娘消了毒，再拿來金瘡藥為她塗抹。做完這一切，天上的嫦娥已經抱著玉兔出來觀看吳剛砍樹了。
母女倆草草吃了幾口晚飯，便各自回屋歇下。
第二日，公雞才剛開始打鳴，南溪就起身。
她輕手輕腳地打開房門出去後，又轉身把門輕手輕腳地關上。

望了一眼灰濛濛的天色，她出了院子。

東邊，村長家。景鈺正在院子裡扎著馬步，就算聽到敲門聲，他也不為所動。

敲門聲在靜默了一瞬之後，再次響起。

「來了來了。」虛無子打著哈欠從屋裡出來。

經過景鈺身邊的時候，他忍不住道：「你小子，聽到敲門聲也不知道去開一下門，為師真是白疼你了。」

景鈺卻像是沒有聽到一般，連個眼神都沒變一下。

「師父！」

虛無子剛打開院門，就聽一道甜糯糯的聲音傳來。他低頭往下看。「是小南溪啊，這麼早來找為師可是有事？」

南溪點頭。「師父，您這裡可有快速治療外傷的金瘡藥？」

虛無子頷首，隨即蹙眉問道：「妳拿金瘡藥做什麼？誰受傷了？」

南溪抿著嘴唇。「是我阿娘。她昨日不小心摔傷了右腿，一大片瘀青，需要塗抹金瘡藥，可家裡的金瘡藥昨日便已用完……」

虛無子嘆道：「怎麼這麼不小心，等著，為師這就去拿給妳……」剛要轉身去拿，就看到有人已經先一步拿著金瘡藥走出來。

「夠不夠？不夠我再去拿。」景鈺把手裡的幾瓶金瘡藥全塞到南溪懷裡，溫聲問道。

虛無子瞪著雙目。「你小子怎麼知道這些都是金瘡藥？」

這幾瓶都是他近日才研製出來，還沒來得及在瓶子上面標寫備註。

他又是怎麼知道的？

景鈺側目看著他。「你那日裝瓶的時候，我在場。」

第十章

虛無子看向南溪。「這些都是為師新研製出來的金瘡藥，藥效比原來的更好，快拿回去給妳阿娘用吧，用完了再來為師這裡拿。」

南溪抱著金瘡藥，朝虛無子深深地鞠了一躬。「謝謝師父，我先回去了。」

虛無子揮手。「去吧。」

看著南溪離開的背影，景鈺邁腿跨出院門檻。虛無子有些訝異。

「你上哪兒去？」馬步不扎了？

「天還沒亮，你放心讓她一個小姑娘獨自走回去？」

虛無子剛想說，南溪就是獨自一個人來的啊，而且桃花村也沒有人販子，可轉念一想，雖然桃花村很安全，但小姑娘一個人走夜路也是會害怕呀，是他粗心了。

灰濛濛的路上，南溪看著跟上來的景鈺。「我可以一個人回去的。」她剛才都是自己一個人摸黑來的，現在也可以自己一個人回去。

景鈺睥了她一眼，忽然開口。「妳腳邊有條蛇。」

南溪嚇得跳起腳就往回跑。「啊啊啊！蛇——」

跑到一半見景鈺沒有跟上，又連忙跑回來扯著他衣袖就要一起跑，可扯了兩下沒扯動。

南溪回頭。「你還愣著幹什麼？快跑啊！」

景鈺紋絲不動地站在原地，一雙漆黑又明亮的眼睛裡溢出笑意。「我騙妳的。」小丫頭真好騙。

南溪先是愣了一瞬，而後甩開他的衣袖，一臉怒容地瞪著他。「騙人很好玩嗎？」

景鈺緩慢搖頭，淡淡開口。「不好玩，但蛇蟲鼠蟻確實是喜歡在天將將亮的時候出沒，妳確定要一個人回去？」

好傢伙，她原先是真不害怕的。南溪沒好氣地瞟了景鈺一眼，氣沖沖地走到前頭，只是才走出幾步，又膽小地放慢了步子，等著景鈺跟上後再一起走。

景鈺步履閒庭地跟在南溪後面，盯著小丫頭髮髻上那隨風輕輕飄舞的髮帶看了一瞬，最後竟伸出手去拽了拽。

毫無防備的南溪被他拽得往後一個踉蹌，差點就要摔到他懷裡。

「景——鈺！」她堪堪穩住身子，轉身氣惱地瞪著他。

景鈺不動聲色地把手背在身後。「手不小心勾到了。」

南溪給了他一個「你再惹我試試看」的眼神後，回過頭繼續往前走。

見小姑娘好似真生氣了，景鈺跟在後面捂唇咳了聲。「妳阿娘知道妳這麼早就出門為她求藥嗎？」

南溪搖頭。「她昨夜痛得幾乎一宿沒睡。」

雖然母女的房間隔著一間堂屋，但錦娘昨夜夜半的呻吟，她還是聽了個真切。那咬著牙、低低切切的壓抑聲，讓把耳朵貼在門板上偷聽的她心口發悶。
兩人很快就走到村尾。經過古娘子的院門前時，正好碰到古娘子出來倒夜香。
「是南溪嗎？」瞧這個頭應該是南溪。
南溪微笑著跟她打招呼。「古姨，早啊。」
一身麻布素衣的古娘子，扭著她那似被風輕輕一吹便會倒的身段，慢悠悠地走過來。她上下打量了南溪一番後，才問道：「這麼早，妳要上哪兒去？」
「我回家，古姨，我先走了，再見。」說完，南溪拉著景鈺的手就拐彎上了小坡。
古娘子看著她逃也似離開的身影，不滿地哼了一聲。「這小丫頭，我有那麼可怕嗎？不過就是嚇唬了她一回而已，竟記到現在。」
就在這時，屋裡傳來一陣輕咳，古娘子連忙轉身回屋。
這邊，南溪拉著景鈺一口氣跑回家，站在院子喘著粗氣。
「還好我跑得快，不然不知道又要被古娘子怎麼整了。你都不知道她有多惡趣味……」
南溪扭頭看向景鈺，卻發現他像是傻了一般，一雙眼睛直愣愣地盯著兩人交握著的手。
她突然想到了什麼，猛地抽回自己的手。
「對不起，剛才情急之下，忘記你有潔癖這件事了，我這就去給你打水洗手，你等等。」她轉身就去廚房打水。
經過這些時日的相處，她已經知道這小子在某些方面有很嚴重的潔癖，比如十分討厭別人的肢體接觸。

南溪走進廚房，拿水盆打好水端出來。「水來了……咦，人呢？」望著空無一人的小院，南溪嘆了一口氣。他是生氣走了嗎？不會以後都不理她了吧？

南溪撇了撇嘴，把水盆端到木架上放好，就準備去煮早飯。

「溪兒，妳在跟誰說話？」錦娘打開堂屋門，挪著腳慢慢走了出來。

南溪見了，忙走過去攙扶她。

「阿娘，怎麼起了？是我把妳吵醒的嗎？」

望了一眼空曠的院子，錦娘由著她扶自己回屋。「剛才可是有人來過？」

「是景鈺。」

南溪把她扶到一張高凳子上坐下，又從懷裡掏出四、五個陶瓷小藥瓶擺在手裡。

「阿娘，這是我去師父那裡求來的金瘡藥。」

錦娘看了一眼她手裡的金瘡藥，又抬頭看著她。「妳天不見亮就出去了？」這孩子怎麼就這麼不讓人省心呢？

雖然她是為了給自己求藥，但她不知道走夜路會很危險嗎？要是她再出個什麼事，要她該怎麼辦？

「阿娘，我錯了。」南溪低著頭，乖乖承認錯誤。

錦娘哪兒能不知道自己女兒的性子，認錯認得這麼快，不過就是為了逃掉她的懲罰罷了。

每次都是這樣！錦娘有些無奈地輕戳了戳南溪的腦門。

「妳呀！」

南溪把手裡的藥瓶都塞到錦娘手裡後，笑咪咪說道：「阿娘，這些藥妳先收好，我去做早飯。」說完就走出堂屋，進了廚房。

錦娘腿上有傷，得吃點好的。

如此想著，南溪便搬了張凳子站到灶臺上，抬手就把掛在灶臺上的那塊臘肉切了一半下來。

她先是把臘肉洗淨，切片丟進已經把水燒沸的柴鍋裡，再把昨晚發酵了一夜、原本打算拿來今早做蔥油餅的麵糰拿出來，用洗淨的小手捏起了麵疙瘩。

等鍋裡的水再次燒沸，她動作熟練地將捏好的麵疙瘩放進去，用長柄湯勺攪拌一會兒。直到所有的麵疙瘩都浮在了水面上，她趕緊用湯勺撈出放進碗裡，而後再撒上一點切好的蔥花，放一點其他佐料，兩碗熱氣騰騰、香飄四溢的臘肉麵疙瘩就煮好了。

把臘肉全挑出來放在一個碗裡，南溪小心翼翼端著一碗麵疙瘩出了廚房。

「阿娘，早飯好啦！」

看著南溪捧著滿滿一大碗跨進門檻，錦娘趕忙伸手去接過來。

接過南溪遞過來的筷子，錦娘問她。「妳的碗呢？」

「在廚房裡，我這就過去拿。」

錦娘看著碗裡滿滿的臘肉，催促她。「這麼大一碗，我哪裡吃得完，快去把妳的碗拿過來勻點。」

「我碗裡比妳還多咧，阿娘妳快吃，等下糊了就不好吃了。」

南溪彎著眉眼說了一句便出了堂屋，不給錦娘再說的機會。

錦娘本想慢慢吃著等南溪，結果她竟是直接在廚房裡吃完了才出來。

吃完早飯，天已經大亮。

因為腿腳不方便，錦娘今日便沒有出去，重新塗上金瘡藥之後就拿了張凳子坐在堂屋門口納鞋底，南溪則抱著一把大掃帚在掃著院子。

把院子打掃乾淨後，她又跑去了後院，沒過多久就端著一盤掛著水珠子的草莓來到錦娘的身邊。

「阿娘，吃草莓。」一顆又大又紅的草莓遞到了錦娘的嘴邊。

錦娘抬眼看了下，張開嘴就咬下一大口。

「嗯，真甜。」

「嘻嘻……」

南溪端著草莓盤子在她旁邊蹲下，餵著錦娘吃草莓。

就在南溪吃著最後一顆草莓的時候，古娘子跨進了院門檻。

「姊姊在家嗎？」

南溪眼疾手快，把整個草莓囫圇進嘴裡。「咳咳……」

「妳小心點！」錦娘趕緊給她拍著後背。

古娘子的黛眉不自覺挑了一挑。

「小南溪，不就是嚇哭了妳一次麼，至於這麼怕我嗎？」

她都把她迄今為止鍛造得最好的一把匕首賠給她了。

見起了誤會，錦娘一邊拍著南溪的背，一邊解釋。「妹妹誤會了，溪兒她不是怕妳，是……不小心噎到了。」

終於順氣了的南溪連忙點頭。「對對對，我沒有怕古姨妳。」只是有些怵而已。

把盤子裡的草莓蒂小心遮掩好，她拿著盤子起身，一邊後退一邊說道：「古姨是特地來找阿娘的嗎？妳們聊，我去給您搬凳子。」

古娘子這才慢悠悠地走上前來。

「姊姊在納鞋底哪？正好，我此次來就是找姊姊借個鞋樣的。」

錦娘放下手中的活計，緩緩起身。「我這就去拿給妳，妳是要女鞋還是男鞋的鞋樣？」

「男鞋的，我想給我相公做一雙新鞋。」

「行。」

錦娘用手撐著牆壁進屋，古娘子這才注意到她行動有些不便。

「姊姊，妳腿怎麼了？」

「沒事。妳先坐下等一會兒，我得進去找找。」

這時，南溪已經放好盤子從廚房裡出來。見此，連忙三步併作兩步地走過來，把手裡的小木凳放下就去扶錦娘。

「阿娘，妳要找什麼？我幫妳找。」

錦娘坐下。「妳去把我衣櫃裡的鞋樣全拿出來，給妳古姨選。」看著南溪竄進屋裡的背影，古娘子滿眼羨慕。「我要是能有這麼一個貼心的女兒就好了。」

錦娘看著她，真誠說道：「會有的。」

誰知古娘子卻苦笑了一聲。「姊姊就會寬慰我，我家相公那副身體……」活命都難，更別說要小孩了。

錦娘嘆了一口氣，拉過她的手，在她手背上輕輕拍了拍，無聲安慰。

下午，南溪找到胖虎跟景鈺，打算去看她前兩天就想看的桃花。三個人走在前往桃林的小路上。

「景鈺，杏兒姊姊去看過徐火了嗎？」

因為早晨的小插曲，南溪很擔心景鈺會不理她，所以，一路上她都主動找話題聊。

「嗯。」

景鈺一路上也是惜字如金。

唉，看來情況不妙啊！南溪垂頭喪氣走在最前頭。

景鈺看她垂垮著肩膀，蹙眉不解。不是她提議來看桃花的嗎？這副沒精打彩的樣子又是為哪般？

他回頭看向胖虎，示意他看看南溪是怎麼回事。胖虎拍拍他的肩膀，示意他倆交換位置。景鈺側身，讓胖虎走在中間。

胖虎幾步走近南溪，伸手輕拍她的肩膀。

「嘿，幹麼垂垮著肩膀？」

南溪扭頭看了他一眼，又看他身後一眼，轉身道：「沒什麼。」

桃林就在東邊的村口，於兩山之間，三人沒走多久就來到了桃林。

「哇，好美啊！」

駐足在桃林邊沿的南溪，望著這一整片的粉色，忍不住讚嘆出聲。

桃林裡，桃花挨挨擠擠，一簇一簇地開滿枝頭，每一朵花瓣都在不遺餘力的散發著獨屬於它們的清香。

南溪一掃剛才沈悶的心情，像隻歡快的蝴蝶一樣，跑到就近的一棵桃樹下抱著樹幹轉著圈圈。

「咯咯咯……」

放飛心情的她笑得花枝招展，兩個小少年見此，不由自主也露出了笑顏。

臨近傍晚，桃花村上空開始升起炊煙嫋嫋。

劉能扛著鋤頭剛從地裡回來，杏兒已經燒好晚飯，屋裡飄出來的飯香，讓勞累了一天的劉能頓覺饑腸轆轆。

這時，杏兒端著菜從廚房出來。「阿爹回來了？」

劉能洗好手大步走進堂屋。「妳阿娘呢？」

杏兒把菜放在飯桌上。「阿娘說她今兒有點不舒服，便早早回屋歇下了。」

「阿秀不舒服？我去看看。」

已經坐下拿起碗筷的劉能一聽到妻子不舒服，放下碗筷去了裡屋。

杏兒正要跟著進去，就聽到院外一道稚嫩的聲音在喚她。

「杏兒姊姊在家嗎？杏兒姊姊？」

院子外面，南溪兜著一兜桃花，伸長了脖子往院裡張望，身後是胖虎和景鈺。

胖虎吸著鼻子，嚥著口水道：「我聞到飯菜的香味了，他們一家現在肯定是在吃晚飯。」

說著，肚子竟也開始咕咕叫了起來。他有些不好意思地摁了摁肚子，結果卻是越摁肚子越叫得響亮。

裡面，杏兒走過來把半敞的院門推開，看著三個小的，笑著問道：「你們今兒去桃林玩了？」

三人齊齊點頭，隨後，南溪上前一步。「杏兒姊姊，我們想找妳幫一個小小的忙。」

看著三人用衣衫兜著的桃花，杏兒還有什麼不明白的，只不過……

她笑意盈盈地來回看著三人。「這是家裡大人的意思還是你們自己的意思？」

南溪眨巴了兩下眼睛，笑嘻嘻地開口。「杏兒姊姊好聰明呀，一下就猜到了我們的小心思。」

她伸著脖子朝院裡望了一眼，又天真爛漫地對杏兒悄聲說道：「杏兒姊姊，這是屬於我們的小秘密，可不能告訴劉能伯伯他們喲！」

杏兒伸手輕捏了一下她粉嫩嫩軟乎乎的小臉，輕笑開口。「我還沒說答應幫你們呢！」

南溪任她捏著自己的臉，反正又不痛。她繼續賣萌。「杏兒姊姊這麼好，肯定會幫我們的，對吧？」

「我去找個筐來裝桃花。」杏兒笑著又捏了她的臉一把，轉身去拿筐。

離開杏兒家後，景鈺因為方向與二人相反，先走一步。

南溪與胖虎同路。半道上，胖虎忽然開口。「南溪，妳有沒有覺得今日的杏兒姊姊比往日好看？」

「沒有啊，杏兒姊姊人美心善，每日都很好看。」南溪頭也沒回地繼續往前走。

「我就是覺得今日的杏兒姊姊特別好看，臉就像我們摘的桃花一樣美。」胖虎抓著後腦勺，頗不好意思地開口。

「許是她今日搽了胭脂。」

南溪隨手扯下路旁的狗尾巴草把玩。杏兒馬上就要滿十五及笄，小姑娘開始注意起自己的妝容，很正常的啦！

「胭脂？」胖虎家沒有女主人，所以他不太清楚胭脂是用來幹麼的。

南溪轉身，用小手在臉頰上演示地拍了拍。「就是可以讓女子的臉蛋變得更美更好看的脂粉。」

胖虎這才明白，隨後拍著胸脯承諾。「以後胖虎哥哥買給妳好多好多的胭脂。」

南溪笑著把手裡編好的狗尾巴草塞到他手裡。「行，這個便是我的謝禮了。」

胖虎把她編得四不像的草拿到眼前端詳。「妳編的這是什麼？」

「兔耳朵啊，看不出來嗎？」

「兔耳朵哪有一長一短的？」

「不管，我說是兔耳朵它就是兔耳朵……」

鬱蔥翠綠的小徑上，兩道身影越來越遠。

第十一章

「阿娘，我回來啦。」南溪人未到聲先到地跨進小院。

錦娘正在堂屋擺放碗筷，見到她回來，吩咐道：「快去洗手吃飯。」

「好！」

南溪洗好手來到堂屋，看著飯桌上擺放的飯菜，鼻子深深一吸。「阿娘炒的菜好香呀！」

為什麼同樣的蔬菜、同樣的佐料，她就是炒不出這麼香的味道呢？

錦娘過來，一邊替她拍掉沾在身上的殘花，一邊嗔怪道：「怎麼玩這麼晚才回來？」

「太高興了，一時忘記了時辰嘛。」

南溪吐了吐舌，坐上高凳，而後又像是發現了新大陸一樣，盯著錦娘的腿開口。「阿娘，妳的腿不痛了？」

錦娘摸摸她的頭，在另一張凳子上坐下。「已經好多了。」

不得不說，虛無子的金瘡藥果然奇特，她不過才塗抹了一次，腿上的紅腫就已經消散，痛意也減緩了許多。

南溪睜著亮晶晶的大眼睛。「師父的金瘡藥果然厲害！阿娘，待會兒妳洗漱完，咱們塗厚一點，好得快。」

錦娘好笑地挾起一筷子青菜放到她碗裡，催促道：「吃飯。」

吃過飯洗好碗，南溪雙手費力地提著一個裝了半桶水的木桶來到堂屋，再把水小心倒進一個木盆裡。

把小手伸進去試了試溫度，南溪朝著屋外大聲喊道：「阿娘，該泡腳了！」

須臾，錦娘從後院出來，洗了手走進堂屋，屁股剛沾上凳子，南溪就過來為她脫鞋。

把錦娘的雙腳小心放進木盆裡，南溪一邊給她的腳背澆水搓洗，一邊問：「阿娘，水溫合適麼？」

「嗯。」錦娘低頭看著為她洗腳的南溪。「溪兒。」

「嗯？」南溪埋頭認真地洗著腳。

錦娘目光一片柔軟。「有妳，阿娘感到很幸福。」

南溪彎起眉眼抬頭。「溪兒有阿娘也很幸福。」

幾日後，錦娘腿上的瘀青徹底消散，便又開始外出幹活。

南溪的醫書也已經背熟。這日下午，她哼著小曲經過杏兒家，就看到杏兒穿著一身藍色翠煙衫，散花水霧綠草褶裙跨出院門。

南溪眼睛一亮，快步上前。「杏兒姊姊，妳要去哪兒呀？」

看見是她，杏兒一邊抬手把鬢邊的碎髮別在耳後，一邊低著眉眼開口。「我……我有事要去村長家一趟。」

南溪立即上前。「我也是欸，正好一起走。」

兩人同行了一段，杏兒忽然問南溪。「南溪，妳有想過以後要離開桃花村嗎？」
南溪腳下一頓，歪著腦袋看她。「杏兒姊姊為什麼這麼問？」
杏兒目光悠遠地看著前方。「我想到桃花村外面看看，去見識見識外面的世界。」
「妳可以等下次出去置辦物資的時候，跟著劉伯他們一起去啊！」
杏兒搖了搖頭，不再言語。
南溪疑惑。光搖頭不說話是什麼意思？是劉伯不許，還是她不願等那麼久？
桃花村的人一般都是三個月出去買齊一次物資，而半月之前，他們才剛出村補給過一次，下次最早也要等到兩個月以後。
當然，也有人因私事會在平時出村，但基本很少，而且事先都要去找村長報備，村長點頭允了才可以出去。
東邊，村長家。
已經可以下地走動的徐火正站在院中看著景鈺跟胖虎切磋，眼角的餘光瞟到門口進來兩抹身影，他開口招呼。「劉姑娘，南小姑娘。」
杏兒自進了院子，兩頰便像是剛抹上一層胭脂，粉紅粉紅的。她蓮步走上前，雙手放在側腰微微施了一禮。
「徐大哥。」低低柔柔的嗓音裡藏著一抹羞澀。
跟著杏兒一起進來的南溪眉尾輕挑。這畫風不對呀，怕不是有情況？
這邊，徐火連忙抱拳躬身。「劉姑娘多禮了。」

南溪站在一邊，看看這個又看看那個。胖虎一巴掌拍在她的肩膀上，把她驚得一顫。「在看什麼呢？」

南溪沒好氣地拍掉肩上的手。「你們打完了？」

胖虎扯著一邊袖子擦了下臉上的汗。

「打完了，不對，是切磋完了，不是打，妳用詞不當。」

「隨便啦。」南溪滿不在乎，看了一眼正跟徐火說話的杏兒，她一手拉著一個出了院子。

到了院門外，胖虎一臉莫名地看著她。

「妳把我們拉出來幹麼？」有什麼事是不能在裡面說的？

南溪指了指院子裡的兩人。「你們覺不覺得杏兒姊姊在徐火面前特別地……呃，不一樣？」

景鈺理著自己的衣袖。「有什麼不一樣？」

胖虎附和著點頭。「對啊，有什麼不一樣？」

「就是……」南溪蹙眉瞇眼地想著形容詞。「特別嬌羞？對，就是嬌羞。」

景鈺目光閃了閃，沒有說話。

胖虎恍然地一拍巴掌。「啊對，杏兒姊姊看到徐大哥總是會臉紅。」他頓了頓。「徐大哥看到杏兒姊姊見到他臉紅，耳朵也會發紅。」

南溪搓著下頜。「這麼說是郎有情妾有意了。」

怪不得先前杏兒會問她可有想過離開桃花村呢？原來她是看上徐火了啊！

徐火之前曾明確表示過，只待傷好，便會離開。所以杏兒是想跟他一起離開嗎？可劉家就只有她一個女兒，她阿爹阿娘會同意她離開桃花村？

南溪晃著腦袋，喃喃自語。「這事有點難搞……」

胖虎看過來。「什麼難搞？」

景鈺同樣側目望著她。

南溪抬眼看了看他們，揮手。「沒事。走，進去。」說完便率先進了院子。

景鈺與胖虎對視一眼，隨後也跨進院子。

這邊，杏兒目含不捨地望著徐火。

「徐大哥，你過幾日便會離開桃花村嗎？」

「嗯。」徐火點頭。「等我身體痊癒便會離開。」

杏兒低著頭，十指藏在廣袖裡，不安地絞著。「就……就不能多待些時日嗎？」

她不敢奢求他能為了她留下來，可，就連多待一些時日都不可以嗎？

徐火緩緩搖頭，雖然看向杏兒的目光充滿複雜，語氣卻是十分堅定。

「徐某還有使命在身，必須盡快出去。」

杏兒強忍著眼眶的酸澀，抬起頭，扯出一抹微笑。

「在此預祝徐大哥一路順風。突然想起來家裡還有事沒做，杏兒便先行告辭了。」便頭也不回地轉身離開。

行至院門口，正好與剛走進來的南溪碰個正面。
看到杏兒紅紅的眼眶，南溪頓時張大小嘴。「杏兒姊姊，妳哭了？」
「沒有，就不小心眼睛進沙子了。」
杏兒連忙抬起一邊袖子擋住她的視線，直接越過她跨出院門，匆匆而去。
南溪看了杏兒離開的背影半晌，又回過頭望著正往屋裡走的徐火，始終有些想不明白。
兩人不過才認識短短幾日，杏兒是哪來那麼深的感情？想不明白啊想不明白！
胖虎見她愣在那裡不動，便在她後背上輕戳了一下。「傻愣在這兒幹什麼呢？」
南溪搖頭，然後看向身側的景鈺。「師父不在家？」
景鈺側目看她。「去了北邊開荒。妳找他有事？」
南溪從懷裡掏出醫書，用雙手遞到景鈺面前。
「我來還醫書。既然他老人家不在，你就先幫我收著吧，等他回來再麻煩你轉交給他。」
景鈺伸手接過。「妳全都背熟了？」
南溪點頭。「嗯。」
她打算過兩日便上山去找些草藥回來種在後院，等到下次出村補給，再給錦娘帶出去賣，這樣錦娘就不用每日收工回來還要趕著繡繡品了。
景鈺收好醫書，淡淡開口。「他這些時日都是忙到天黑才歸，怕是一時半會兒沒空親自傳授妳醫術。」

虛無子是桃花村的村長，不但要忙著自己地裡的農活，還要帶著村民去北邊開荒，去南邊挖蓄水坑，能不忙嗎？南溪很理解。

「沒關係，等師父忙完我再來學。」

反正大家都住在一個村子裡，隨時都可以學到的。

景鈺瞥了她一眼。「我可以教妳。」

嗯？南溪疑惑地看著他。

一側的胖虎也疑惑。「你教南溪？你們倆不是一起學的嗎？你學的她也會啊！」

南溪連連點頭。

景鈺一手置於腰間，一手負於身後，慢條斯理。「師父雖然回來得晚，但他每日入睡前都會跟我講一些淺顯易懂的醫術，比如該如何切脈，如何快速記住某些穴位……」

南溪瞪著眼睛看他。「師傅居然跟你開小灶！」

雖然不懂她說的開小灶是什麼意思，但景鈺從她的動作上不難猜出，她應該是在不滿。

他勾唇，側目與她對視。「這就是同師父住在一個屋簷下的好處啊，怎麼樣？妳要不要跟我學？」

南溪癟著嘴想了一瞬，點頭。「要。」

景鈺如黑夜般的雙眸閃過一抹得逞笑意，就見他乾咳一聲，開口。「那從今日起，妳要改口喚我師兄。」

南溪把頭一撇。「想得美，你拜師比我晚，年齡比我小，我都沒聽你喚我一聲師姐。」

「可現下，是我代師授妳。」
「我可以收回先前的那個『要』字嗎？」
景鈺薄唇輕啟。「不能。」
心塞的南溪只能抬起頭，望著天空發呆。她一個現代老阿姨居然玩不過一個五歲小孩！
雖然南溪總在心裡吐槽景鈺的嘴巴壞，但也不得不承認，這孩子在教她醫術的時候是難得有耐心，一些問題無論她問多少遍，都會給她耐心的講解。
雖然，在這期間他也沒少諷刺就是了。
落日餘暉一寸一寸地鋪撒進小院，給院裡或坐或站的三人身上鍍上了一層淡淡的金黃。
南溪抬起頭，伸手捏著後脖頸，扭扭頭活動了一下脖子後，看著天邊落日說道：「今兒就先到這裡吧，我得回去煮飯了。」
「嗯。」景鈺慢條斯理地把高高挽起的衣袖放下。
南溪回頭看著他，笑咪咪感謝道：「小景鈺，謝謝你當了我一個下午的病人。」
景鈺狀似無奈地嘆了一口氣。「我也沒想到妳會那麼笨，不過是一個簡單的切脈，妳竟也學了這麼久。還有，妳該叫師兄。」
一旁在自己玩著金雞獨立的胖虎把腿放下來。
「景鈺，你別這麼說南溪，我可是看到她一直都很認真在聽你講……」
南溪聽了連連點頭。就是就是，她很認真的！
胖虎繼續說：「她只不過是沒你聰明，腦子也不夠用，記不了那麼多。」

南溪猛地扭頭看著胖虎，瞪著他說道：「後面這一句，你其實可以不用說出來的。」

誰知胖虎卻朝她擠眉弄眼地說道：「我就是故意說出來的。」說完便哈哈大笑著跑出了院門，把南溪氣得拔腿就追。

望著兩人離開的身影，景鈺那張不苟言笑的臉上，竟難得地浮起一抹柔和的笑意。

「小時候真好，無憂無慮。」

徐火不知何時來到景鈺身邊，同他一起看向院門外，感嘆。

景鈺抬眉瞥了他一眼，似嘲非諷地道：「你不過正值年少，何來這般滄桑？」

徐火低下頭看著他，笑了笑道：「你小小年紀不也一身深沈嗎？」

景鈺雙手端於胸前，姿態倨傲。「我跟你不一樣。」

徐火雙手抱臂，好整以暇地看著他。「哪裡不一樣？」

「總之就是不一樣。」

景鈺轉身朝著廚房走去。在虛無子忙得腳不沾地的這些日子，他已經學會了燒火煮飯。

至於炒菜嘛，他在試過一次之後果斷放棄，只能等虛無子回來自己炒。

徐火先前已經在屋裡看了好幾個時辰的雜記，現下已無其他消遣，見景鈺是去廚房，他便也跟了上去。

「景鈺，我聽村長說，你是他在鬧市撿回來的。」

「那又如何？」

見他那身高舀水淘米有些吃力，徐火兩步走過去幫忙。

「你跟著村長來到桃花村，就不擔心你家人會四處找你嗎？」景鈺任他幫忙洗鍋下米，自己坐在灶臺前取出火摺子點火。

「我沒有家人。」有也當沒有。

本來還想問問他可否同自己一起離開的徐火，一時把話噎在了喉嚨，過了好一瞬才道：「抱歉。」

把點燃了的雜草放進柴灶裡，景鈺抬起頭看他。「你對我的事好像很感興趣？」

徐火也不隱瞞。「是村長想讓我出去以後幫忙尋找你的家人，卻不想你已無家人可尋。」徐火頓了頓，看著他。「你之前沒告訴過村長關於你家人的事？」不然村長也不會要他幫忙去尋他的家人了。

景鈺垂下眉眼。「我難道逢人便要說自己是個無親無故沒人要的孤兒嗎？」

夜幕降臨，點點繁星綴滿天際。

堂屋裡，錦娘母女正把雙足放在木盆裡泡著腳。南溪埋著頭，把一雙小手伸進木盆裡，搓著自己的小腳丫子。

「阿娘，我明日想上山找點草藥回來種。」

「不行，妳一個小孩子進山裡太危險。」錦娘想也沒想地拒絕。

南溪把手抽出水裡，抬頭。「不只我一個人，還有胖虎和景鈺。」

「那也不行，你們三個都是小孩子，沒有一個大人看著。萬一遇到危險，自保都難。」

可是村裡的大人最近都挺忙，哪有時間專門帶她去上山採藥？南溪在心裡嘆了一口氣。

錦娘見她悶著不出聲，擔心她又會像上次一樣自己偷偷跑去山上。

「明日你們不如先去後山看看？後山應該也會有草藥。」

這周圍的山峰，只有桃花村背靠著的這座大山要相對安全一些。

因為虛無子在建村之初，便已經攜同秦秀才把這座山裡會威脅人命的那些動物，或趕或射殺地清理了個乾淨。如此，村民在山腳下造房建屋才沒有後顧之憂。

南溪想了想，點頭。「好吧，那我們明日便先去後山。」

只是因為後山相對安全，一些珍貴的草藥怕是早已經被村民們挖完，能找到珍貴藥材的機率很小。

錦娘自然也清楚這個道理，就聽她開口。「過幾日，等阿娘忙完，便陪妳去其他山上找那些珍貴的草藥。」

這兩日，錦娘把地裡的農活幹完，也去了村子的南邊，幫著一起挖蓄水坑。

南溪笑意盈盈地看著她。「不用阿娘陪，到那時大家應該都得空了，我可以找師父帶我去。」

「嗯，也可。」若真遇到危險，村長比她更能護得住孩子。

第十二章

次日，後山的山腰上，胖虎拿著一把鐮刀走在最前頭。

「原來妳說有好玩的事，就是上山找草藥啊？」

南溪揹著小背簍走在中間，目光落在四處，漫不經心地回道：「上山找草藥難道不是一件好玩的事情嗎？」

「哪裡好玩了？」胖虎小聲嘀咕，一鐮刀砍斷擋路的藤蔓。

走在最後的景鈺同樣揹著一個小背簍，拿著一把專門用來挖草藥的小鏟子。

他目光四下掃了一眼。「這後山應該沒什麼珍貴草藥，就算有，說不定也早被人挖走了。」

「是啊。」南溪抽出綁在腿上的匕首，彎腰把路邊的一株燈籠草撬出來，拿到跟前，嘆息著說道：「可我阿娘只允我來後山挖草藥。」

景鈺看著她手裡的燈籠草，淡淡開口。「能挖到像燈籠草這樣的草藥也不錯。」

到了山頂，南溪與景鈺分頭找草藥。

胖虎則掏出了別在腰間的彈弓，待有飛鳥從頂上飛過之際，單眼瞄準，而後快速拉弓命擊。

上半日就這樣不知不覺地過去。

待到日照當空，該回家煮飯時，南溪的背簍只裝了一半，景鈺的也只比她多一點點。胖虎卻是滿載而歸。

下山路上，他提著七、八隻麻雀，哼著小曲，邁著輕快的外八步走在最前面。

因已臨近晌午，南溪三人剛到山下便分道揚鑣，各回各家。

南溪回到家，氣都沒歇一口就直奔廚房。

半個時辰後，錦娘扛著鋤頭回來，見廚房的房頂上還冒著白煙，便放下鋤頭進了廚房。

「溪兒？」

廚房裡，南溪正要端菜出來，看見她進來，笑咪咪地開口。「阿娘趕緊洗手準備吃飯。」

錦娘笑著走過來。「我來端吧，小心燙。」

南溪卻是不讓。「木盆裡我已經放好了水，阿娘先去洗手吧。」說完便端著菜盤越過她出了廚房。

廚房外面的屋簷下，立著一個同南溪差不多高的三腳木盆架，木盆架上此時正放著一個裝有小半盆清水的木盆，感覺被女兒嫌棄了的錦娘連忙來到木盆架的旁邊洗手。

吃過午飯，收拾好碗筷，南溪又從廚房裡端出來一碗薄荷水。

「阿娘，這是我先前煮好的薄荷水，妳喝點。」

錦娘接過碗，溫聲問道：「是上午去後山上找的薄荷草嗎？」

南溪笑咪咪地點頭。

「嗯，因為擔心煮出來會有薄荷草的澀味，我還加了些甘草一起煮，阿娘嚐嚐看味道如何？」

錦娘目含笑意地把碗拿到嘴邊，而後再小口小口品嚐。

「嗯，入口清爽甘甜，沒有一丁點薄荷草的澀味。」

南溪彎著眉眼。「不澀就好。廚房還有好多薄荷水，我待會兒給阿娘多裝兩個水囊帶在身上。」

錦娘摸摸她的頭，把剩下的薄荷水喝完後，便進了裡屋小歇。

南溪則拿著兩個水囊去廚房裝水。

未時一刻，錦娘帶著兩個水囊出門幹活，南溪提著裝草藥的背簍去了後院，準備栽種草藥。

午後的陽光雖然很烈，但大致都被前面的房屋給擋住，不用擔心被曬到。

只是來到後院，看著已經種滿果蔬的菜地，南溪皺起了眉頭。已經沒有空餘的土地了，那這些草藥又該栽種到哪兒？

她提著背簍在後院轉了一圈，最後終於想到了一個法子。

那便是把這些草藥像圍圍欄一樣地栽種在蔬菜周圍，如此便解決了沒空地栽種的問題。

嗯，她真是一個小天才！

南溪的速度很快，不過半個時辰，便已經把背簍裡的草藥全部種完。望著才剛栽種下地便已經生機勃勃的草藥，她滿意地拍拍手。

有外掛裝備，幹活就是不累！

她走出菜地，把背簍隨手放在後院的屋簷下，轉身進了旁邊的雞圈。才剛進門，就看到一隻母雞從雞窩裡飛出來，雞窩裡出現了一顆雞蛋。

南溪忙打開竹籬門走了進去，母雞下蛋的雞窩就搭在雞圈最裡面的角落。

她直直走過去，拿起那顆尚有溫度的雞蛋就準備走了，卻不想那隻下蛋的母雞這時全身炸毛地朝她撲了過來。

「咕咕咕……」

南溪嚇得趕緊左閃右躲。

須臾，一隻在不遠處找食的紅毛公雞，也撲騰著翅膀飛過來加入戰局，一時間，雞圈裡是雞飛人跳。

經過一番激烈的追逐，南溪打開竹籬門迅速閃了出去，避免了一場「人間慘禍」。

她喘著粗氣看著那隻凶神惡煞、撲騰得比她還高的公雞，惡狠狠地威脅道：「下次把你宰了煲雞湯喝！」

放完狠話，南溪心有餘悸地快步走出雞圈。

把雞蛋拿去廚房放好後，她便拿了張小木凳坐在屋門口看書，這一看便是一下午。

直到太陽西下，晚霞映紅了半邊天，南溪才合上書，抬起頭，揉著酸軟的脖頸。

她伸了個懶腰，便準備去廚房做晚飯。

「南溪在嗎？」這時，院門口傳來一道溫柔的女聲。

正準備進廚房的南溪腳步一頓。「杏兒姊姊？」

一身素衣的杏兒緩步走進院子，看向站廚房門口的南溪，有些羞澀又有些躊躇地道：「南溪，我……我請妳幫我一個忙。」

南溪來到杏兒的跟前。「杏兒姊姊妳說，要我幫什麼忙？」

杏兒從衣袖裡拿出一個繡工精緻的荷包遞給南溪。

「妳能……能不能幫我把它送到徐大哥手裡？」

南溪挑著眉眼，一臉促狹地看著她。「杏兒姊姊怎麼不自己送？」

杏兒的臉頰頓時如紅霞翻飛。「南溪，妳幫幫我好不好？」

「安啦，我幫妳送。」

南溪接過荷包，同時，抬頭望了一眼天色。「如今天色還尚早，要不我現在就幫妳給他送去？」

杏兒低垂著螓首，雙頰紅得似血，聲音更是細如蚊蚋。「嗯。」

南溪笑著把荷包放進懷裡。「那妳在這等我消息。」

村長家的院子裡，兩個一胖一瘦的小孩正在對練。徐火就站在堂屋的屋簷下，雙手抱臂地觀看。

南溪站在院門口，小聲朝徐火喊道：「徐大哥。」

卻不想，院子裡對練的兩人齊齊停下動作望過來。南溪有些尷尬地對他們笑笑。「你們繼續、你們繼續。」

而後又招手讓徐火過來。「徐大哥，你出來一下。」

徐火來到院門口，一臉溫和地看著小姑娘。「南姑娘找在下何事？」

南溪笑咪咪看著他。「伸手。」

雖不明原因，但徐火還是乖乖伸出了手。然後，手裡就多了一個精緻的荷包。

徐火一臉不解地看著南溪。「南姑娘給我一個荷包做甚？」

「有人讓我轉交給你的。」

「誰？」

南溪伸出小短手，指著荷包上一處用橙黃色絲線繡的地方，問：「這是什麼？」

「這是黃杏——」徐火突然頓住。

杏兒？

南溪知道他猜出來這荷包是誰送的了，便道：「你有什麼話需要我幫忙轉達嗎？」

徐火半斂著狹眸。「煩請南小姑娘幫我轉達一句多謝。」

南溪點點頭，等著他繼續說下文，可等了半天也不見他再開口，不確定地問道：「沒了？」

「嗯。」徐火把荷包收進懷裡，垂首進了院門。

南溪想要上前兩步把人喚住，卻發現胖虎跟景鈺正躲在院門一側偷聽。

她橫眉一瞪。「你們倆，功夫練完了嗎？」就跑來偷聽。

胖虎笑嘿嘿地跨出院門。

「已經練完啦，我正好要回家，咱倆一起走啊。」

南溪站在原地沒動。她想要進去找徐火，想要問問他對杏兒到底有沒有意？這收下荷包卻只說一句多謝，是哪個意思？

似是看出了南溪的糾結，景鈺悠悠開口。「他剛剛的耳根很紅。」

南溪眨巴著眼。「他剛剛耳根紅了？」

胖虎在旁邊點頭。「我也看到了，就在他讓妳幫忙轉達謝意的時候。」

他們剛才就站在徐火後面，正好看到他迅速泛紅的後耳根。

行吧！南溪覺得她可以回去交差了，抬手跟景鈺告別，同胖虎一起離開。

三日後，北邊的土地已經差不多開墾出來，就等著後面灌水栽種莊稼。所以大夥兒現下都在南邊幫忙挖蓄水坑。正所謂人多力量大，在多了不止一半的勞力後，蓄水坑竟一日便挖好了。

眼下，虛無子正領著村裡幾個男丁到山上去引渠下來。

南溪昨日便在錦娘口中得到了消息，所以，今日一大早便揹著小背簍去了東邊找虛無子。

「妳要跟著我一起進山？」虛無子蹙起眉宇。「妳想要什麼樣的草藥，為師給妳挖回來便是，何苦自己進山？」

他們此次進山是去挖引水的管道，怕是不能隨時顧及到她啊！

南溪早就想好了說辭。

「若是連挖草藥這種基本的事都需要師父代勞，那徒兒還學什麼醫？徒兒保證，徒兒就在你們挖渠的附近找草藥，絕對不亂跑。師父，您就帶我去嘛！」

院子裡，景鈺已經把他的背簍跟鋤頭拿了出來。他揹上背簍走到南溪跟前。

「胖虎知道今日要上山嗎？」

南溪搖頭。「我還沒來得及告訴他。」

「那我們待會兒路過他家的時候再叫他。」

「嗯。」

看著兩個小孩旁若無人地安排著上山的事情，虛無子嘴角一抽。他還沒答應帶上他們呢！

山路蜿蜒，崎嶇難行。

為了不耽誤腳程，進山的時候，三個小孩都是被幾個大人或抱或揹或挾在胳膊下走的。之前來過，眾人這次是直接奔著目的地而去。

待到了目的地，南溪的腳才終於沾到地面。

虛無子叮囑著她。「你們一定不要走太遠，遇到危險一定要大聲呼救……」

南溪重重點頭。「知道了，師父。」

秦秀才把挾在胳膊窩的兒子放下，隨即又在他的後背上呼了一巴掌。「這裡你最大，看顧好南溪跟景鈺！」

胖虎被他阿爹拍得一個趔趄向前。「知道啦！」

景鈺早已從劉能的背上跳了下來，如今正雙手負在身後，悄悄擦拭著，嘴上卻是向劉能感激道：「謝謝劉伯。」

劉能哈哈笑著說甭客氣。

交代完三個孩子後，幾個大人便開始在標定好的地方揮舞起鋤頭。

這邊，三人經過一番商議，決定分開找草藥。胖虎跟著南溪去了南邊找，而景鈺則揹著背簍去了北邊。

當然，他們很聽話地在大人們的視線範圍之內活動，並沒有走太遠。

南溪三步一走兩步一停地挖著草藥。

不得不說，這山裡的草藥無論是在數量上還是品種上，都要比桃花村後山多得多。

她早已不在乎挖的草藥到底珍不珍貴了，因為這山裡的草藥種類簡直不要太多，讓她看了，株株都想要挖回去，她突然好後悔自己只揹了一個小背簍出來。

唉，失策！

南溪一邊在心中懊悔，一邊動作索利，拿著袖珍小鋤頭挖著草藥。

胖虎一直跟在她身邊，看著她挖了那麼多草藥，他已經對一些草藥有了淺薄的認識。

於是，每當他看到有跟她背簍裡的草藥長得差不多的植物，就會大聲喊南溪。

「南溪，這裡有草藥！」

「來了。」

南溪把一株剛挖的草藥放進背簍後，朝著胖虎那邊走去。

胖虎見她走過來，手指著一株與周圍嫩草長得不一樣的綠植，道：「妳看看這是什麼草藥？」

雖然這株植物沒在南溪背簍裡看到相似的，但他覺得它應該是草藥。

「是野山參！」

南溪欣喜蹲下，拿著小鋤頭把周邊的雜草都清除乾淨了，才小心地揮著小鋤頭挖起野山參來。

看著從鋤頭下冒出來的根莖，胖虎不確定。

「這真的是野山參？」

雖然這根莖看著挺像野山參的，但這個頭也太小了吧，跟南溪的手指頭一樣細。

「嗯。」

南溪點點頭，把挖出來的野山參拿在手裡抖了抖泥土，放進背簍。

野山參一般都是三年開花、六年生根鬚，這株野山參應該是剛生長出來沒多久，根鬚才會這麼的細。不過沒關係，她有異能，挖回去種在後院裡，分分鐘就可以把它變成百年甚至千年的人參。

南溪心裡美滋滋地繼續往前找草藥，只是還沒走出兩步就被胖虎給拽了回來。

「不能再往前走了，再往前，村長伯伯他們就看不到我們了。」

南溪回頭一望，見果然看不到幾個大人的身影了，便乖乖往北邊走。

「咱們去跟景鈺會合。」她看到景鈺也往回走了。

三人會合後，找了一處平坦的地方坐下。

南溪目光帶著豔羨地翻看著景鈺的背簍。

「景鈺，你背簍裡好多珍貴草藥。」

幾乎一大半都是，而她才挖到幾株。

景鈺也在翻看她背簍裡的東西。他把一根滿是根鬚的藥草拿到眼前。

「這野山參才剛長出根鬚，妳竟也狠心把它挖了？」

簡直是暴殄天物啊！

南溪摩挲摩挲鼻尖。「我挖回去栽種是一樣的。」

景鈺挑了挑眉，繼續翻看她背簍裡的草藥。然後他發現，她挖了許多草藥的幼苗。

他抬頭看她。「妳當真打算種草藥？」

南溪瞥了他一眼。「那還有假？」

胖虎適時出聲。「山上這麼多草藥，妳還種草藥幹麼？」

南溪悄悄從景鈺背簍裡順了一株她沒有的草藥，藏在屁股背後。

「山上的草藥我又不能隨時進來採，若有急用，會很不方便。」

景鈺的目光閃了閃，覺得她說得有點道理。嗯，回去便把虛無子的後院拾綴出來，種點草藥。

因是上山勞作，虛無子等人為了趕工，中午皆沒有下山。

此時，三個大人跟三個小孩正圍坐在山腰一處，有說有笑地就水吃著乾糧。

劉能把嘴裡的烙餅囫圇幾口吞下。「若不出意外，太陽下山之前咱們就能挖到山腳那裡。」

「不錯。」虛無子點點頭，不急不緩地吃著手裡的窩窩頭。

「能收早工。」秦秀才擰開水囊塞子，仰頭喝了幾大口。

胖虎把兩個腮幫子吃得鼓鼓的，見阿爹喝水，他也要喝。

秦秀才把水囊遞給兒子，一臉慈愛地看著坐在那裡乖巧吃餅的南溪。「小南溪，可要喝水？」

南溪早上出門匆忙，忘記了帶水囊。半日未進一滴水，南溪早就渴了，只是不好意思開口說罷了。她本想著等啃完手裡的餅就去新挖的溝渠那裡接山水喝，沒想到秦叔卻注意到了。

南溪有些不好意思地點點頭。

秦秀才見了，一把奪過胖虎手裡的水囊，罵道：「沒看到南溪說渴了嗎？沒點眼力！」

秦秀才一臉嫌棄地撩起衣袖內側擦拭著水囊口，直到覺得擦乾淨了，才笑咪咪地把水囊遞給南溪。

「南溪，給。」

「謝謝秦叔。」南溪連忙伸手接過。
胖虎砸吧砸吧嘴，不敢吭聲。
景鈺看了自己的水囊一眼，低著頭沒出聲。

第十三章

眾人吃完乾糧又歇了一會兒，便又各自散開，開始挖渠的挖渠，挖草藥的挖草藥。

因為管道是要從山上一直挖到山腳蓄水坑那裡，所以南溪他們也都跟著，在大人的視線範圍內一路往下走。

在太陽還未落山時，幾個大人已經把管道挖到山腳，三個挖草藥的小孩自然也跟著到了山腳。

虛無子叮囑著三個小的。「你們早些回去。」他們幾個還要把渠口的兩邊加固。

三個小的乖順點頭，揮手告別虛無子等人後，慢慢悠悠離開山腳。

山腳附近的一條羊腸道上，景鈺揹著背簍走在最前面，胖虎揹著背簍走在最後面，南溪揹著個空水囊走在中間。

小半個時辰後，三個小的回到村裡。因為此行是在南方，離村尾最近，所以進了村裡，最先到南溪家。

南溪轉身要取下胖虎後背的背簍。

「我到家啦！胖虎，謝謝你幫我揹了這麼遠。」

「我渴了累了，先在妳家歇一會兒。」

胖虎躲開她的手，直接揹著背簍進了她家小院，邊走還邊招呼著景鈺。「景鈺，你不進來歇歇腳？」

景鈺腳步一轉，也跟著進了院子。

這兩小子，進她家院門的步伐比她還嫻熟！南溪好笑地跨進小院。

小院裡，胖虎已經取下背簍放在屋簷下，見她進來，忙道：「快去給妳胖虎哥哥舀碗水來，渴死了。」

廚房跟堂屋的門都鎖著，他自己進不去。

南溪忙跑到廚房外牆那裡，取下掛在釘子上的蓑衣，從裡面掏出兩把鑰匙打開廚房，先給兩人一人舀了一碗水解渴後，她又跑到後院去摘了幾根黃瓜拿到前院。

然後，三人就排排坐在屋簷下啃著黃瓜。

「南溪，妳家的黃瓜怎麼這麼脆、這麼多汁？」

南溪笑看胖虎一眼。「想要黃瓜就直說嘛，待會兒我再去後院摘幾根給你們帶回去。」

胖虎的眼睛頓時就笑瞇成了一條縫。「這又吃又拿，怪不好意思的。」

南溪彎眉瞥著他。「那就算了？」

胖虎虎目一瞠。「什麼算了？說出的話哪有收回去的道理，不能算！」

一直默默在旁邊吃瓜的景鈺伸出兩根手指頭。「我要兩根。」

胖虎一見，也忙道：「我也要兩根。」頓了頓，他又猶豫著開口。「妳家黃瓜還夠嗎？要不我就要一根吧！」

景鈺動作一頓，也看過來。

南溪咬掉一口手裡的黃瓜。「放心吧，後院多著呢！」聽到後院還有，兩人這才點點頭。

看著他倆，南溪一雙大眼睛裡盈滿笑意。其實，她有想過拿草莓出來招待他倆，只是這兩個太聰明，不好忽悠過去……

南溪很遺憾地發出一聲輕嘆。

胖虎兩下就啃完一根黃瓜，剛抬起頭，就看到南溪正瞅著他跟景鈺，兀自在那兒搖頭晃腦。

他一臉莫名其妙。「妳腦袋裡有水嗎？在那兒晃來晃去。」

南溪怒瞪他一眼。「友盡！」友誼的小船，翻了！

胖虎連忙嬉笑著賠罪。「我不是那個意思啦！」

南溪斜眉一挑，不依不饒。「那你是幾個意思？」

胖虎抓耳撓腮。「呃，我的意思就是……」

坐旁邊吃瓜的景鈺淡淡睥了胖虎一眼，對南溪道：「他的意思是說妳像水一樣溫柔可愛。」

胖虎眼睛噌的一亮。「對，我就是這個意思。」

南溪輕哼一聲，站起。「我去後院摘黃瓜。」

胖虎站了起來。「我幫妳。」

南溪把他重按回凳子上。「不用，你們就坐在這兒等著，我很快的。」

後院的黃瓜架子上已經沒兩根黃瓜了，他跟去豈不是會露餡！

看著南溪的身影在轉角消失，胖虎扭頭看著景鈺。

「景鈺，你覺不覺得，南溪家種的蔬菜，時令都很長？」

他記得很清楚，上次她拿出黃瓜的時候，他們家的黃瓜才剛開始謝花結果。而現下，他家裡的黃瓜都已經到了尾季，也已經開始老藤了，南溪家居然還有脆嫩新鮮的黃瓜！

「嗯。」景鈺斂著眸子啃著瓜。

胖虎雙手撐著腦袋，一臉鬱悶。

「我總感覺南溪有事瞞著咱們，她跟我都沒以前親近了。」

以前她都是甜甜地叫他胖虎哥哥，哪像現在，只管他叫胖虎！

景鈺把黃瓜蒂投進旁邊一個裝渣碎的簸箕裡，又從懷裡掏出一塊素色手帕擦手。

「何必庸人自擾，她待會兒出來，你問問她不就得了？」

胖虎撇了撇嘴。「我才不上你的當。」

若她真有事瞞著他們，那也必然是有要瞞著的理由，他假裝沒有看穿便好。

「上什麼當？」

南溪抱著幾根黃瓜、兩顆花菜從後院走出來，兩人連忙站起身去接住她懷裡的東西。

胖虎看著南溪分在他懷裡的東西，問：「這花菜也是給我們帶回去的？」

南溪點頭，笑咪咪的。「嗯，這花菜一有太陽就開得極快，我和阿娘都吃不過來，你們一人帶一顆回去幫忙解決吧。」

胖虎撩起一角衣襬，把黃瓜跟花菜都兜在懷裡。

「我最喜歡吃花菜了，可惜我阿爹年前跟牙嬸要來栽的花菜苗只活了一顆。」

景鈺把菜都放進了背簍裡，從背簍裡挑挑揀揀了幾株草藥出來，遞給南溪。

「回報，拿著。」

南溪愣愣地接過。「這幾株草藥可都很珍貴的，你確定要拿它們來作為幾顆蔬菜的回報？」

景鈺揹起背簍，看著她。「妳若覺得心裡過意不去，以後可以多種一些我喜歡吃的蔬菜。」他向來不做賠本買賣。

南溪抽了抽嘴角。「……你喜歡吃什麼蔬菜？」

景鈺略作沈吟。「黃瓜、菜花、馬鈴薯、茄子……除了南瓜，我其實什麼蔬菜都吃的。」

那是不是什麼蔬菜都得為您種上一點？南溪悄悄在心裡翻了一個大白眼。

已經走到院門口的胖虎，又不甘示弱地走回來。「還有我。除了胡蘿蔔，我也什麼蔬菜都吃的。」

南溪朝兩人揮揮手。「快走快走，好走不送！」

胖虎笑嘻嘻地跟她道別。景鈺翹著嘴角，先跨出院門。

「景鈺，你們回來了？村長呢？你可知道村長在哪裡？」

行色匆匆的徐火在路經南溪家院門口時，正好看到景鈺從裡面出來，趕忙上前一步問道。

胖虎跟南溪聽到動靜，也從院子裡出來。

南溪見他神色焦急，忙出聲詢問。「徐大哥，怎麼了？」

徐火沈聲道：「杏兒的阿娘在院子裡暈倒了，現下杏兒正在守著她，託我出來尋村長與她的阿爹。」

南溪雙眉一蹙。「阿秀姨暈倒了？」

景鈺抿了抿唇。「他們都在南邊蓄水坑那裡。」

胖虎跳出來，把兜著的蔬菜全交給了南溪，對徐火道：「徐大哥，我帶你去。」

「多謝！」

徐火抱拳謝過後，便跟著胖虎去了南邊。

南溪回到院裡把門鎖好，便跟著景鈺一起去了杏兒家。

來到劉家門口，只見院門大開，南溪直接跨進院子。只是還沒走幾步，就看到地上有一小灘已經凝固的血跡。

她與進來的景鈺對視一眼，聽到屋裡傳來低低切切的抽泣聲。南溪連忙轉身進入裡屋。

「杏兒姊姊？」

堂屋左間，杏兒正跪坐在床邊，雙手握著床上婦人的手。

「阿娘，妳醒來啊，妳別嚇杏兒好不好？妳醒來！」

床上的婦人戴著一對黑色眼罩，眼罩之下是一張極其蒼白的臉色。

若不是看到她胸前尚有輕微起伏，南溪差點誤以為婦人已經去了西天佛祖那裡報到。

手搭在杏兒的肩上，南溪柔聲安慰。「杏兒姊姊別擔心，胖虎已經帶著徐大哥去南邊找村長跟劉伯了，他們很快就會回來。」

杏兒似是才注意到有人進來，抬頭看了一眼南溪，紅著眼抽泣。「南溪，我阿娘不會有事的，對不對？」

南溪點點頭，把人慢慢攙扶起來，坐到一邊的木凳上。

「嗯，阿秀姨肯定沒事的。」

一旁的景鈺在這時出聲。「我可以替她診一下脈。」

南溪眼睛一亮，隨即又轉過頭來對杏兒道：「杏兒姊姊，我跟景鈺都在跟著村長伯伯學醫。景鈺腦袋瓜聰明，已經學會了望聞問切。現下師父他們尚未回來，不若咱們先讓景鈺給阿秀姨把一下脈？」

杏兒緘默了一瞬，才點著頭把床邊的位置讓開。

景鈺來到床邊，把小手搭在杏兒阿娘的手腕上，開始斂眉不語地診脈。

想到院子裡的那灘血跡，南溪看著杏兒，試探地開口。「杏兒姊姊，我們剛進院子時，看到地上有一灘凝固的血跡……」

杏兒抬袖拭淚。「那是雞血。阿娘近日身體不好，阿爹今晨走之前便宰了一隻母雞，吩咐我拾綴出來給阿娘補補身子。」

原來是雞血。

「此次，阿秀姨便是因為身體不好才暈倒的嗎？」

杏兒的眼裡又蓄滿了晶瑩。「我出去挑水的時候，阿娘還好好地坐在院子裡，可等我挑水回來，她卻躺在了地上，一動不動，怎麼喚都喚不醒……是徐大哥幫我把阿娘抱進屋裡，吩咐我好生在家裡守著，他幫我去找村長跟阿爹回來。」

「徐大哥？他那時怎麼會在妳家？」

杏兒低著眉眼，有些不好意思地開口。「我出去挑水的時候，恰好碰到他也在挑水，他見我挑水吃力，便……便主動幫我挑水……」

南溪一挑眉。原來如此。

床邊，景鈺正好收回診脈的手。杏兒見了，連忙上前問道：「怎麼樣？」

景鈺從懷裡掏出一塊手帕擦手。「我診出的是滑脈。」

杏兒一臉茫然。「滑脈是什麼意思？我阿娘會不會有事？」

南溪聽了心下微鬆，向杏兒解釋。「滑脈就是喜脈，杏兒姊姊，妳要有弟弟或妹妹了。」

「弟弟妹妹？」杏兒呆訥著重複。

南溪笑著點頭。「嗯，弟弟妹妹。」

這時，外面突然傳來一陣聲響，隨後就看到一個方臉腮鬍的莊稼漢子衝了進來。

「杏兒，妳阿娘呢？」

原本已經止住了眼淚的杏兒一看清楚來人後，眼淚就流了出來。

「阿爹……」
劉能兩步走過來，看著躺在床上面無血色的妻子，堂堂的七尺漢子竟然一下就紅了眼眶。
「阿秀，妳、妳這是怎麼了？」
緊跟著進來的還有虛無子和胖虎，南溪連忙上前行禮。
「師父來了。」
劉能連忙拉著虛無子來到床邊。「村長，你快給阿秀看看。」
「別急，我這就給她切脈。」
虛無子在床邊的凳子上坐下，開始為病人診脈。
南溪走過來。「師父，剛才景鈺已經為阿秀姨診過脈了。」
「哦？」虛無子抬眼看向景鈺。「可診出了什麼？」
景鈺從容開口。「病人脈象圓潤如滑珠，且時深時淺，乃滑脈之象。」
虛無子撫著八字鬍，低眉不語。
房間裡一時安靜無聲。
直到片刻，虛無子切完脈收回手。
劉能滿心焦急地開口。「村長，阿秀她怎麼了？」
虛無子理了理衣袖，起身抱拳對他說道：「恭喜劉兄，你又要當爹了。」
突來的驚喜把原本還一臉擔心的劉能直接砸得呆愣住了。

「你是說，阿秀有喜了？」

虛無子笑著頷首。「不錯，觀脈象已有兩月有餘。」

劉能聞言，頓時喜笑顏開，不過也沒忘記要關心妻子。「那阿秀她何時會醒？」

虛無子道：「大概半個時辰便會醒來。不過她身虛體弱，且胎象略有不穩，需得仔細調養，我待會兒回去配幾帖藥送來，你記得要煎服給她喝。」

劉能抱拳感激道：「有勞村長了。」

虛無子來到景鈺面前，讚許道：「不錯，可以出診了。」

景鈺淡淡勾了勾嘴角，南溪看得一個酸。

「師父，您什麼時候教我診脈呀？您老只顧著教景鈺，都忘了還有我這個徒弟了。」

虛無子笑看著她。「景鈺不是一直都在代我教妳嗎？」

「可我想跟師父學呀。」南溪眨巴著大眼睛，一臉無辜地說道。

景鈺抿著唇，斜睥了她一眼。

虛無子哈哈一笑。「待過兩日一切都步入正軌，為師便好好教你們醫術。」

南溪大眼睛一彎。「好。」

院子裡，一直在那兒等著的徐火見到幾人出來，連忙上前。「村長，阿秀姨沒事吧？」

他一個外男不好進去，便一直在外面守著。

虛無子撫著鬍鬚，噙著笑意。「無甚大礙。」

徐火聞言，悄悄鬆一口氣。無礙便好，這樣她便不會再哭了。

虛無子看向徐火。「我現在需回去配藥，徐公子可要同我們一起離開？」

「嗯？好。」

出了杏兒家，南溪便與虛無子他們分開，回家燒飯。

胖虎跟著她一起回家，去拿他的黃瓜跟花菜。

傍晚，錦娘幹完活回來，得知下午的事後，又提著一籃子攢下的雞蛋去了劉能家。

待到她再回來時，天已經是大黑。好在今晚月光皎潔，能看清地面的路。

回到家，母女倆吃完晚飯，又說了一會兒體己話後，便各自回屋歇息。

第二日一早，南溪打掃完前院，便去到後院開始栽種草藥。

錦娘難得今日沒有出工，幫著南溪栽種完草藥後，便坐在屋簷下做著鞋。

南溪來到錦娘跟前，看著她繡的繡花鞋，伸出小手在旁邊比劃了一下，笑嘻嘻詢問。

「阿娘，這是給我做的鞋嗎？」

錦娘埋首穿著鞋底的麻線。「嗯，妳今年長高了一截，想來去年春天做的鞋也不能穿了。」

「這鞋真好看。」南溪在錦娘身旁蹲下，把小手搭在她的膝蓋上，孺慕地望著她。「謝謝阿娘。」

錦娘抬起頭來，用手指輕點了一下她的額頭。

「傻孩子，跟阿娘說什麼謝？」

南溪笑嘻嘻。「阿娘，我去找胖虎他們玩了。」

「去吧，新鞋會有點磨腳，別跑太快了。」

南溪應了一聲，便出去找小夥伴了。

她剛走到村長家門口，就看到胖虎跟景鈺一前一後從裡面走出來。

「你們倆去哪兒？」

胖虎咧開嘴笑。「我們正要去找妳，妳便來了。」

南溪挑眉一笑。「看來我來得正是時候。走吧，有什麼事裡面說。」說完就要上臺階往院子裡走。

胖虎連忙攔住她。「別進去。」

南溪瞪著他。「什麼意思？」幹麼不讓她進去？

胖虎把她拉到院門口，示意她悄悄往裡面看。

南溪一臉狐疑地看了他一眼，伸著脖子偷偷探向院子裡。

然後，她看到徐火跟杏兒站在院子裡，相顧無言，氛圍甚是微妙。原來如此！

南溪看了一會兒，收回視線，又退離開院門兩步，才小聲問：「他們倆這樣子對望有多久了？」

「已經有小一刻鐘了。」景鈺拍著衣襬上的灰塵。

南溪看向景鈺。「徐大哥會在這兩日離開吧？」

「明日。」

明日？怪不得杏兒一臉的難過與不捨。

「我們走吧，讓他們好好話別。」

南溪朝兩人打了一個手勢，猶自走在前面。

現在阿秀姨懷孕，正需要人照顧，不管徐火有沒有意要帶杏兒走，杏兒都不可能在這個時候離開桃花村了。

第十四章

傍晚，蓄水坑那邊的後續工作終於全部搞定，就只等著引流山水和下雨時蓄水。

次日，終於得空的虛無子召集村裡的人簡單開了一個村會，主要是新開墾的土地如何分配以及蓄水坑那邊該怎麼維護。

散會時，虛無子喚住跟隨錦娘一起來的南溪。「明日卯時來我這裡學醫術。」

南溪眨眨眼。「明日卯時？」他不是要送徐火出村嗎？

虛無子撫鬚看她。「嗯，可能準時？」

南溪趕緊點頭。「徒兒一定準時報到。」

等所有人都離開以後，景鈺抬頭問虛無子。「明日誰送徐火出村？」

虛無子轉身進屋。「杏兒的阿爹。」

入夜，徐火正在床上盤腿打坐，忽聞一道敲門聲傳來。他走過去把門打開，就看到景鈺雙手攏袖站在門外。

「景鈺？這麼晚了找我何事？」

景鈺神態自若地走進來，抬眸掃了一眼床上整齊的棉被，淡漠開口。「徐大哥剛才在打坐？」

「嗯。」

不知為何，徐火今晚竟在這個五歲小孩的身上看到那種上位者才有的氣勢，不由自主地便回答他的問題。

「徐大哥明日離村，景鈺想請徐大哥幫個小忙。」景鈺的態度忽然變得十分誠懇。

徐火愣了愣。「若是徐某力所能及之事，請說。」

景鈺一雙黑眸看著他。「徐大哥此次出村可是要趕去朝陽城？」

徐火微瞇起雙眼。「你是如何得知？」

景鈺半垂下眸子。「你昨日與杏兒姊姊話別時，景鈺無意間聽到幾句。」

徐火耳根一紅。「你要我幫什麼忙？」

景鈺從衣袖裡拿出一封密封好的信交給他。「煩請徐大哥幫我把這封信送到朝陽城南城，慶豐酒樓的老闆手裡。」

徐火接過信封，一雙狹眸似笑非笑地看著景鈺。「你不是說你在外面已無親人，如今怎的又要我幫忙送信了？」

景鈺沒有解釋，只伸出手道：「若徐大哥不願幫忙，就當我沒說，還請徐大哥把信還我。」

「行了，這信我幫你送了就是。」徐火拿信封輕拍了一下他的手心，隨後便把信收進包袱。

景鈺微微躬身行禮。「多謝。」

翌日，天邊才剛開始矇矇亮，南溪便咬著一個蔥油餅走在去往村東頭的路上。經過杏兒家門口時，看到劉能正揹著一個包袱走出門，在他身後的是同樣拿著一個包袱的杏兒。

南溪把最後一口蔥油餅囫圇進嘴裡打招呼。「劉伯，杏兒姊姊，你們早呀！」

走在前面的父女倆回過頭。

「南溪？妳這麼早是要去哪兒？」問話的是杏兒。

南溪快步上前。「我去師父家學醫。劉伯，杏兒姊姊，你們是要出村嗎？」

劉能微笑著點頭。「我出去買一些補品，給杏兒的阿娘補補身子。」

南溪眨巴著大眼睛。「徐大哥也是今日出村。」

劉能看了杏兒一眼。「嗯，村長昨日便同我說了，由我送徐公子出村。這不，我正要去村長家喚他。」

原來是這樣。南溪看了一眼杏兒手裡拿著的包袱。

所以，這包袱是給徐火準備的？怪不得劉伯剛才看杏兒姊姊的眼神有一種「家裡的大白菜被豬拱了」的憤怒。

三人一起來虛無子家，南溪剛準備敲門，院門便被人從裡面打開。徐火揹著個包袱走出來，對劉能抱拳道：「小子煩勞劉叔了。」

劉能面無表情嗯了一聲，便轉身走在前頭。

南溪像模像樣地對徐火說：「徐大哥一路順風，咱們後會有期。」

徐火笑著抱拳回禮。「南姑娘，後會有期。」

杏兒看了一眼父親走遠的背影，走過來把手裡的包袱交給徐火。「徐大哥，保重。」

徐火接過杏兒手裡的包袱，一雙狹眸炯炯看著她。「多謝杏兒姑娘。」

走出了一大截的劉能，見徐火遲遲沒有跟上來，便回頭嘲諷道：「徐公子是不打算出村了嗎？」

徐火深深看了杏兒一眼後，邁步追上劉能。

杏兒一直目送著徐火的背影，南溪偏著腦袋看了一會兒，不解問道：「杏兒姊姊怎麼不送到桃林？」

前面的身影已經逐漸模糊，可杏兒仍捨不得收回目光。「那樣阿爹會生氣。」

「哦～～」

原來劉伯已經知道了呀，南溪恍悟地點著小腦袋。

「妳杵在那裡是想看日出嗎？」景鈺淡漠的聲音從她身後傳來。

南溪轉身，無語地看著他。「好歹我們跟徐大哥相識一場，你怎麼也不出來送送？」

景鈺目光不明地睥了她一眼。「卯時已過一刻。」

南溪一臉懵。「什麼？」不過只一瞬，她立即就反應了過來——她上課遲到了！

南溪連跑帶跳地衝進了院內。堂屋，虛無子正把一張人體穴位圖紙攤開在桌面上，看到兩人相繼進屋，便招手道：「你們倆過來。為師今日先教你們識清人體各部位的穴位，以方便你們以後施針。」

「是。」兩人同步上前，仔細聽盧無子講解。

「人體周身約有五十二個單穴，三百個雙穴、五十個經外奇穴，共七百二十個穴位。有一百零八個是要害穴，其中有七十二個穴一般不至於致命，其餘三十六個是致命穴，又俗稱『死穴』……」

日升日落，日復朝夕，日子很快便已過去一月。

地裡種的春麥，麥穗已經變得金黃，家家戶戶又開始要忙著收割小麥了。只有南溪家跟杏兒家的小麥是上月才重新播種的，如今還是綠油油的一片，離收割還有好長一段時間。

所以，錦娘這兩日便在幫忙古娘子家收割麥子，南溪乖乖在家幫忙煮飯燒水。本來，她是想到地裡去幫忙拾麥穗的，只是那麥穗上的穗鬚實在厲害，只沾染了一點在身上便又刺又癢，撓得她滿身都是紅疙瘩。

錦娘看著心疼壞了，次日只讓她在家裡幫忙，不准她再到地裡碰麥穗。

大家忙了好幾天，終於把地裡的小麥收割完，只是小麥還未曬乾，緊接著又要忙著放水插秧。

離小河不遠的一處田埂上，南溪興致勃勃捲起褲腿就要下田幫忙，卻被錦娘一個提溜又給提到了岸上。

「快回去，別給阿娘搗亂。」

南溪不肯，還欲再下田。「阿娘，妳讓我試試，我真的會插秧的。」她以前跟著爸媽回老家，那是親自下田插過秧，體驗過生活的。

錦娘美目含怒地看著她。「妳這短胳膊短腿的，下了這水田就好比那焊在地裡的蘿蔔，拔都不容易拔出來，如何幫忙插秧？」

「阿娘！」南溪撇著嘴，一步三回頭地慢慢挪著腳丫。

在隔著兩條田埂的田裡，幫著插秧的胖虎抬起胳膊抹掉濺在臉上的泥水後，看向南溪。

「南溪，妳走這麼慢是在數螞蟻還是在數毛毛蟲的腿？」

毛毛蟲？南溪下意識地低下頭看，就看到田埂邊有好幾條毛毛蟲在爬行，其中一條甚至就在她光腳丫旁邊蠕動，看樣子是正想攀越眼前這白嫩嫩的障礙物。

「媽呀！」田埂上怎麼會有這麼多的毛毛蟲！

南溪嚇得渾身寒毛豎起，眼角飆淚，提著鞋撒腿就跑，那速度與剛才簡直天差地別。她一口氣跑到院門口，喘著粗氣擦掉額頭上的汗水。毛毛蟲什麼的簡直太可怕了！

過了片刻，她瞇起眼睛望著頭頂上熱情似火的太陽。

天已經越來越熱，若是放在現代，小吃店都已經開始營業各種冷菜小吃了。她上輩子的家鄉在西南方，那裡不但山清水秀，還有許多有名的甜品小吃，尤其是夏天，什麼冰鎮的涼糕涼粉涼皮涼蝦……應有盡有，而且這些小吃還可以根據個人的喜好選擇不同的口味。

想想都好想吃啊！南溪不自覺吞嚥了一口口水，可惜這裡沒有食材，不然她怎麼也要搗鼓出兩樣來解解饞……

等等！涼糕好像是用糯米做的吧？家裡應該有糯米。南溪雙眼發亮，推開院門就跑到屋裡去找糯米。

一刻鐘後，在廚房找到糯米的南溪喜笑顏開地用平時量米的盅舀出幾盅糯米，淘洗乾淨後，又加清水泡。

期間，她還去後山腳下找了幾個光滑的小石子，洗乾淨後放在一個碗裡也用清水泡起來後，才去後院摘菜準備燒飯做菜。

待到中午錦娘回來吃飯，看到廚房案臺上的東西後，不免疑惑地問南溪。「溪兒，妳泡這麼多糯米做什麼？」還有那碗裡，怎麼還泡著幾個小石子！

南溪彎著眉眼，故弄玄虛地道：「阿娘傍晚回來便知。」

錦娘笑著用手輕點了一下她的額頭。「小鬼靈精，還神秘兮兮的！」

因為毛毛蟲的陰影，南溪已經不想再去田埂。在錦娘歇息的時候，她已經為她裝好了水囊，等到錦娘準備出工時，兩個水囊已經放在了她的秧擔子裡。

「怎麼放了兩個水囊？一個就夠了。」在水裡幹活不像在地裡幹活那樣方便喝水，所以一個水囊便足夠。錦娘說完便彎腰取出來一個水囊遞給南溪，示意她拿回去。

南溪卻沒有伸手去接，只微笑著說：「阿娘，還有一個水囊是給秦叔他們爺倆準備的。他們家裡沒人，中午回去還要現做飯炒菜，哪還有空燒水。」

「為娘竟不如妳想得周到。」錦娘笑著把水囊重新放好，彎腰挑起秧擔子就出了門。

待錦娘走後，南溪又去廚房的櫥櫃裡找出一塊紅糖來，先起鍋燒水把紅糖化開後，再舀到一個缽裡涼著。

而後又算著時間，把泡了許久的糯米碾成米漿放在一邊。完了又把泡了許久的小石子也礪碎，重新加入清水；待到裡面的石粉末全部沈澱，再小心倒出最上面的那一層水。

景鈺來找南溪的時候，她正在廚房搭著小板凳，雙手捧著一個大碗在那裡慢慢篦著石灰水。

景鈺不知她在搗鼓什麼，走近問道：「妳在做什麼？」

「你走路怎麼都沒有聲音的？」差點被嚇到的南溪回頭吐槽了他一句，繼續做著手裡的事情。

景鈺瞅了一眼放在案臺上的紅糖水和糯米漿，又瞅著她用蒸大米飯的麻布把一碗水過濾了無數遍，便立刻猜到她這是要做好吃的。

他一雙黑眸微微發亮，主動請纓。「需要幫忙嗎？」

有人想要幫忙，南溪自然不會客氣。「那就幫我燒火吧。」

景鈺來到灶臺前坐下。「燒哪一口鍋？」

「這口。」南溪抬手指了指先前已經洗乾淨的大鍋，又挪著小凳子，拿著水瓢往鍋裡面舀水。直到她覺得水差不多了，才把篦好的石灰水倒進鍋裡，再蓋上鍋蓋，讓景鈺用大火燒開。

景鈺什麼也沒問，乖乖按照南溪的指示，用大火把鍋裡的水催開。

期間，南溪從後院摘了兩根黃瓜，兩人一人一根地啃著。

過了一會兒，見鍋蓋四周升騰起了白煙，景鈺出聲提醒背對灶臺的南溪。「水開了。」

「現在改小火燒。」南溪轉過身來，揭開鍋蓋，把糯米漿小心地倒進沸騰的開水裡，右手還拿著鍋鏟在那裡不停攪拌。

只稍許，她感覺到手上的阻力越來越大。看著鍋裡逐漸濃稠的米糊，南溪一邊擦著汗水，一邊對景鈺說道：「可以了，不用再加柴了。」

聞言，景鈺把剛拿起的柴火放下，拍拍雙手起身，望著鍋裡白糊糊的東西，像個好奇寶寶。「這是做什麼？」

「涼糕。」

南溪把鍋裡的米糊快速舀到早已擺放在旁邊的碗裡。最後，一鍋米糊竟裝了十個碗。

景鈺幫忙把那些碗都移到案臺上後，就站在旁邊看著，也不說話。

為了讓涼糕冷得更快，南溪找來兩個木盆，往裡面注入清水，再把涼糕一碗碗放進去。等她做完這一切，發現景鈺的視線一直都在盯著涼糕看，便開口解釋道：「得等到它涼了才能吃。」

「我知道。」景鈺把眸光移開，雙手負後地走出廚房。

嘖！這傲嬌的小背影。南溪挑了挑眉，去堂屋找來兩把蒲扇，一把給了景鈺，自己拿著一把來到廚房，給木盆裡的涼糕搧熱。

景鈺見了，也走進來幫忙。

南溪回頭看他。「對了，你來找我可是有事？」

景鈺搖頭，這兩天所有人都去田裡幹活，就連胖虎也被他阿爹叫去學插秧，整個桃花村除了貓狗，也就他和南溪兩人閒著，他不來找她找誰？當然，他是不會把這些話說出來的，不然萬一這小丫頭一生氣，不給他涼糕吃了怎麼辦？那他不白忙活了嗎？

他抬起眼皮悄悄地看了南溪一眼，卻發現小丫頭原本白嫩的小臉被木盆裡升起的騰騰熱氣給薰得白裡透紅，煞是好看。

景鈺的手突然有點癢，就想捏點什麼。他半斂下眸子，默默把左手揹在了身後，在心中默唸：非禮勿動。

一刻鐘後，南溪揉著酸軟的手臂下了凳子。打扇還真是個體力活，算了，還是等它自然涼吧！

見她停下，景鈺也跟著停下，她走出廚房，他也跟著走出廚房。

等涼糕放涼還有好一會兒，南溪便乾脆拿出兩本書來與景鈺一起坐在屋簷下的陰涼處看書。

大概申時末，胖虎一手提著草鞋，一手提著一個竹簍子，興沖沖地走進院子。

「南溪快去找一個水桶來，我捉到好多小魚和泥鰍，還有黃鱔。」

南溪連忙放下手裡的書，去找水桶。胖虎把竹簍蓋子揭開，將裡面的小魚泥鰍什麼的全都倒進了水桶。

南溪看著水桶裡的魚和泥鰍，有些咂舌。「這麼多？你去插秧只是順便的吧？」去摸魚才是真的。

「這些都是我插完秧才去捉的。」胖虎甚是得意地說道。

南溪見他一臉的泥水，又折回廚房去打一盆水給他洗臉洗手。

胖虎卻不急，指著水桶裡的魚和泥鰍問南溪。「妳要泥鰍還是小魚？還是一樣一半？」

南溪想了一瞬。「要小魚。」

胖虎又扭頭問景鈺。「你呢？」

景鈺走過來看著水桶裡扭在一起的小魚和泥鰍。「泥鰍和小魚都要一點。」

胖虎點點頭，開始在水桶裡扒拉。旁邊的南溪其實也想要一點泥鰍，可她不會殺。

景鈺睥了她一眼，轉頭問正在往竹簍裡撿泥鰍的胖虎。「你阿爹插完秧回去了？」

胖虎搖頭。「阿爹還要去放水。」

景鈺開始挽袖子。「既然如此，就在這裡收拾好再回去吧！我跟你一起收拾，完了讓南溪幫忙炸好。」

胖虎雙掌一拍。「好主意。」

於是，兩人開始在院子裡殺小魚跟泥鰍。南溪去廚房裡洗鍋燒油，等著炸魚炸泥鰍。

待到日落西山時，殺好小魚跟泥鰍的景鈺又去幫南溪燒火，胖虎也在院子裡打掃弄髒了的地方。

兩刻鐘後，金燦燦的炸泥鰍和炸小魚出鍋，裝了滿滿一個筲箕。

胖虎迫不及待地用兩指捏起一根炸得金黃的泥鰍放進嘴裡，顧不得燙嘴，感受著那酥脆的口感以及那飄入鼻尖的肉香。

「唔，好吃，太好吃了！」

第十五章

旁邊的南溪和景鈺也同樣，捻起一根金黃，一邊呼呼一邊往嘴裡面送。

天邊的晚霞已經開始消散，田裡幹活的大人也開始陸續收工。

南溪拿出兩個小笸箕，把小魚和泥鰍勻成三份，又把已經放涼的涼糕淋上紅糖水，再在兩個笸箕裡分別放上兩碗。

胖虎端著笸箕好奇地問：「這是什麼？」

南溪把碗放平。「涼糕，你和秦叔一人一碗，路上小心，別撒了。」

胖虎聞著紅糖水的甜味，舔了舔舌頭。「好像很好吃的樣子，那我先走了。」

待胖虎離開，景鈺也端著小笸箕告辭。他已經迫不及待想要嚐嚐這涼糕的味道了。

兩人前腳剛走，錦娘後腳便挑著秧擔子回來，就在她洗手的時候，南溪捧著一碗涼糕過來，笑咪咪道：「阿娘，吃涼糕。」

「這便是妳搗鼓出來的東西？」錦娘擦乾淨手，接過碗，笑著問。

「嗯，妳嚐嚐看。」南溪用瓷勺把涼糕輕輕攪拌了一下，讓每一小塊涼糕上面都裹滿了紅糖水後，才把勺子遞給錦娘。

「好。」錦娘微笑著接過瓷勺，動作優雅舀了一小口涼糕進嘴裡。

「怎樣？好吃嗎？」南溪一臉期待地看著她。

錦娘品嚐完，含笑點頭。「香甜軟糯，有嚼勁，還算美味。」

趁著天還沒黑，南溪把三碗涼糕裝進籃子裡，跟錦娘打了一聲招呼便出了門。

她一路往東邊走去，直到來到杏兒家門口。院門半開，從外面往裡面看去，可以看到一位戴著黑色眼罩的婦人正坐在屋簷下剝著蒜子。

南溪推門進院，脆生生喚了一聲。「阿秀姨。」

秀娘抬起頭看過來。「是南溪啊，有啥事嗎？」

南溪提著籃子走近。「我聽杏兒姊姊說您自有孕後便一直嗜甜。正好我今日自己搗鼓了些甜食，便拿過來給您嚐嚐，看看合不合您的胃口。」

「妳有心了。」秀娘微笑著伸出手。

南溪見了連忙把手裡的籃子遞到她手裡。「阿秀姨，這是我用糯米做的涼糕，上面還淋了紅糖水，您待會兒嚐嚐看好不好吃。」

「好。」

秀娘剛接過籃子，杏兒父女便挑著秧擔子進了院子。待看到院子裡的人後，杏兒驚訝出聲。「南溪，這麼晚過來可是有事？」

「劉伯，杏兒姊姊，你們回來了？」南溪先是笑著跟父女倆打了個招呼，而後才把剛才的話又說了一遍。

劉能走過來，一巴掌拍在她的小肩膀上。「好丫頭！」

他這一巴掌，猛得讓南溪嘴角直抽搐。好——疼！

秀娘似是眼睛能看到一般，輕聲責怪道：「你輕點，別拍疼了小南溪。」

「不會，我有控制好力道。」劉能哈哈笑著拿走妻子手裡的籃子。

南溪默默地揉著肩膀，等到劉能把籃子裡的碗拿出來，再把籃子還給她。

劉能望了一眼天色，叮囑著南溪。「路上小心點，這幾個碗我明日再讓杏兒給妳送回去。」

「嗯，劉伯，阿秀姨，杏兒姊姊，我回去啦。」南溪接過空籃子，揮手與他們一家道別後，便快步往家裡趕。

待回到家，錦娘已經把飯菜擺好。

第二日，杏兒一大早便來歸還昨日的碗。「過兩日，我會跟著阿爹去外面置辦一些貨物，南溪妳有什麼想帶的東西嗎？」

南溪搖頭。「沒有，謝謝杏兒姊姊。」

杏兒摸摸她的頭。「反正還有兩日，妳慢慢想，等妳想到了要帶什麼，再來告訴我。」

「好。」

等杏兒走後，南溪去到後院找正在打掃雞圈的錦娘，問她可有什麼需要帶的東西，並告訴她杏兒過兩日會跟著劉能出村。

錦娘聽了，沈吟一瞬。「這個月末是杏兒及笄的日子，劉大哥與杏兒這時出村，想必就是出去置辦杏兒及笄禮的物品吧！」

「杏兒姊姊這個月末及笄？」

錦娘打開雞圈門出來。「嗯，到時妳劉伯定會宴請全村的人參加杏兒的及笄禮。」

南溪跟在她身後。「那阿娘想好了到時送什麼禮物了嗎？」

「自然是想好了。」

南溪看著錦娘的背影半晌，終是鼓起了勇氣開口。「阿娘，我想要跟著杏兒姊姊出村。」

錦娘回過頭。「妳出村去做什麼？」

當然是想去看看外面是什麼樣子。南溪仰起頭看她。「我想把草藥拿出去換成銀錢，還要給杏兒姊姊買生辰禮物。」

錦娘的語氣很淡。「草藥阿娘可以幫妳拿出去賣，至於給杏兒的生辰禮物，妳一個小孩子有那份心意就行了，我相信杏兒她不會介意的。」

行吧，南溪低下頭。「溪兒就是想出去看看外面是什麼樣子的。」

錦娘盯著南溪的頭頂看了好一會兒，才輕嘆道：「妳一個小孩出去賣草藥我哪裡放心？」

「哦。」就在南溪以為自己出村無望的時候，錦娘卻又補充了一句。「……還是阿娘跟著妳一起出去吧。」

南溪聞言，猛地抬頭，一雙大眼睛裡裝滿了璀璨。「阿娘願意帶我出村？」

看著女兒高興的小模樣，錦娘露出了微笑。「嗯，不過阿娘得和妳約法三章，到了外面，妳不許惹禍，也不許亂跑，更不許離開阿娘的視線。」

南溪忙不迭地點頭。「嗯嗯，溪兒一定不惹禍不亂跑也不離開阿娘的視線。」

辰時一刻，胖虎與景鈺相繼來歸還昨天裝了涼糕的碗跟筲箕。就在胖虎對昨日的涼糕回味無窮、讚不絕口的時候，南溪把她過兩日要出村的消息告訴了兩人。

南溪心情極好地問他們。「你們可有什麼想買的東西？我可以幫你們捎回來。」

胖虎忽然就覺得手裡的黃瓜不香了。「我也想要跟你們一起出去趕集。」

景鈺咬了一口黃瓜。「你也可以回去央求你阿爹帶你出村。」

「我這就回去同我阿爹說。」胖虎拿著半截黃瓜就風風火火跑走了。

南溪扭頭看向景鈺。「你幹麼攛掇他去找秦叔？」

景鈺一臉無辜相。「我攛掇他了嗎？」

南溪輕哼了一聲，盯著他不說話。

景鈺輕笑了一聲。「妳這樣看著我，會讓我以為妳是不是對我有什麼想法。」

小弟弟，你想太多。

過了許久，胖虎揉著屁股回來，嘴上咧著笑地說道：「南溪，我阿爹同意我跟你們一塊兒出村了。」

南溪偏頭看向他身後，問：「你屁股怎麼了？」

「沒事。」胖虎打著哈哈，走到矮凳那裡，側著身子慢慢坐下。

南溪看得嘴角一抽。這是回去挨揍了？

胖虎坐下來後，看向身旁的景鈺。「景鈺，要不你也回去問一下村長伯伯，到時候咱們仨一塊出去。」

景鈺把黃瓜蒂扔進垃圾簍裡，又掏出手帕來擦手。「不用問，過兩日我本就要跟著師父他們一起出村。」

南溪瞪眼。「你剛才怎麼沒說？」

景鈺老神在在。「現在說也是一樣的啊！」

這天，南溪天不見亮便爬起了床，趁著錦娘在廚房做早飯的功夫，她去到後院拔了幾株珍貴草藥放進籃子，再用一塊青色麻布遮蓋在上面。

等到公雞第二次打鳴的時候，胖虎便斜揹著一個用鹿皮縫製的小皮包來敲南溪家的門。

「錦姨，南溪，妳們好了嗎？」

秦秀才有意鍛鍊胖虎獨立，故此次出村他並不同去，只拜託了錦娘幫忙照看一二。

「好了，我們走吧。」一身藍色素衣，頭包同色方巾的錦娘，一手挎著籃子，一手拉著南溪出了院門。

南溪今日與錦娘穿的是親子裝，手腕上也同樣挎著一個小一號的竹籃。

胖虎跟錦娘問了一聲好後，來到南溪身邊。「南溪，這籃子我來幫妳拿吧？」

南溪朝他笑了笑。「這籃子不重，還是我自己拿吧！」

這裡面裝的是她催長的幾株珍貴草藥，可不敢隨便讓別人拿，萬一要是被發現並引起懷疑了怎麼辦？萬事還是小心點好。

走在前面的錦娘在這時回頭。「胖虎，你可知村長他們到了桃林沒？」

胖虎連忙點頭。「我剛出門的時候正好看到有人往桃林的方向走，想來就是村長伯伯他們了。」

錦娘頷首，對兩人道：「我們走快些，別讓他們久等了。」

「嗯，好。」兩個小的連忙跟上錦娘的步子。

一刻鐘後，三人終於來到桃林周邊與眾人會合。見人已到齊，虛無子領著眾人進入桃林。

桃林裡，虛無子走在最前面，錦娘母女以及景鈺跟胖虎走在中間，劉能父女走在最後。

南溪越走越能真切感受到這桃林裡面的玄機，比如每走一小段前面必會出現一個路口，每走一大段又會出現一個十字路口，然後虛無子就領著他們一會兒左轉一會兒右拐……

南溪在心裡暗自感嘆，得虧是有人領著，不然她自己怕是三天三夜都走不出這桃林。扭頭看向身後，卻見胖虎正興致勃勃地跟景鈺討論哪棵桃樹上結的桃子更多一點。

她不由好奇問道：「你們記住這桃林裡的路了嗎？」

誰知兩人異口同聲地問：「為何要記住這裡面的路？」

「不記住，以後長大了怎麼自己出村？」

景鈺垂眸，嘴角亦幾不可見地勾了勾，胖虎卻是用一種不可思議的眼神看著她。

「桃林裡布有陣法，即使記住了今日的每一條路，明日也一樣會被困在這裡面出不去。」

南溪心中暗驚。「什麼意思？」

走在倒數第二位的杏兒笑著跟南溪解釋道：「桃林裡的路會隨著每日陣法的變動而變動，所以他們才說記住路沒用，需記住桃林裡的三十六陣陣法才行。待咱們辦完事情回來，我教妳。」

胖虎立刻道：「我也可以教。」

「謝謝杏兒姊姊。」南溪默默轉過身。

本以為這桃林就是個迷宮，卻原來還是個升級版的移動迷宮。

一行人從桃林裡走出來大概用了一炷香的時間，因此待到出了桃林時，天邊已經大亮。

南溪抬頭望向四周聳立的群山。她很好奇，在這四周到處都是巍峨群山的情況下，他們以前是如何在一日之內從城裡趕回來的？

「溪兒，在發什麼愣？快走。」

錦娘催促的聲音在耳邊響起。南溪收回目光跟著眾人的腳步往前走，大概走了半里路，前方便出現了一條比桃花村小河寬了有一倍不止的河流，其岸邊還停靠著一排用雜草蓋在上面的竹筏。

走在最前面的虛無子過去掀了兩隻竹筏上的雜草，並跳上去檢查了一遍。確定竹筏完好後，便揮手讓眾人上船。隨後，虛無子和劉能便一人划著一隻竹筏，帶著眾人逆著河流向遠方划去。

與景鈺、胖虎他們坐在一隻竹筏上的南溪把手伸進水裡，感受著早間河水的清涼。

原來是走水路！

觀這周圍的地勢，走水路確實是一條捷徑，怪不得他們之前能一日往返。話說，村裡的那條小河流應該就是這條河的支流吧？所以上次徐火便是由這條河裡漂進了山澗，再一路被水沖到桃花村的？

東邊的日頭緩緩升起，籠罩在群山四周的薄霧開始漸漸消散，兩隻隱在群山與白霧中的竹筏慢慢露出河面。

第一次獨自出門的胖虎顯得有些興奮，一路上都在那裡說個不停。

南溪撐著下頜，一邊玩水一邊聽他講城裡都有哪些好玩的，景鈺則端坐在竹筏的另一邊，如老僧入定般一動不動。

竹筏在蜿蜒的河道中大概行駛了有小半個時辰，便來到了一處竹林腳下。虛無子與劉能把竹筏靠邊拴好，便帶著眾人進入了竹林裡的一條小道。路上，南溪一直往回看。

把竹筏明目張膽地停靠在那裡，他們都不擔心會被人划走嗎？萬一被人划走，他們要怎麼回去？

旁邊的景鈺似是知她心中所想，道：「不過是兩隻再普通不過的竹筏，何人會覬覦？」

南溪這才恍然明白桃花村的人為何是用竹筏做工具，而不是用船隻。因為竹筏不但簡單方便，還不會引起人的注意。

只是……她側目看著走在身旁的小子。這小子似乎總是能一眼就看穿她的心中所思。

大概走了一盞茶時間，一行人出了竹林，同時也從走小道改成了走大道。

在大道上不過走了幾步，南溪便看到好幾輛牛車從身邊經過。有載人的，也有載物的，他們都是朝著同一個方向趕去。這些應該就是這附近村莊的村民吧？

一行人大概又走了一盞茶時間，南溪終於看到了高聳的城牆以及那用朱漆在拱頂上繪著惠城二字的城門。

看著城門下來往的行人車輛，以及那分別站在城門兩邊、穿著銀色軟甲的守門官兵，南溪恍惚間還以為自己是在看電視。

錦娘牽著她的小手，小聲道：「別東張西望，跟著阿娘走。」

「嗯。」南溪呼出一口氣，跟著眾人慢慢靠近城門。

他們從卯時初出發，到城裡已經是巳時。南溪在心裡板著手指頭算，也就是說她們從早上五點多出發，一路花了四個小時才走進城？

入了城門，大人們便要分開去買賣貨物，約定好時間和在哪裡會合後，劉能父女便與眾人分開。

轉了一圈之後，虛無子又帶著景鈺與錦娘她們分開。錦娘要拿著繡品去繡閣裡換銀錢，南溪跟胖虎便乖乖在門口等著。

南溪雙手托腮地望著眼前熱鬧非凡的街道，心中頗是感慨。這街景與古裝電視劇裡演的簡直一般無二啊！

胖虎則坐在門口東張西望，忽然，他拍著南溪的肩膀，指著一處，興奮地道：「南溪妳看，那裡有賣糖人的。」

南溪順著他手指的方向看去，果然就看到斜對面有一個被三、兩個小孩圍住的賣糖人的小攤位。

胖虎回頭詢問南溪。「妳想吃嗎？我買給妳。」

南溪低頭看著他扁扁的小皮包，好奇問：「你這裡面是裝銀錢嗎？」

「嗯，阿爹好小氣，就只給了我十片葉子，不過他說一片葉子就可以讓我吃一頓飽飯。」

因很少出門的緣故，胖虎對銀錢沒什麼概念，說著就打開了小皮包，讓南溪一眼就看到了裡面的十片葉子。

「金葉子！」南溪瞪大眼睛驚呼出聲，隨即又趕緊用雙手捂住胖虎的小皮包，並壓低聲音囑咐道：「秦叔沒教你財不可露白嗎？快收起來！」

「哦。」胖虎把小皮包扣好，再次問她。「妳要不要吃糖人？我去買給妳。」反正扣掉飯錢，他的十片葉子還有餘，可以拿去買其他好吃的。

南溪目光甚是複雜地看著胖虎。原來她第一次見到胖虎時的感覺沒有錯啊，他就是地主家的「憨」兒子！

「胖虎，你家都是用金葉子出來買東西的？」

胖虎抓著後腦勺。「我阿爹的床下就只有一個木箱，裡面也都是裝這種葉子。除此以外，好像再沒有其他銀錢了。」

早知道身邊有這樣一個隱形土豪，她還上山挖什麼草藥啊？直接抱大腿不香嗎？

見她一臉惆悵地望著天空，胖虎伸手在她眼前晃了晃。「南溪，南溪，妳怎麼了？」

南溪默默從衣袖裡取出一個錢袋，又從錢袋裡倒出幾文錢遞給胖虎。「拿這個錢去買糖人。」

這是今早臨出門時，錦娘裝好給她的，為了方便讓她自己去買吃食。

第十六章

胖虎卻不肯拿，直接起身。「我有錢，妳且在這裡等著，我這就去給妳買糖人。」

南溪趕忙拉住他的衣袖，壓低聲音說道：「你拿那個葉子去，人家不會賣給你的，大不了算我借你，你回去後再還我。」

胖虎頓了一瞬，終是接過了她手裡的銀錢去斜對面買糖人。

錦娘從繡閣裡出來，看到南溪一人坐在那裡，忙走過來問：「溪兒，胖虎呢？」

南溪抬手一指。「他在那裡買糖人。」

錦娘抬頭看向對面，見對面正好有家藥鋪，便彎腰把手腕上的空籃子放下，拿起南溪放在地上的另一個籃子。

「那妳在這裡再等一會兒阿娘，阿娘把這些草藥拿去藥鋪看看。」

「嗯。」南溪連連點頭。她正打算等錦娘出來便讓她拿著草藥去對面看看。

看著錦娘進了對面的藥鋪，南溪又把視線移向賣糖人的攤位，卻沒有看到胖虎的身影。

胖虎呢？南溪站起來，四處張望。

就在這時，一個肥頭大耳、鼻窩處長著一個綠豆大黑痣的中年漢子出現在南溪的面前，露出了一個他自以為最慈善的笑容。

「小妹妹，可是在找妳哥哥？我剛才看到他追著一個小乞丐往那邊跑了，大叔帶妳去找他可好？」

他蹲在旁邊觀察這小女娃有一段時間了，這麼水靈的小女娃一定能夠賣個好價錢。

南溪面無表情地看著眼前這個突然冒出來，一看就不是好人的大黑痣漢子。

「不好。」居然遇到了人口販子！

黑痣漢子大概沒想到她會一口拒絕，愣了一瞬，繼續道：「難道妳不擔心妳的哥哥嗎？那西邊可是乞丐窩，妳哥哥卻只有一個人……」黑痣漢子邊搖頭嘆息，邊觀察著南溪臉上的反應。

本以為小女娃聽到他這麼一說，定是會擔心哥哥的安危，並央求他帶著她去找哥哥。卻不想小女娃只是淡淡睥了他一眼，就離他遠遠的了。

黑痣漢子的眼中劃過一抹厲色，再次靠近南溪。

「小妹妹，妳哥哥現在很危險，正等著妳去救呢！」

南溪看著黑痣漢子一步步逼近，突然扯著嗓子大喊：「救命呀，有人要拐小孩啦！救命呀！」

此話一出，不管是街上來往的行人還是路邊的攤販，都齊唰唰往這邊看來。

早知道就打暈帶走了！見在附近巡邏的兩個衙役已抬腳向這邊走來，黑痣漢子想要遁走。

圍觀眾人見了，忙齊聲喊道：「快抓住他，別讓他跑了！」

與此同時，街上的人都往這邊圍了過來，勢必要讓這人販子插翅難飛。

見前後左右的路都被堵死，黑痣漢子一個發狠，抽出腰間匕首就往人群裡衝去。「閃開，都給老子閃開！」
眾人見此，嚇得紛紛往兩邊退避，黑痣漢子便趁著這空擋衝出了人群。
就在黑痣漢子以為自己可以逃脫追捕的時候，前方突然出現了一個穿青衫道袍的小道士。待到黑痣漢子跑近，小道士騰空而起，一雙無影腳對著黑痣漢子的胸口就是一陣猛踢。片刻之後，小道士一個翻身翩然落地，黑痣漢子驟然倒地，並口吐白沫。
「好！」圍觀的群眾紛紛鼓掌叫好。
兩個衙役也在這時撥開人群，其中一個走到黑痣漢子身邊，伸出兩指探了探鼻息，便示意另外一個過來把人帶回衙門。
兩個衙役一個方臉一個圓臉，方臉的個子要高一點，他來到南溪跟前，例行公事地開口。「剛才這人可是想要誘拐妳？」
南溪點頭。
方臉衙役蹙眉道：「既如此，妳便是人證，需得跟我走一趟衙門。不知妳家人何在？」
南溪還未開口，錦娘便從對面的藥鋪裡衝了出來。「溪兒！」疾步過來抱住南溪。「阿娘在這，別怕。」
剛才她被掌櫃的邀請進了裡間談話，並不知道外面發生了什麼事，只是一出來就看到這個衙役想要把女兒帶走，於是便急急忙忙衝了過來。
錦娘把南溪護在身後，然後一臉淡漠地看著方臉衙役。「這位官爺，不知小女犯了何事，要把她帶走？」

方臉衙役見錦娘雖一身粗衣，卻容貌不俗且氣質溫婉，便抱拳道：「這位夫人來得正好，剛才有人企圖誘拐令嬡，此人現已被擒獲，只是現下還需令嬡隨我等去趟衙門錄一份口供。」

「誘拐？」錦娘低頭看向女兒，見女兒點頭，又是一陣後怕，把她摟在懷裡。

景鈺早已來到母女倆身旁，視線在周圍掃視了一圈之後，低聲問南溪。「胖虎呢？」

南溪抬起頭。「那人剛才說胖虎追著一個小乞丐去了西邊。」

「我去西邊看看。」景鈺轉身離開。

方臉衙役再次開口。「這位夫人，還請帶著令嬡隨在下走一遭。」

錦娘頷首，改摟為牽地帶著南溪同方臉衙役一起離開。

再說胖虎，正當他拿著兩個兔子糖人打算往回走的時候，突然從側邊竄出一個小乞丐，奪過他手裡的糖人就跑。

這他豈能容忍？自然是拔腿就追。只是這小乞丐太過狡猾，一直在人群裡東逃西竄，讓他空有一身輕功卻使不上，只得跟在他後面追。

就這樣，越追越遠，等到他發現不對勁時，已經被一群乞丐堵住了去路，而那個被他追的小乞丐則一臉得意地站在那些乞丐身後。

胖虎一臉怒容。「你是故意的？」故意搶他的糖人，故意引他到此處！

小乞丐咬了一口手上的糖人。「現在才發現？你也真夠笨的。」

見他居然吃掉了他專門給南溪買的糖人，胖虎的拳頭捏得咯吱咯吱響。「臭乞丐，你還我糖人！」他一聲怒吼，掄起拳頭就揮了過去。

直到景鈺找來時，胖虎已經把一半以上的乞丐揍趴下。見此情景，景鈺乾脆就站在不遠處，抱起雙臂觀戰。

胖虎在一腳踢飛了一個意圖偷襲後背的乞丐後，眼角餘光瞄到了一旁老神在在觀戰的景鈺，於是不滿喊道：「你怎麼來了也不幫忙？」

景鈺眉尾一挑，淡淡吐露。「他們身上太髒。」所以他不想近身。

而就在胖虎回頭跟景鈺說話時，一個滿臉黑的乞丐舉著棍子就要襲擊胖虎的腦袋。景鈺右腳微微一動，一顆小石子便從他的腳下飛出，直擊那人面門。

那人隨即發出一聲慘叫，胖虎立即一個迴旋踢把他踢出老遠。

景鈺睥了一眼還能站立的兩、三個乞丐，淡聲催促道：「速戰速決，錦姨帶著南溪去了衙門。」

什麼？胖虎一聽，加快了速度，不到一會兒，剩下的幾個乞丐也被揍趴下。

他拍著身上的灰塵跳到景鈺跟前。「你剛才說錦姨跟南溪去了衙門？怎麼回事？」

景鈺轉身。「你追著小乞丐不見後，有人販子想要把南溪拐走，幸虧南溪機靈沒有上當……」

府衙。
曹知府正在跟師爺討論著近日的兩起幼童失蹤案，就聽到手下的人進來報，說在東街口抓到一個人販子。
曹知府一聽，立即宣佈升堂。
一炷香後，人販子黑痣漢子被收押候審，南溪母女錄好口供離開衙門。
待到母女倆離開後，曹知府卻陷入了沈思。一旁的師爺見此，十分有眼力地湊過來問道：「大人，可是有哪裡不妥？」
曹知府撫鬚搖頭。「剛才那婦人本官頗覺眼熟，只是又一時想不起來在哪裡見過。」
曹知府名叫曹禺，乃是朝陽城武陽侯之庶子，一年前才來到惠城任知府。
師爺奉承道：「大人愛民如子，許是您前些時日體察民情時見過此婦人。」
卻不想曹知府仍是搖頭。「不，不是在惠城……」
錦娘牽著南溪剛走出衙門，胖虎跟景鈺便趕了過來。
「錦姨，南溪。」
南溪見到胖虎，劈頭就問：「你剛才跑哪兒去了？」
胖虎愧疚地低下頭。「我被一個小乞丐騙去西邊那條街了。」
景鈺看了他一眼，補充道：「我去西邊找他時，他正被十幾個乞丐圍攻。」
聞言，錦娘跟南溪異口同聲地問：「你有沒有受傷？」

胖虎搖頭。「我沒受傷，受傷的是那幫乞丐。」

確定他是真的沒有受傷後，錦娘鬆一口氣的同時，也沈著臉。「下次不可再這麼魯莽了，知不知道？」

胖虎連忙點頭。「知道了。」

錦娘這時才看向景鈺。「景鈺，村長呢？怎麼只有你一個人？」

「師父還有事要辦，吩咐我先來找你們。」

錦娘還欲再問，耳邊卻傳來一陣肚子咕咕叫，胖虎捂著肚子尷尬一笑。

「阿娘，我餓了。」南溪也摸著自己的肚皮說道。

現下已是午時，幾個孩子從早晨出發便一直都沒有吃過東西，也難怪會餓了。錦娘有些心疼地摸摸南溪的頭，又摸摸胖虎的頭。「走吧，咱們先就近找一家飯館吃飯。」

她領著三個孩子就在衙門附近找了一家飯館。飯館是兩層樓格局，雖然不大，生意卻很好，而且來這家飯館吃飯的還有一些是在府衙裡當差的衙役。也因此飯館裡雖然人多，卻也不嘈雜。

幾人用完飯，胖虎主動掏出金葉子結帳，錦娘想要阻止已經來不及，只得帶著三個小的快速離開飯館。

一個時辰後，置辦好物品的錦娘帶著三個小的準備去約好的地點等其他人。

半道上，胖虎跟景鈺忽然對視一眼。

後面有尾巴！

胖虎眨了兩下眼——怎麼辦？

景鈺挑了兩下眉——找個地方把人解決了。

胖虎眼睛一亮，行！

南溪偏頭，狐疑地看著兩人。「你倆眼睛抽筋了？」

錦娘轉過頭，看著三個小的。「怎麼了？」

胖虎眼睛一轉，捂住肚皮，痛呼。「唉呀！錦姨，我肚子好疼！」

錦娘慌了神，趕忙問道：「是不是吃壞肚子了？要不要找個醫館看看？」

胖虎捂著肚子，一臉痛苦地擺手。「不用不用，就是想要如廁……」

「這附近哪裡有茅房啊？」錦娘抬頭，四處張望。

景鈺往前一步。「錦姨，我知道哪裡有。」

錦娘忙道：「那我們快走。」

於是一行人改道，由景鈺帶著去了另一條街。

西邊，一條比較雜亂的巷子裡，錦娘望著已然無路可走的正前方，扭頭疑惑地看著景鈺。

「景鈺，你是不是帶錯路了？」

誰知景鈺卻朝她們做了一個噓的手勢。「錦姨別出聲。」

南溪立即捂住嘴巴，只留一雙大眼睛在那裡眨呀眨的——怎麼回事？

景鈺薄唇輕啟，無聲吐露——後面有尾巴跟著。

錦娘心中暗驚，連忙把南溪護在身後，屏息凝神地盯著巷子口。

「來了。」一直警戒盯著巷口的胖虎忽然出聲。

他的話音才剛落，三個或賊眉鼠眼或一臉橫肉的漢子便衝進巷子。那三人見跟蹤的獵物就在眼前，相視一眼，便一臉不懷好意地逼近。

胖虎站在最前方，沈聲喝斥道：「你們是何人？為何要跟蹤我們？」

那三人站在首位，臉上橫肉最多、眼睛最小的漢子，一臉貪婪地盯著胖虎身上的小皮包。

「小子，識相的就把身上的金葉子統統交出來。」

竟是他招來的禍端。胖虎沈下一張臉，抿著唇對身後的景鈺說道：「景鈺，護好錦姨跟南溪。」

景鈺便站在錦娘母女前面。

對面，賊眉鼠眼一號的眼睛滴溜溜地在錦娘身上轉了一圈之後，便湊到那個橫肉男耳邊悄聲嘀咕起來。也不知道他說了些什麼，就見那橫肉男一臉淫笑把眼睛黏在錦娘身上。

看得南溪直犯噁心，輕輕扯了扯景鈺的衣袖，景鈺回頭疑惑看她。

她說話很小聲，生怕錦娘聽到。「你去幫胖虎斷掉那人的子孫根。」

這麼狠？

那邊，胖虎已經衝向了橫肉男揮拳進攻，側身防守；踢腿再攻，再防守……讓景鈺看得蹙眉。

這三個人顯然與上午那幫乞丐不同，全是練家子，胖虎怕是一時占不了上風。

他回頭對母女倆道：「妳們待在這裡，我去幫胖虎。」

南溪一臉嚴肅地點頭。「去吧，滅他丫的。」

錦娘在南溪腦門上敲了一記，對景鈺囑咐道：「小心點！」

景鈺點頭，用看似閒庭若步，實則快如箭矢地衝過去加入了戰鬥。

景鈺的加入使胖虎如虎添翼，只不過片刻，賊眉鼠眼二號便被胖虎砸出了戰鬥圈，還好巧不巧就摔在母女二人的腳下。

錦娘趕緊帶著南溪往退後兩步。

一息之後，賊眉鼠眼一號也被景鈺一腳踢飛過來，重重砸在賊眉鼠眼二號身上，讓正欲掙扎爬起的二號再度重創倒地，無力爬起。

盯著那正在地上蜷縮打滾的賊眉鼠眼一號半晌，南溪一雙大眼睛微微瞇起。

就是這個人，剛才竟跟那個橫肉男說要把她阿娘抓去如何如何！簡直就是雜碎中的雜碎！

她悄悄鬆開錦娘的手，開始不動聲色地挪到一號跟前，瞄準一個地方後，高高抬起右腳，再重重踩下——

「啊啊啊！」一聲淒厲無比的慘叫，頓時響徹整個小巷，簡直就是聞者驚懼，聽者心顫。

合力把橫肉男揍趴下的景鈺跟胖虎同時回頭，待看清楚南溪做了什麼後，兩人皆不自覺地感到某處一涼。

「溪兒！」錦娘也沒想到南溪做出這種事情，趕緊走過來把她拉開一點。

完了，剛才一時氣憤，人設崩了！南溪有些心慌地看向錦娘。「阿娘……」

錦娘蹲下身，伸手捏向她的腳踝處，問道：「剛才踩那麼大的力，傷到腳踝沒有？」

咦？南溪眨眨眼，搖頭。「沒有。」

「妳呀！這莽撞的性子何時才能改過來？」錦娘起身，無奈輕斥。

南溪斂著眸子不作聲。她並不覺得自己做錯，先前這賊眉鼠眼男看著她阿娘，一臉不懷好意，她不過就是以牙還牙而已。

胖虎走過來，看著那蜷縮在地上痛苦打滾的賊，一臉同情地開口。「嘖嘖，看起來好慘哪！」

景鈺卻是忽然想起，南溪先前同他小聲說的那句話——斷掉那人的子孫根。看了一眼那坐在地上、正齜著牙抱腿忍痛的橫肉男，他正欲抬腳走向對面，卻見南溪忽然扭頭看過來，對上視線……

景鈺動作一頓，便面無表情地彎腰，撿起一顆石子，兩指一彈。

「啊啊！」原本抱腿的橫肉男突然捂住檔部，痛呼出聲。

南溪滿意地露出一口小白牙。胖虎卻是嘴角一抽，假裝沒看見。

看著在地上打滾的三人，錦娘一時拿不定主意。是該就此不管，還是送去官府？若是送去官府怕是又要耽誤一些時間，如此會趕不上與村長他們約定的時間。可若是就此不管，萬這些人轉身就去找幫手呢？到時他們一樣不好脫身。」

南溪眼珠一轉。「不如把他們都捆起來，再找一個人去通知巡邏的官差？」

錦娘沈吟一瞬，頷首。「就這麼辦吧。」

不久，有人把正在街上巡視的兩名官差領到了一個小巷裡；接著，那兩個官差便押著三個身上帶傷的大漢出了巷子。

第十七章

一家距離城門口很近的茶棚裡，一位仙風道骨的青袍道人正坐在那兒飲著茶水。

道人剛飲完一壺茶，一個素衣美婦人就帶著三個年歲相仿小孩來到了茶棚。幾人在見到道人後，疾步朝他走來。

「村長。」

「村長伯伯。」

「師父。」

虛無子撫鬚笑道：「都坐下歇一歇。」

待幾人都坐下，店家殷勤地上前添茶。

胖虎剛打了一架，早已口乾，拿起面前的茶碗就是一頓猛灌。

錦娘淺飲了一口茶水後，問道：「劉能大哥他們還未到嗎？」

虛無子點頭。「他們尚有一會兒才到。不急，時間還早，咱們邊吃茶邊等他們。」

幾人點頭，安心在茶棚裡喝著茶。

坐在最外沿的南溪，一邊喝著茶一邊觀察著茶棚周圍，發現這茶棚的位置選得極好，竟是開在城門前的一個十字路口處，把周邊來往的行人觀得一清二楚。

就在她撐著腦袋盯著城門口看時，卻聽到隔壁桌在閒談八卦。

「你們聽說了嗎？王員外的第二十六房小妾跟一個唱戲的小子跑了。」
「這事我也略有耳聞，聽說那小妾還大著個肚子，也不知道那孩子到底是誰的。」
「那還用說嗎？肯定是那個唱戲小子的呀！這小妾的膽子也真夠大的，居然敢背著王員外偷人。她難道不知道王員外先前那幾位小妾是怎麼死的嗎？」
「這小妾定是瞅準了王員外此時正焦頭爛額，無暇顧及其他，所以才會如此有恃無恐……」
「此話怎講？」
「你們不知道嗎？王員外的那位靠山，前些時日已經被宗正寺卿關進了大牢。」
「怎麼回事？」
「我聽我那從朝陽城剛走貨回來的堂弟說，是有人在御前彈劾王員外那靠山貪墨邊關將士軍餉，天子龍顏大怒，直接下旨收押，並命宗正寺卿三月內查清此案……」
「這可是砍頭的大罪啊！若罪名屬實，得連坐不少人吧？怪不得說王員外無暇顧及其他了。」
「你們是不知道，聽說那告御狀的人還是邊關某位將領之子。他從邊關到朝陽城一路被人追殺，差點就不能活著告御狀了。」
「這是有人想要殺人滅口哇？何人竟如此膽大包天！」
「總之，聽說這樁貪墨案牽扯得挺廣，一時半會兒怕是還結不了案……」
南溪轉回腦袋就要看向隔壁桌，卻被錦娘伸手擋了回來。「乖乖喝茶。」

她只好低下頭，捧著茶碗喝茶。

茶棚裡不光提供茶水，還給歇腳又或是愛好嘮嗑之人提供了瓜子花生，於是虛無子便要來半斤花生，讓三個孩子剝花生殼玩，省得他們在那裡坐不住。

等到南溪他們把花生殼剝得差不多的時候，劉能父女也終於買好物品來會合。又讓父女倆歇息了片刻，一行人才起身離開茶棚，一道出城門。

一炷香後，一行人進入竹林小道，往早上停靠竹筏的那個方向走。

南溪走在中間，看了看劉能肩上的擔子，又看了看杏兒背上揹滿貨物的背簍，遲疑開口。「咱們如今添加了這麼些貨物，兩隻竹筏會不會裝不下呀？」

早上才坐過竹筏的她有些憂心忡忡。竹筏那麼低，水流稍微有點急，河水便會漫進竹筏，更別說是超標載重了。

走在前方的劉能聞言，回頭笑著對南溪道：「溪丫頭放心，妳劉伯我早有準備！」

沒走多久，南溪便看到了早上停靠在岸邊的竹筏。虛無子與劉能把貨物卸在竹筏上後，便讓幾個女眷先去竹筏上等著，他們則帶著胖虎與景鈺去了岸上砍竹子。

南溪低頭看了一眼腳下的竹筏，再抬頭看向岸上那伐竹的幾人，不由感嘆，古人誠會就地取材！

這時，杏兒從背簍裡拿出一個油紙包打開，並拿到南溪母女面前。「錦姨，南溪，吃栗子糕。」

「謝謝杏兒姊姊。」南溪笑咪咪地拿起一塊遞給錦娘。「阿娘，給。」

錦娘搖頭，溫柔道：「阿娘不餓，妳自己吃吧。」

南溪收回手，埋頭吃栗子糕。

岸邊，兩個大人負責砍倒竹子，兩個小孩負責把握好竹子倒下的方向，沒過一會兒便砍了八、九根竹子。虛無子看著地上的竹子對劉能道：「你先去把那些枝丫剔乾淨，我再去那邊砍兩根。」

「行。」劉能拿著刀就過去剔枝丫。

虛無子則往旁邊走去。用來做竹筏的竹子必須大小均勻，而這邊剩下的竹子不是大了就是小了，得去遠一點看看。

只是他才剛走沒幾步，突然停下了腳步。原本還在弓著腰剔枝丫的劉能也倏地挺直了身子，把胖虎跟景鈺護在身後。

虛無子跟劉能打了一個手勢，便似若無其事地繼續往前走。劉能則是轉身把兩個孩子帶上竹筏。

竹筏上的人看到此情景，也都不由自主地緊張起來。

錦娘把南溪緊緊護在懷裡，杏兒也緊張地抓住劉能的衣袖。「阿爹……」

劉能安撫地拍了拍她的手。「放心，沒事。你們都待在這裡不要出聲，我去找村長。」說完又低頭問旁邊的胖虎。「胖虎，會划竹筏不？」

胖虎遲疑了一瞬。「會。」不會也得會。

劉能點頭，鄭重吩咐道：「待會兒若是情況不對，就拋掉竹筏上的貨物，帶她們先走，明白嗎？」

胖虎重重點頭。「明白！」

劉能拍了一下他的肩膀，便跳下了竹筏。

劉能走後，景鈺警戒地站在竹筏邊上，胖虎把篙緊緊握在手心裡。杏兒則安靜坐在旁邊，見南溪從錦娘懷裡探出頭來，她還安慰道：「別怕，阿爹說了沒事。」

南溪伸出一隻手，放在她那微微發抖的雙手上面，露出一個安撫人心的微笑。「杏兒姊姊也別怕，都不會有事的！」

杏兒不安的心好似得到了安撫，把南溪的小手回握住，堅定道：「嗯。」

「你們看那裡。」站在一旁的景鈺，忽然伸出手指指向岸邊。

幾人的目光頓時便順著他手指的方向看去。就見在距離他們差不多一里遠的竹林裡，一個穿著深藍色長袍的男子正手持長劍，與五、六個壯漢在那裡打鬥。

南溪伸長脖子努力觀看，發現那男子雖是以一敵五，卻也游刃有餘。而且那男子的身形，怎麼越看越感覺有些熟悉？

她正要回頭問旁邊的人，杏兒卻忽然驚呼出聲。「是徐大哥！」

徐火？南溪再次回頭，就看到盧無子與劉能已經趕過去幫忙，兩三下便把那幾個壯漢打走。

片刻後，徐火捂著右臂，隨著盧無子二人來到竹筏這邊。杏兒跳下竹筏就迎了過去。

「徐大哥，你的手怎麼了？」

看到杏兒，徐火露出一個微笑。「受了點皮外傷，不礙事。」

剛才才幫徐火解圍的劉能突然又看他不順眼了，沈著一張臉對徐火道：「小子，過來幫忙做竹筏。」

「是。」徐火轉身就要去幫忙。

杏兒卻是拉住他，扭頭對劉能說道：「阿爹，徐大哥手受了傷，我先帶他去竹筏上包紮。」

見大白菜帶著豬崽子單獨上了一隻竹筏，劉能的臉色開始越來越黑……忽然，他拿起砍刀就往岸上走。

「我再去砍兩根竹子！」

虛無子撫鬚大笑後，便埋首把砍好的竹子再斷成兩截。

岸邊，兩隻竹筏一直並排靠在一起，因此在杏兒帶著徐火上了另一隻竹筏後，南溪便湊了過來。

看著徐火右手臂上的血跡斑斑，她開口。「徐大哥，剛才那幾個都是些什麼人啊？」

聽到南溪問，胖虎和景鈺也湊了過來，而錦娘為平衡竹筏，只好移去另一頭。

徐火的目光從正在包紮傷口的杏兒身上移到南溪這邊。「不過是幾個收了錢財來取我命的江湖人罷了。」

幾人聞言皆瞪大雙眼。

「有人雇凶殺你？」

「是誰？竟如此想要殺掉徐大哥？」

「這是出了多少銀兩？」

「你得罪了什麼人？」

徐火看著湊過來的三個小的，道：「前段時間，戶部侍郎左仲因貪墨朔州軍餉而被下獄抄家，這讓某些心中有鬼的官員開始寢食難安，更視我為喉中刺眼中釘，急欲除之。他們便使銀錢買通了一些江湖人，想要借刀殺人。」

南溪忽然想到先前在茶棚裡聽到的那則八卦。「徐大哥，你不會就是那個一路被人追殺，歷經幾番生死才去到了御前告御狀的那位邊關將士吧？」

徐火頷首。「家父乃是朔州邊城驍騎將軍徐懷遠，我此次便是奉家父之命到皇城揭發官員欺上瞞下、不顧邊關將士的死活，貪墨他們的軍餉……我本是喬裝打扮暗中出發，誰知家父身邊竟出了叛徒，不但向皇城偷偷傳了消息，還給我引來了一路追殺。」

杏兒聽了十分驚訝。「所以你上次漂到桃花村，便是被追殺你的人害的嗎？」

徐火點頭。「那次是我一時大意中了他們的埋伏，情急之下只好跳河脫險，卻不想被沖進了桃花村。」

「徐大哥原來是朔州邊城的將士！聽我阿爹說，朔州邊城的將士都好厲害，都是以一抵十，讓那些北蠻子再不敢輕易進犯。」胖虎雙眼放光一臉崇拜地看著徐火。

景鈺看向徐火的目光也多了一分深意。

南溪的一雙大眼睛也是亮晶晶的。不論在何時何地，保家衛國的人都值得敬佩！

徐火卻是垂下了眉眼。「若將士們吃不飽也穿不暖，又如何能夠做到以一抵十？」

「貪官不是已經下大獄了嗎？相信你們的軍餉很快就會補上的。」

徐火卻搖頭。「左仲不是貪墨軍餉的主犯，主犯另有其人。」不然他也不會在左仲進去後還被追殺了。

景鈺在一旁坐下。「你懷疑貪墨案的主犯是誰？」

徐火也不避諱。「戶部尚書王謙。」

左仲是王謙的部下，這麼大一樁貪墨案，王謙不可能脫得了干係！

景鈺垂眸盯著腳上穿的麻鞋。「聽聞王謙的嫡長女便是宮中盛寵不衰的王淑妃。」

所以，想要扳倒王謙很難。

徐火臉色沈著，一言不發。

而南溪則是一臉狐疑地看向景鈺。他一個五歲小孩哪來的那麼多聽聞？

新的竹筏很快做好，在劉能的臭臉下，杏兒不得不與徐火分開，去了另外一隻竹筏。

接下來，虛無子帶著南溪母女及杏兒坐一隻竹筏，划在最前面。劉能單人一隻竹筏，帶著貨物划在中間。胖虎撐著篙帶著徐火和景鈺划在最後。

之後，一行人花了跟早上出門時同樣的時間回到桃花村。

與大家分開後，南溪母女回到家已經是戌時一刻，隨便弄了點晚飯，母女倆便在油燈下算著今日賣繡品及草藥的銀錢。

「這十兩是賣繡品的錢。」錦娘把十兩碎銀挪到一邊，然後指著桌上的銀票道：「這是那幾株草藥換的銀錢，一共兩百八十兩。」

南溪喜孜孜地把一張面值一百兩的銀票拿到眼前。這可是她在這個世界的第一桶金哪！等她終於看夠了，才把銀票還給錦娘。錦娘笑著接過。「阿娘先幫妳把這些錢收著，等妳以後長大了，阿娘再交給妳。」

這話怎麼聽著這麼耳熟呢？這不是小時候，爸媽哄她交出壓歲錢的時候說的話？因為累了一天，母女倆把東西收拾好便各自回屋休息了。

東邊，村長家裡，徐火剛要拆開手臂上的布條重新包紮，景鈺便端著個托盤走了進來。他把托盤放到床邊的凳子上，淡聲開口。「師父讓我給你拿來一套乾淨的衣服，和一瓶專治利器所傷的藥。」

徐火看向他放凳子上的托盤，道：「多謝。」說完便解開上衣，坐在床沿準備上藥。見他單手包紮困難，景鈺難得地主動走過去。「我幫你。」

徐火手上的動作一頓，差點就以為自己耳朵出了問題，詫異地看了景鈺一眼，便矮身把受傷的右手臂送到他跟前。「那便有勞了。」

景鈺面上無波地拿過布條，並踮起雙腳替他包紮——這該死的身高！

徐火轉過腦袋，見他繃著一張小臉在為自己包紮，不由好奇開口。「你的潔癖好了？」不然怎會主動提出幫他包紮傷口？

他不提還好，一提起，景鈺便像是被人點了穴一般，僵在那裡無法動彈。

徐火長嘆一口氣，無奈又有些好笑挪開了一點位置，然後自己手牙並用地把包好的布條打了一個結，而後抬眼對景鈺道：「行了，時間也不早了，回去休息吧。」

景鈺抿著唇轉身，待走到門口時，回頭對徐火道了一聲。「送信的事，多謝！」然後離開了屋子。

徐火先是一愣，隨後便啞然失笑。敢情這小孩今晚的一切異常表現都是為了感謝他啊！還真是一個彆扭的孩子。

與此同時，惠城曹府中，正在品嚐夫人為他精心熬製的銀耳燕窩蓮子羹的曹知府，倏地放下粥碗，站起。

伺候在一旁的知府夫人被他這一動作嚇了一跳，忙小心翼翼詢問。「老爺怎麼了？可是這蓮子羹不合你的胃口？」

曹知府搖頭，一雙細長的銳眼裡有精光在閃爍。他想起來了！他想起來那個婦人像誰了……

「夫人，為夫突然想起來一件要事需馬上出去一趟，妳且先歇息，不必等我。」曹知府說完，便打開房門走了出去，獨留知府夫人在屋裡，氣惱地猜測著他今夜又是去哪個狐狸精那裡過夜。

次日，天上沒有太陽，天氣卻一樣沈悶得不行。

後院，南溪蹲在那幾株草莓跟前，把一些多的莖和老葉都摘除掉後，又催出了幾顆草莓。待幾顆草莓都熟透了的時候才摘下，然後取出草莓籽，撒到旁邊的空地上。

打掃好雞圈出來的錦娘，看到南溪一直蹲在那裡不動，便放下掃帚走過去。

「溪兒，妳在做什麼？」從村長家學習完回來後便一直蹲在那裡。

南溪抬起頭，抹了一下臉便彎著眉，指著地裡道：「我弄草莓籽來種，阿娘妳看，這一片新發的綠芽都是草莓苗。」

錦娘把目光移向一旁，果然看到南溪的左腳邊密密麻麻地出了好多嫩芽。

於是，她也蹲下身子，伸出一根手指小心地撥弄著一顆小嫩芽，驚奇開口。「這便是草莓株剛破土的時候嗎？」

南溪雙手放在膝蓋上。「嗯。阿娘，我想讓這些幼苗自然生長，待三月之後，再看看它們結的草莓是否有我催長的那麼大一顆。」

錦娘伸手為她擦掉黏到臉頰上的泥土。「妳想要怎麼做便怎麼做吧，阿娘也不懂這些。別蹲太久，小心腿麻。」

南溪卻是皺著一張小臉，不敢移動。「嗚，已經麻了……」

錦娘無奈，只好抱著她出了後院。

午飯過後，錦娘又去了地裡。南溪獨自坐在堂屋的屋簷下看書，還沒看一會兒，胖虎和景鈺便結伴找來。

她抬頭看著他倆。「你們倆今天下午沒練功？」

兩人齊搖頭，並自來熟地找了一張凳子坐下。見南溪偏著腦袋地看著他們倆，胖虎賤兮兮地解釋。「杏兒姊姊找徐大哥相談要事，我和景鈺自然不能待在那兒礙事。」

南溪眉毛一挑。懂了。

這時，胖虎那一直背在身後的右手忽然拿出來。

「在路上看到的，送給妳。」

第十八章

南溪伸手接過他手裡兩朵紅色的漂亮小花。「石竹花？你是在哪條路上採的？我上午回來怎麼沒看到？」

胖虎捂著嘴巴輕咳。「許是因為妳沒注意看。」

景鈺卻在旁邊拆臺。「他是爬了杏兒家隔壁的圍牆進去採的。」

南溪張大嘴巴。「杏兒姊姊家隔壁不就是王屠夫家麼？他家的花你也敢去採？你就不怕他再收拾你！」

王屠夫並不是真正的屠夫，大家之所以叫他屠夫是因為他身長九尺、四肢發達，一張布滿傷疤的臉上十分可怖，看著像個屠夫。

以前的小南溪一看到他就哭，就連胖虎也曾經因為淘氣而被王屠夫嚇哭過一次。

不過說來也奇怪，就是這麼一個牛高馬大，看似凶神惡煞的人，平日裡卻喜歡侍弄花花草草。

胖虎笑得得意。「沒事，他都不在家。而且我只採了兩朵，他院裡還有一大片呢，看不出來的。」

南溪點點頭，沒再說什麼了。景鈺卻再次拆臺。「可你翻牆進去的時候踩壞了一大片的綠植。」

胖虎搓了一下鼻頭，逞強道：「只要你不出賣我，沒人知道是我進去踩的。」

景鈺淡定地再給一擊。「有你的鞋印。」

突然感覺景鈺好欠揍！

胖虎虎著個臉站起。「功課不可荒廢，景鈺，咱們去院子裡比劃兩圈吧。」

景鈺淡淡睥了他一眼，從容起身。「光是比劃難免無趣，不如咱們今日來玩點不一樣的？」

胖虎頓時就被勾起了興趣。「玩什麼？」

景鈺理著衣袖。「今日比劃，輸了的人需幫贏了的人做一件事情。」

胖虎眼睛一亮。「好，就這麼辦！」

平日裡，兩人練功都是不分勝負，偶爾他還會贏了景鈺，所以，今次一定不會輸！

南溪坐在屋簷下，默默當個吃瓜群眾。不過，她覺得胖虎可能會輸……

果不其然，一個時辰後，胖虎被景鈺手中的樹枝抵住了左胸口。

景鈺淡淡開口。「胖虎，你輸了。」

胖虎跳腳。「是你使詐！」

他本來不會輸的，是景鈺在他進攻的時候突然小聲說了句「南溪哭了」，使他一時分神，露出了破綻。

景鈺面無表情地收了樹枝。「兵不厭詐。」

行，男子漢敢做敢當，胖虎雙手抹了一把臉。「說吧，你想要我幫你做一件什麼事？」

南溪也挺好奇。她撐著下巴等著看景鈺會說一件什麼事讓胖虎去做。

誰知景鈺竟是瞅了她一眼，道：「你讓南溪再做一次涼糕。」

在胖虎懇求的眼神下，南溪只好答應再做一次涼糕。不過今日已經太晚，只能先把糯米拿出來泡好，待到第二日才能開始做。

於是，第二日晌午吃過午飯，胖虎和景鈺便早早來了南溪家裡。兩人一個燒火，一個當小幫手，很快便又做出了一鍋涼糕。

等待時，三人坐在屋簷下啃著黃瓜。

「南溪，妳家的黃瓜怎麼到現在都還在結？」

南溪眨巴一下眼。「以前的那根老藤已經沒有結啦，這幾根黃瓜是後面長出的一根新藤結的。」

「新藤上結的黃瓜多嗎？」

「……還可以吧，應該也是有產量。」

「那我待會兒再帶兩根回去，反正妳跟錦姨也吃不了那麼多。」

景鈺再次適時出聲。「記得多摘兩根。」這是表示他也要。

南溪點頭。「絲瓜要嗎？我家的絲瓜已經可以吃了。」

兩人異口同聲。「要。」

又過了一會兒，胖虎又問南溪。「過幾日便是杏兒姊姊的及笄禮了，我們要送她什麼禮物才好？」

南溪想了一瞬，忽然一拍巴掌。「不如咱們一起給她做一個生日蛋糕吧？」

胖虎跟景鈺同時看向她。「生日蛋糕？那是什麼東西？」

她雙手在空中比劃。「就是這種形狀的。用麵粉、雞蛋還有牛奶做的，過生辰吃的糕點。」

胖虎光是聽著就開始嘴饞了。「南溪，這些妳都是擱哪兒學來的呀？蛋糕這詞我聽都不曾聽過！」

南溪只好隨便扯了個謊。「我也是在一本雜記上看到的。」

景鈺扭頭看過來。「那本雜記妳看完了嗎？可否借我一觀？」

早知道她就說是作夢夢到的。「……才看不到一半。」

景鈺鍥而不舍。「那我等妳看完再借。」

南溪低著頭。「嗯。」先應下，到時候再想辦法。

這時候，胖虎忽然想到一個問題。「可咱們沒有牛奶啊！」他家的小牛是公的。

南溪蹙著眉。「羊奶呢？」

胖虎打了一個響指。「我隔壁阿嬸家的羊，前段時間剛生了小羊，我待會兒就回去找阿嬸借點羊奶。」

景鈺擰眉想了一會兒，道：「咱們是不是得先做一個試試？以免到時候做出來的東西不好吃，不能拿出手。」

另外兩個聽了，齊齊點頭。

於是，接下來的幾日下午，三人幾乎都窩在廚房裡搗鼓，一副神秘兮兮的樣子，就連錦娘都不知道他們到底在搗鼓什麼。

這日，是杏兒及笄的前一天，村裡的老少爺們都停了手上不算忙碌的農活，到杏兒家裡幫忙殺豬。婦人們則是幫忙洗菜擇菜，又或跟男人們打下手，一群人都在院子裡有說有笑地忙活著。

俗話說，三個女人一臺戲，這桃花村裡的女人雖然不多，但加在一起也有九、十來個，比如胖虎家隔壁的牙嬸，住在村中間一個半坡位置的姜家媳婦，與村長是鄰居的陳家阿婆，還有杏兒的阿娘，古娘子與錦娘等幾人。

最先打開話匣子的是陳家阿婆。她在院子裡幫忙擇菜。

「這時間過得是真快，一眨眼，杏兒要及笄了，還記得當初劉能兩口子剛到桃花村那會兒，秀娘還大著肚子，走路都艱難呢！」

與她坐在一起擇菜的牙嬸笑著附和。「可不是麼，我還記得那會兒秀娘動了胎氣難產，村長問劉能保大還是保小的時候，劉能嚇得腿都軟了，哆嗦了老半天才哆嗦出來說保大。幸好咱杏兒丫頭爭氣，自己活了下來，不然劉能上哪兒去撿這麼個如花似玉的大閨女呀？」

姜家媳婦在旁邊殺雞，聽了這話，驚訝道：「十五年前還有這麼一齣呢？」她是五年前才進桃花村的，自然不知道這些。

陳家阿婆唏噓道：「這一晃就過了十五年，明日一過，杏兒便是大姑娘了，可以議親嫁人了。」

牙嬸笑著打趣。「也不知道會便宜哪家的小子？」這桃花村裡竟沒有一個與杏兒年齡相仿的小子。

說到這個，姜家媳婦頓時來了興頭。她扭頭對坐在屋簷下剝蒜的秀娘道：「秀娘，我娘家倒是有幾個跟杏兒年紀相仿的小子，樣貌也算拔尖，要不哪天我帶杏兒出去相看相看？」

秀娘露出一個微笑。「勞大妹子掛心了，只是杏兒的事，由她自己做主。」

姜家媳婦笑道：「那我待會兒找杏兒說說去。」

一直都在旁邊同錦娘一起洗菜的古娘子搭話了。「得了吧，沒瞧出來阿秀姊是在拒絕妳嗎？就妳娘家那一大家子的豺狼虎豹，到時候可別把杏兒給生吞了。」

古娘子跟姜家媳婦還在閨閣的時候，曾住在同一條巷子裡，後來因為種種原因，古娘子隨著夫君進了桃花村，卻不承想沒過多久，姜家夫婦也住進了桃花村。

姜家媳婦被古娘子嗆了也沒生氣，反而笑著問她。「那妳給杏兒物色一個？你們古家的兒郎也是不錯的。」

誰知古娘子卻是沈了臉色。「我早已跟古家劃清界線！」

姜家媳婦輕嘆了一聲。「血脈至親，哪裡是說劃清就可以劃清的？」

古娘子冷冷瞅著她。「妳還是先管好妳自己的事吧！」

「妳……」

「行了，妳們兩個，鬥氣也不看看地方！」陳家阿婆打斷姜家媳婦的話，沈聲斥道。後見氣氛一時有些沈悶，便又開口道：「說到年輕小子，咱們村如今不是有一個現成的麼？」

幾人的目光同時看向她，就連坐在屋簷下的秀娘也轉向這邊。

牙嬸默了一瞬，恍悟道：「阿婆說的是借住在村長家的那個小子吧？」

陳家阿婆笑起了一臉的褶子。「可不就是他麼？這孩子待人有禮且相貌堂堂，看著就一身正氣，配咱們杏兒倒也湊合。」

牙嬸沈吟。「就是不知杏兒是何心思，可否看得上那小子？」

姜家媳婦也在一旁附和。「沒錯，杏兒的態度最重要。」

陳家阿婆聽了，臉上的褶子又加深了幾分。「那是自然，老婆子我還能亂點鴛鴦譜不成？」

她家與村長家離得近，這幾日總是會看到杏兒往村長家去。而那小子也總是無事便站在院門口，像是在等人一樣，這一看就是郎有情妾有意啊！

牙嬸驚訝地看向陳家阿婆。「聽阿婆您的意思，是這兩孩子已經看對眼了？」

「八九不離十。」

牙嬸欣喜地道：「那敢情好啊！找村長去問問他家裡面是何情況，父母可還健全，家中有多少兄弟姊妹……」

姜家媳婦補充。「最主要的是家風如何？」

「對對對，還得看家風。」

聽著她們七嘴八舌的討論，秀娘把手輕輕放在腹部，沒有出聲。

這邊，因為怕驚擾到孕婦，劉能跟村裡的幾個漢子把豬趕到了河邊來殺。

杏兒拿著口大鍋跟著到了河邊，湊熱鬧的三個小的也跟了過來。

待到了河邊，幾個大人幫忙在河岸搭了一個簡易的露天灶便去旁邊殺豬，把生火燒水的事交給了杏兒跟三個小的。

於是，在合力把大鍋裡都裝滿了水後，杏兒便負責生火，三個小的負責到周邊附近去拾乾柴。

三人還未走遠，便聽到身後傳來淒厲的豬叫聲，南溪驚懼的同時又忍不住想要回頭去看，卻被一隻橫空伸出的手，把她剛轉到一半的腦袋給強行扳正。

胖虎平淡的聲音在她耳邊響起。「別看，如果妳還想以後吃得下肉的話。」

我沒那麼脆弱！

往前走了幾步，南溪忽然想起一件事情。「咦，今日好像沒有看到王屠夫？」

「他出村了。」走在前面的景鈺回道。王屠夫昨日便來找了虛無子報備，說今日出村。

南溪突然就有了八卦之心。「他為什麼前幾日不同我們一起出村呢？」非要自己一個人單獨出村。

胖虎彎腰撿起一根木棍。「他好像從來都是獨來獨往的。」

王屠夫不在才好呢，不然他見了總是會心虛，就怕被他發現上次踩壞花草的賊是他！

「你們在做什麼？」徐火不知何時走了過來。

南溪抬起頭，眉眼彎彎地問：「徐大哥？你又怎麼在這兒？」

徐火捂唇輕咳了一聲。「村長正在研製新藥脫不開身，便喚我來幫忙。」

「原來徐大哥也是來幫忙的？正好，麻煩你把這些柴火送去杏兒姊姊那裡，我們三個還要再去拾一些。」

南溪把他們三人手裡的乾柴統統都交到了徐火手裡，便招呼著另兩隻一起離開。

徐火看著三個小的離開的身影，低頭輕笑。真是三個機靈鬼！

河岸邊，杏兒正蹲在那裡埋頭燒水。有人把一抱柴火放在她腳邊，她頭也沒抬地道：「你們這麼快就把柴拾回來了？」

一道渾厚的聲音自她頭頂傳來。「他們沒回，去了別處。」

杏兒倏地抬起頭，嬌羞開口。「徐大哥，你怎麼來了？」

徐火在不遠處蹲下，嘴角噙著笑地看著她。「我來幫忙。」

杏兒被他如此專注地盯著看，臉上迅速紅霞一片。

河邊上，正在給豬開膛破肚的劉能，一眼就瞄到兩人，當即便扯開嗓子喊道：「杏兒，水燒好了嗎？馬上要用了！」

杏兒被劉能這一嗓子給驚得一顫，急忙手忙腳亂地往灶裡面添柴。「馬上就好。」

徐火正欲湊近幫忙，卻聽到劉能又在不遠處喊：「喂，那誰，過來搭把手！」

待到日落西山，殺豬的一行人方離開河邊往回走。劉能等人抬著清洗乾淨的豬身，端著豬血、豬下水走在最前面。雙手扛著口熱鍋的徐火和幫忙拿殺豬刀的杏兒走在中間，三個小的根據年齡依次跟在最後面。一行人就這樣浩浩蕩蕩地從河邊一路走回劉家小院。

彼時，牙嬸正帶著姜家媳婦在廚房裡幫忙切菜炒菜。

秀娘把剝好的蒜送進廚房，牙嬸見了忙過來接過，叮囑道：「今兒有我們，妳就別往這廚房裡湊了，快到外面歇著去。」

「那就麻煩妳們了。」秀娘笑容溫和。

坐在灶臺前燒火的姜家媳婦抬頭笑道：「嫂子這是哪兒的話？見外了不是。」

秀娘笑了笑，沒再多說什麼，轉身走出廚房。她雖然眼睛看不見，但聽覺和嗅覺都很敏銳，而且這是住了十五年的家，哪兒有坎哪兒有臺階，她都一清二楚，在這個院子裡她可以不用枴杖也不用人扶，如正常人一樣行走。

不過，今日院子裡定然多了許多物件，為了不給大家添麻煩，秀娘自廚房出來便順著牆邊直接回了屋。

錦娘跟古娘子在幫忙打掃院子，另外幾個婦人在一旁跟陳家阿婆一邊清洗積灰的碗筷一邊聊著。

這時，一個身穿藍色圓領袿衫，長得斯文清瘦的年輕男子跨進院門，徑直朝著正彎腰幹活的古娘子走去。

「阿瑩。」

古娘子聞聲，驚喜回頭。「相公，你睡醒了？」

季晟看著她的目光似是揉碎了星河，溫柔極了。「嗯，這次比以往要醒得早。」他醒來的第一時間便是四處找她。

古娘子很是激動，扔了掃帚就想抱住他，可又想到這裡還有外人在，便又頓住了身形，只站在那裡傻笑。

他的傻娘子喲！季晟上前一步，伸手就把古娘子摟進懷裡，也不管院子裡是否還有人在。

錦娘微笑著撿起掃帚走向一邊，另幾個婦人則是笑著與陳家阿婆咬起了耳朵。

「瞧瞧這兩口子，黏糊得像剛新婚一樣。」

「可不是麼，妳看人家季晟，一睡醒就跑來找媳婦。哪像我家那臭男人，從來都不知道找人。」

「喲，妳天天待在李大哥眼皮子底下，要他怎麼找？」

「要不妳讓李大哥也睡個三五幾天的？等他睡醒保證四處找妳……回去給他做飯？」

「呸呸呸，要睡妳睡去！」

「哈哈哈……」

陳家阿婆聽著她們越說越離譜，便笑著斥道：「妳們夠了，這也是能隨便開玩笑的嗎？也不瞅瞅人家兩口子是受了多大的罪。」

當年，古娘子和季晟是村長用板車拉回來的。古娘子身負重傷，季晟身中劇毒，村長費了九牛二虎之力才把這兩口子從閻王處拉回來。只是由於毒素滲入太深，季晟的身體受損嚴重，常常是醒一日又昏睡三五日，如此幾年下來，竟也有了規律。

古娘子便是算到他應該會明日晨時醒來，便打算今日出來幫忙，明日守著他。卻沒想到季晟這次竟然提前一夜醒了過來，這要她如何不驚喜。

兩人只含蓄地抱了一瞬就鬆開了彼此。季晟抬手，溫柔地替古娘子拭去眼角喜極而泣的淚水，古娘子卻一把抓住他的手，拉著他就往門口走。

「咱們先去找村長給你把把脈，這次怎麼突然提前一夜醒來了？別是有什麼其他問題。」

第十九章

「好。」季晟跟院子裡的幾個婦人頷首示意後，便跟著娘子離開。

他們前腳剛走，劉能一行人後腳便回了院子，一群人又開始忙碌起來。

南溪蹦蹦跳跳地來到掃地的錦娘身邊。「阿娘，我來幫妳。」

胖虎見了，也跑過來要幫忙。

錦娘笑看著他倆。「不用，你們去玩吧！」

南溪睜著大眼睛。「阿娘，我剛才遠遠地好像看到季叔叔了。」

胖虎附和。「我也看到了。」

錦娘頷首。「是妳季叔叔沒錯。他這次提前醒了過來，妳古姨帶著他去找村長了。」

南溪扭頭看向胖虎。「咱們也去看看？」

胖虎正要開口，眼角餘光卻瞥見院門口徑直走進來一個九尺高的壯漢，當下一激靈，拉著南溪就從旁邊開溜。

景鈺的目光剛落在那壯漢身上，那壯漢便似有警覺地扭頭朝這邊看過來。好警覺的人。景鈺隨即移開視線，跟上了胖虎他們。

此壯漢不是別人，正是剛從村外趕回來的王屠夫。就見他走到劉能跟前，低聲詢問。

「村長沒在？」

劉能抬頭。「村長在家研製新藥，得晚會兒才能來。」

王屠夫聽了，轉身便走。

路上，胖虎拍著胸脯誇張地道：「嚇死我了，還好咱們溜得快。」

南溪戲謔地睨著他。「躲他做甚？你不是說他不會知道採花賊是你嗎？」

「我躲他只是為了以防萬一。」萬一他知道了，那他不就羊入虎口了嗎？

一直未曾說話的景鈺忽然開口。「他跟出來了。」

「誰跟出來了？」

南溪還沒反應過來，胖虎便腳尖一點，瞬間飛出了好遠，耳邊只傳來一句餘音。「我先走一步！」

南溪茫然回過頭，就看到王屠夫正拉長一張疤痕交錯的驢臉站在他們身後。

「王、王……王伯伯？」南溪嚇得小短腿一軟，差點就要摔倒，還好被旁邊的景鈺眼疾手快給扶住。

這人走路都沒聲音的嗎？突然站在身後很嚇人的好嗎！尤其還頂著這樣一張人畜不敢近的臉！

還有胖虎，居然自己一個人先跑了，哼！

王屠夫低頭看了一眼，厚重的聲音聽不出喜怒。「是你們踩壞了我的花草？」

「不是我，我沒有！」南溪連忙否認，頭搖得比撥浪鼓還快。

那一雙帶著壓迫的目光又移向景鈺。

景鈺不慌不忙地搖頭。「也不是我。」

村裡就三個小孩，不是這兩個便是另外一個。王屠夫又看了兩個小的一眼，便邁步直接越過他們，走了。

見王屠夫走遠，南溪這才從胸腔裡吐出一口濁氣。不怪她神經緊繃，實在是這王屠夫不管是在身形上還是在氣場上，都太具壓迫感，給她的感覺像是電影裡演的那種冷面殺手，可以殺人於無形。

南溪扭頭問景鈺。「你不怕王屠夫？」剛才竟淡定如斯。

景鈺鬆開扶她的手，反問道：「我為什麼要怕他？那些花草又不是我踩壞的。」

「他那長相還有剛才的氣勢，沒有懾住你？」

南溪糾起眉毛。雖然說以貌取人不可取，但王屠夫那張臉乍一看確實是很嚇人，而景鈺居然如此淡定？

景鈺把目光投向別處。「我見過比他還可怖的臉。」

南溪愕然側目。誰這麼惡毒，竟讓一個五歲的孩子看到那麼可怖的一面？他就不怕給孩子心裡造成陰影嗎？

瞬間便心疼起景鈺來，為了不讓他陷入那些不好的回憶，她率先邁步。「走吧，我們去找胖虎。」

「嗯。」

景鈺跟在她後面，還沒走幾步見她又停了下來，於是疑惑開口。「怎麼了？」

南溪轉身，後知後覺地問：「剛才我腿軟的時候，是你扶住我的吧？」

景鈺睨著她。「難不成妳以為是胖虎？」

她當然不會以為是胖虎，那小子早不知跑哪兒去躲著了，她想說的是：「你剛主動握我的手了。」以前都是她主動去拉扯他的衣袖，他從未主動伸手過，而且還是小手握小手那種。

景鈺擰起眉頭。「那又如何？妳還想訛我不成？」

「……我訛你什麼？」

「剛才我倆有了肌膚之親，妳訛我對妳負責。」

好想給他一個爆栗子，可想到他的怪毛病，又只得忍下。

「放心，我訛誰也不會訛你！」

景鈺長吐一口氣。「那妳想說什麼？」

「我是想說，你的怪毛病好了嗎？」

景鈺忽然愣住，而後像放慢動作一樣地緩緩把手拿到眼前。好了嗎？他可以主動與人親近了嗎？

過了片刻，他抬頭看向南溪，輕聲詢問。「我可以再握一下妳的手嗎？」

南溪黛眉一挑。「不怕我訛上你啊？」見他雙唇緊抿，她笑著把手伸到他面前。「開個玩笑，哪……」

人。

垂眼看了那隻白嫩嫩的小手一瞬，景鈺慢慢伸出自己的手，然後握住。

沒有反感，沒有噁心，也沒有想吐，只有手心裡那軟綿綿、細嫩嫩、肉乎乎的觸感。

似是過了許久，南溪仰頭望著天，無奈問著似登徒子一樣在不停揉捏摩挲自己小手的某人。

「你摸夠了嗎？」這孩子是有多久沒觸碰過別人了？可憐見的。

景鈺手上的動作一頓，若無其事地鬆開她的手，雙手負於身後，淡然開口。「好了，走吧，去找胖虎。」

王屠夫去了村長家，那胖虎肯定就不會在那裡。兩個人把他們平時玩的地方都找了一遍，卻沒看到人。最後又去了胖虎家，然而他家也沒人。

南溪擰起黛眉。「這人躲哪兒去了？」

景鈺思忖了一瞬，轉身就走。

「我知道他在哪兒了。」

南溪連忙跟上。

村尾，某個綠蔭蔥蔥的後院，一個虎頭虎腦的胖小子正撅著屁股趴在地上，用雙手奮力地刨著泥土。

「胖虎！」

突如其來的一聲嬌喝，把胖虎嚇得直接趴在地上。他撐起雙手轉過頭，看到身後的兩個小夥伴後，露出兩顆小虎牙。「你們來了。」

「我們找了你那麼久，你居然躲在我家後院。」

南溪氣勢洶洶地走過來，看到地上被他刨出的一堆泥土後，又疑惑問道：「你刨這些土幹什麼？」

胖虎撐著身子站起，邊拍著身上的泥土邊道：「妳家種的蔬菜長得那麼好，又那麼好吃，肯定是跟這後院的土壤有關係。我就想刨點妳家後院的泥土回去放在我家菜地，看看我家種的菜會不會也長得那麼好。」

景鈺聽了，眼睛一亮。

南溪聽了則是好笑又無語。虧他想得出來。

胖虎說完那句話後便小心觀察著南溪的反應，見她沒有生氣的意思，笑嘻嘻地問：「南溪，可以嗎？」

南溪走過去把他刨出來的泥土又填了回去。

「不用那麼麻煩，以後你們想吃什麼菜就來我家摘，我家的菜能長那麼好不是土壤的關係。」

景鈺一雙黑眸直直盯著她。「那是什麼關係？」

南溪朝他揚起一個職業微笑。「秘密。不告訴你。」

她抬頭望了一眼天色。「天色不早了，咱們還是先去杏兒姊姊家吧！」

大家幫了一天的忙，因此，劉能早早就招呼了大家在他家吃晚飯。

「嗯，走吧。」

胖虎抖了抖腳上的泥土走出來。雖然還是有點怕遇到王屠夫，但吃飯最大。

次日，南溪穿著錦娘為她準備的新鞋子新衣裳，梳著兩個吉祥髻，早早就跟著錦娘一起去了劉家小院。

見過村裡的所有長輩後，趁著大人們都在忙碌的時候，南溪帶著胖虎跟景鈺又溜回了村尾的家。

溜回去做什麼？自然是做蛋糕啦！

幾人折騰了近一個時辰才把蛋糕做好，等到再次來到劉家小院時，杏兒已經跪在一個蒲團上，由錦娘為她盤髮插簪。南溪有些遺憾沒有看到及笄禮的全程，等著錦娘唸完一大串讚詞後，眾婦人開始上前送禮。

等著前面的人送完禮，三個小的才由南溪捧著蛋糕一起走到杏兒跟前。

祝福的詞都被前面的人說完了，南溪便言簡意賅地說了句。「杏兒姊姊，祝妳生辰快樂！」

另外兩個也跟著齊聲道了句生辰快樂。

杏兒含笑說了句謝謝後，目光落在了南溪的手上。「南溪，妳拿的是什麼？」怎得撲鼻一陣甜香？是吃食嗎？

南溪笑咪咪的把蓋子掀開，露出裡面冒著熱氣的金黃色圓狀大餅，其上面還臥有一隻活靈活現的兔子。

「這是我、胖虎還有景鈺，我們三個給杏兒姊姊準備的生辰禮物——生辰蛋糕，小小心意，希望杏兒姊姊能喜歡。」

杏兒是屬兔的，看見這麼可愛的兔子本就欣喜，就更別提這麼個別出心裁的禮物了。她雙手接過蛋糕，開心道：「我很喜歡，謝謝你們！」

旁邊的幾個婦人見了新奇不已，湊到跟前來仔細瞅了瞅又聞了聞後，問道：「小南溪，這東西是妳自個兒琢磨出來的？」

南溪笑得很靦腆。

「是我們三個琢磨出來的，試了好幾次才成功。」

胖虎聽了立刻挺了挺胸膛，景鈺則淡淡睨了她一眼。

牙嬸忽然想起胖虎前陣子來問她要羊奶的事。「這東西聞著奶香奶香的，裡面是加了羊奶吧？」

見南溪點頭，牙嬸便忍不住想要嚐一嚐，一雙目光直直落在蛋糕上。「不知這東西好吃否？老身走南闖北那麼多年，也不曾見過這種做法的糕點。」

杏兒聽了，哪還有什麼不明白的，問了南溪怎麼個吃法後，便立即去廚房拿來菜刀分蛋糕。

南溪做的蛋糕不是很大，分給所有人是肯定不夠的，於是想嚐新奇玩意的婦人們一合計——老爺們吃什麼甜食？不吃，她們替他們嚐嚐味道就好。

待眾婦人喜孜孜地吃著分到自己手裡的蛋糕時，老爺們只得在旁邊乾瞪眼。

古娘子一手拿著蛋糕一手拉著季晟就出了院子。不用說，小倆口肯定是一起出去吃蛋糕了。

姜松見了，連忙給自家婆娘使眼色，姜家媳婦卻假裝沒看見，轉過了身子。老娘好不容易才得來這麼一點美食，才不分給你呢！

南溪把自己那塊蛋糕送去給虛無子後，剛走近院門就看到古娘子夫婦相攜著從另一邊走來。她停住腳步，彎著眉喚道：「季叔叔，古姨。」

「小南溪在這裡做甚？」

季晟問完南溪，見村長他們站在另一邊，便低頭對古娘子道：「妳先進去，我過去看看。」

古娘子點點頭，走過來牽著南溪的手走進院子。

南溪最怕古娘子突如其來的親暱，上次便是這樣，極為親暱喚住她，並送了她一顆包裝別緻的軟糖。

她滿心歡喜地拆開包裝紙，結果裡面卻不是軟糖，而是一條綠油油、身上還帶著毛刺的大蟲子！她當時嚇得手一抖，那條蟲子好死不死竟被她抖到了自己的腳背上。看著那條蟲子一蠕一動地往她腿上爬，她噁心得不敢動彈，害怕得嚎啕大哭。

「古……古姨？」

見南溪臉色都白了，古娘子柳眉一皺。

這孩子是被她上次嚇出了陰影麼？怎麼見她就躲，她一靠近她就害怕。古娘子有個壞毛病，那便是她越看一個人順眼，就越喜歡整他，當年季晟便是因她多番異於常人的行為才注意到她的。

所以，當她某次看到白嫩嫩軟萌萌的南溪從她院門口經過，讓她突然萌生出想要一個可愛小閨女的時候，南溪就悲劇了。

只是，她這次似乎用力過猛，把小南溪嚇壞了，導致現在一見到她就躲，就怵！

終於意識到這一點的古娘子，悻悻然地鬆開南溪的手，徑直進了院子。

望著她離開的背影，南溪像是劫後餘生般地長吐了一口氣。

胖虎跟景鈺送完蛋糕回來不見她，正在四處找呢，就看到她與古娘子先後走進來。兩人走過去，見她臉色不是很好，異口同聲地問：「妳怎麼了？」

南溪搖頭。「沒事。」

胖虎把她拉到一邊，小聲說道：「剛才我去給我阿爹送蛋糕的時候，聽到他跟劉伯在說什麼注意防範？」

南溪一愣。「什麼防範？」

胖虎搖頭，表示不知。

景鈺蹙眉。「會不會是昨日王屠夫帶回了什麼消息？」

南溪聽完，擰起了小眉頭。

小院裡已經忙碌起來，大家各司其職，進廚房的進廚房，幫忙擺弄桌凳的擺弄桌凳。牙嬸見三個小的圍在那裡擋路，大手一揮就把他們趕進了屋裡。

杏兒屋裡，秀娘正在陪著女兒說話，三個小的不好去打擾，胖虎和景鈺乾脆溜去了院外。南溪不想去，便湊到了正在幫忙擦拭桌凳的徐火身邊。

她不知從哪兒也找來一塊抹布，跟在徐火身後擦凳子。「徐大哥，你這次會在桃花村待多久呀？」

徐火沈吟一瞬。「不出意外的話，半月吧。」

南溪眨巴著眼睛，小聲問：「那杏兒姊姊怎麼辦？」

徐火低頭看了她一眼，耳根泛紅地道：「我想帶她去朔州。」

南溪小大人般地摩挲著下頜。「估計劉伯不會肯。」

徐火的動作沒停。「我知想要帶走杏兒不易，但我會努力爭取。」

南溪歪著腦袋看他。「徐大哥的父母會同意你帶一個鄉野女子回去嗎？」

徐火自信滿滿。「家母已過世多年，家中只老父與我相依為命。我若帶杏兒回去，父親只會高興得喝酒慶祝。」

如此便好，南溪沒再多問。

杏兒的及笄禮請了全村的人來吃席，雖說只十幾戶人家，但加起來也有幾十口人，所以待到午時，小院裡的人越來越多，一時間好不熱鬧。

馬上就要開飯，胖虎他們卻還不見蹤影，南溪跟錦娘說了一聲之後便出去找人。找了一圈沒找到，南溪正往回走，就看到胖虎跟景鈺兩個一身泥土地從王屠夫家裡走出來。

她心裡咯噔一下，連忙跑上前。「你們怎麼會從王屠……王伯伯家裡出來？」

胖虎的一張肉臉上全是泥土，看到南溪後，憋在心裡的委屈一下子就爆發了，他張開雙臂就要去抱南溪，卻被她嫌棄地側身躲開。

於是胖虎心裡更委屈了。「哇……妳為什麼要躲開？」

呃……你身上那麼髒，還問我為什麼要躲開？

不過胖虎的情緒好像有點不對勁。

南溪上前一步，替他拍掉粘在身上的泥土，小心地問兩人。「王……伯伯是不是揍你們了？」不然不會這麼慘，兩人身上都髒兮兮的。

南溪的靠近多少安慰了一點，他吸著鼻子道：「他何止揍我們，他還把我摁在泥地裡摩擦……」

打又打不過，跑又跑不掉，就這樣被王屠夫羞辱了近一個時辰。

景鈺則是緊抿著雙唇沒有說話。他其實已經看出來了，王屠夫不是在羞辱他們，而是在操練他們，只是他這操練的方式實在是……次次都把他們當垃圾一樣往泥坑裡摔。

而胖虎也不是因為被摔了委屈，是因為他在王屠夫手下始終過不了三招而委屈。可他又何嘗不是呢？王屠夫是他目前為止見過功夫最好的高手！

這邊，胖虎還在跟南溪傾訴。

「我已經為折了他兩朵花，踩壞了他一小片花草真誠道歉了，他還使勁地摔我，一點大人的肚量都沒有！」

「噓！」南溪趕緊捂住他的嘴巴。在王屠夫院門口說他壞話，也不怕被他聽見！

待拉著兩人走出了一段距離，南溪才問景鈺。「你呢？怎麼也跟著被收拾了？」

景鈺拂開她的手。他的衣服髒。「殃及池魚，我先回去梳洗一番。」說完便使輕功離開。

胖虎這才想起他還一身泥土，便也使輕功往相反的方向離開。「我也回去換身衣服。」

第二十章

胖虎跟景鈺回來時，正好趕上眾人落坐。坐在簷下的南溪見到站在門口的兩人，連忙抬起小短手向他們揮舞。

「這裡這裡！」

兩人聞聲而望，便徑直走了過去。

與南溪坐同一桌的還有剛才幫忙炒菜端菜的幾個嬸子和錦娘，胖虎與景鈺乖巧禮貌地同她們見完禮後，便坐在了南溪的旁邊。

剛落坐，幾位嬸子便對坐在一起、模樣出挑的三個小的一頓猛誇。

「胖虎最近是在長個子吧？瞧著好像瘦了些，模樣卻更俊朗了……」

「小景鈺也是，臉上比剛來的時候長了些肉，看著更俊美了。長大了也不知道要迷倒多少小姑娘……」

「還有咱們小南溪，白嫩嫩軟乎乎的，瞧著就想咬上一口……」

隨後，院門口響起一陣噼哩啪啦的鞭炮聲，宴席正式開始。雖只有不到十桌人，但每桌都歡聲笑語，交盞碰杯，好不熱鬧。

簷下的一桌，三個小的巴巴望著幾位嬸子飲酒碰杯，那垂涎的小眼神逗得幾位嬸子笑個不停。

一位嬸子心軟，拿起酒瓶就想給三個小的一人倒一點嚐嚐酒味，卻被錦娘抬手阻止。

「孩子們還小，還是別讓他們嚐酒為好。」

三個小的眼睛裡剛起的光亮又瞬間熄滅，皆失落地低下頭。一旁的牙嬸見了，心中頗不是滋味，便開口道：「這桃花醉清香溫和，本就適合婦人與孩童輕酌。現在孩子們既然想嚐其中滋味，咱們不妨就滿足一下他們的好奇心，錦娘以為如何？」

牙嬸是這一桌最年長的長者，她的話，錦娘自然是要給幾分薄面的。「牙嫂說得是。」

見錦娘坐下，先前的那位嬸子便拿著酒瓶給三個小的碗裡倒了那麼一小口桃花醉，且還笑道：「你們第一次嚐酒，可別喝醉了。」

此話一出，又引得另外幾位嬸子哈哈直笑。

三個小的齊聲謝過嬸子後，便捧著碗，小口小口地開始品嚐。

半個時辰後，趁大人們都在收拾桌凳碗筷，南溪神神秘秘地拉著杏兒進了屋裡。

就在杏兒疑惑間，南溪用那雙黑白分明、似是會說話的大眼睛，眼巴巴地望著她。「杏兒姊姊，我們託妳釀的桃花醉能喝了嗎？」

杏兒還以為是出了什麼大事。她輕輕搖頭。「釀桃花醉需要大概三個月的時間，這才一月有餘，還未釀成。」

「這樣啊！」南溪的大眼睛裡寫滿了失落。杏兒見不得她如此，便問道：「南溪可是饞酒喝了？」

南溪不好意思地點頭，遂又連忙解釋。「不止我一個，還有胖虎跟景鈺也饞了。」

杏兒伸著脖子望了一眼外面，見無人注意到她倆，便拉著南溪往自己的閨房走去。「妳跟我來。」

杏兒的閨房整潔，左邊只有一張簡易雕花木床，床上的藍色碎花被褥疊得整整齊齊。右邊放著一個衣櫃和一個梳妝檯，梳妝檯上也收拾得很乾淨。

就在南溪打量著杏兒閨房的時候，杏兒從衣櫃裡拿出了一個有成年人拳頭大小的酒瓶。南溪的眼睛頓時一亮。「桃花醉？」

杏兒做了個噤聲的手勢，把酒瓶拿給她，小聲道：「我偷偷給你們留的，可別被大人們發現。」

「嗯，謝謝杏兒姊姊，有妳真好！」南溪笑咪咪地接過酒瓶。

杏兒見了，失笑道：「真是一個小酒蟲！」

再次給杏兒道過謝後，南溪便抱著酒瓶找到胖虎跟景鈺，悄悄溜出了劉家小院……

村尾，南溪家裡，看著撲倒在桌子上的她，胖虎無奈搖頭。「又是第一個倒下。」

景鈺側目看著雙腮酡紅的南溪，問胖虎。「她明明一喝就醉，為何又對酒那麼執著？」

「我也搞不明白。」

胖虎搖頭，走過去把南溪小心地從凳子上移下來。景鈺也過去幫忙，二人合力把人抱進了裡屋。

把南溪放到床上，給她蓋上薄被後，兩人走出房間，隨手關上了門。

他們剛出屋子不久，南溪的眉心便開始隱隱有一片綠光出現。隨著那片綠光越來越盛，一顆長得胖胖的綠豆芽從綠光中心飄了出來。

若是她還醒著，必然會發現這顆豆芽比之前見時又胖了一圈。

胖豆芽在屋子飛來飄去，就像是一隻酒醉的蝴蝶，找不著方向。

待到南溪酒醒時，已是酉時初。她秀氣地打了個哈欠，掀開被子就要下床，又突然停住了動作。

咦？怎麼感覺好像有哪裡不對？

南溪抬手輕撫了一下額頭，並在心裡喚道：「胖豆芽？」

心聲剛落，胖豆芽便從她的床腳飄了出來。

南溪很是驚訝——你怎麼從床下冒出來？

卻見胖豆芽飄到她的眼前，趴上她的鼻頭，用它唯二的兩片嫩葉親暱地磨蹭。

這小傢伙聞著怎麼有股酒味？

用食指輕輕撥了一下一片嫩葉，南溪忽然發現。「咦，你好像長胖了？」

那片葉子輕輕一顫，隨後便捲成了一個小團，趴在那裡不動。

哎喲，這是生氣了還是傷心了？南溪被它的樣子逗笑，用食指輕輕戳它。胖豆芽把葉子展開，兩片葉子就像一雙手一樣地緊緊抱住南溪的手指磨蹭。

南溪感到好笑的同時，也感應到了胖豆芽想要表達的意思——

它不是胖了，而是又長大一點了。而且，隨著它長大，她的異能也跟著加強。以前的她只能催長種在土壤裡的植物；現在，只要是種子，她都能催長且控制。

南溪的雙眼一片亮晶晶。也就是說，她以後會越來越厲害了？這簡直不要太好！

就在這時，胖虎的聲音從門外傳來。「南溪，妳醒了嗎？醒了就快出來，我們都在等著妳呢。」

「來了！」南溪讓胖豆芽鑽進眉心後，快速下床。

待她打開房門，胖虎拉著她就走。

「景鈺還在妳家後院，先找他去。」

兩人一起來到後院，就看到景鈺正蹲在那片草莓苗地旁邊研究著什麼。南溪快步上前。

「你在做什麼？」

景鈺回頭看了她一眼，伸手指著那片草莓苗。「這些都是草莓苗吧？這麼多幼苗，妳都是從哪兒弄來的？」

南溪腳步一頓，隨後又鼓著腮幫子道：「反正不是偷也不是搶的。」

景鈺緩緩站起身，一雙似黑珍珠般的眸子一錯不錯地看著她。「妳身上似乎有很多秘密。」

南溪被他盯得忽然有些心虛，嘴上卻還是強硬道：「你管我！」

胖虎走過來，瞅了一眼菜地裡的嫩苗，對景鈺一臉嚴肅地道：「既然南溪不想說，那你就別再追問了。不管南溪身上有多少秘密，這都是她的事。」

南溪驚訝地望著胖虎。她沒想到他會說出這番話來。

景鈺看向胖虎的目光顯然也有一絲驚訝，但很快便斂了神色，半垂著眸子道：「我只是單純感到好奇。」

原本還一臉嚴肅的胖虎忽然綻出了一個笑容，抬手就要去拍景鈺的肩膀，但想到他的怪毛病，又把手收了回來，咧著嘴，似憨憨地道：「你沒聽過嗎？好奇心害死貓，所以沒事別瞎好奇。」隨後便轉頭對南溪擠眉弄眼。「對吧？南溪。」

南溪被他滑稽的模樣逗笑了。胖虎平時看著挺憨，但關鍵時刻那顆虎腦袋一點都不憨，精明著呢！

她眉眼彎彎。「對。」

晚上，洗漱好的南溪抱著自己的枕頭來到錦娘屋裡，用黑白分明的大眼睛巴巴地望著她。

「阿娘，今晚溪兒想跟妳一起睡。」

「好。」

披著一頭墨髮的錦娘拿過她手裡的枕頭放到床裡面，又招手讓她過去，給她拆著頭髮。待頭上的髮帶拆下，南溪便踢掉鞋子爬到床上，蓋上薄被。

錦娘則是提著油燈到堂屋去檢查一下門閂好沒有，才返回來關好房間門，吹燈上床。

黑夜中，南溪蠕動著小身板往錦娘身邊蹭了蹭。

「阿娘？」

「嗯？」錦娘側身面對著女兒。「怎麼了？」

「阿娘的眉頭自從劉伯家回來後，一直都不曾舒展過，是出了什麼事嗎？」

似是沒想到南溪會這麼問，錦娘在黑暗中靜默了好一會兒，才柔聲開口。「沒出什麼事，小孩子不要瞎想。」

南溪靜默了一瞬。「那阿娘也不要瞎想，想多了容易影響心情。」

「嗯，阿娘不瞎想，快睡吧！」錦娘伸出一隻手，放在薄被外面，輕輕地拍著南溪。

「嗯，阿娘也睡。」

南溪往錦娘的方向再挪了挪，直到滿鼻尖都是錦娘的氣息後，才閉上眼睛睡覺。

一炷香後，淺顯均勻的呼吸聲在錦娘耳邊響起，莫名安撫了她因王屠夫帶回來的消息而不安了一整日的心。

她不會讓任何人來傷害她們母女，即使是血親也不行！

翌日，南溪正站在簷下用楊柳枝漱口，胖虎便風風火火地找來。

「南溪，走，咱們瞧熱鬧去！」

一聽有熱鬧可瞧，她幾下就把口漱好，再跑去後院跟錦娘說了一聲後，便同胖虎一起出了院子。

路上，胖虎拉著南溪跑得飛快。南溪邊跑邊喘著氣問道：「咱們這是上哪兒瞧熱鬧去？景鈺呢？」

「去東邊的打石場，景鈺已經在那裡等著了。」

打石場？是誰家又要蓋新房了嗎？

「你……你能不能說明白一點？」

胖虎越跑越快，南溪越來越出氣不勻。

見她跟得難受，他腳下放慢了一些。「劉伯跟徐大哥要在打石場那裡決鬥。」

「什麼?!」

距離桃花村一里遠的東面，有座半壁比其他山峰要矮上許多的石山。為什麼只有半壁呢？因為它的另一半已經被桃花村的人鑿去蓋房子，因此這半壁石山也被桃花村的人稱之為打石場。

南溪跟胖虎趕到打石場的時候，劉能與徐火正打得激烈，南溪只能看到兩道不停碰撞的虛影，根本就分不清誰是誰。

掃視了一圈站在遠處觀戰的人，發現除了虛無子和杏兒母女外，村裡的叔伯們一個不落地全來了。

南溪心中暗驚，這麼大陣仗？

胖虎在看到站在虛無子右側的景鈺後，便拉著她走了過去。

景鈺只扭頭往他倆這邊看了一眼，便又轉過頭去繼續觀戰。

胖虎走過去，低著腦袋小聲問：「現在是什麼情況？」

景鈺的目光一直落在前方打鬥的二人身上。「目前劉伯占了上風。」

也就是說徐火的功夫不及劉伯？南溪隨即抬眼，看向站在虛無子另一側的杏兒，就見她正一臉擔心地看著前方。

南溪擰起了小眉頭。「徐大哥為什麼會跟劉伯決鬥？」

景鈺疑惑地轉過頭。「誰跟妳說他們兩人是在決鬥的？」

話剛說完，他便抬頭看向了胖虎。他倆是一起來的，除了胖虎還會有誰跟她這樣子說？

南溪聞言，也扭頭看著胖虎。

被四隻眼睛同時盯著，胖虎抓著後腦勺，訥訥地問：「他們不是在決鬥麼？」雙方相約到一個地方打架，還有觀戰人，不是決鬥是什麼？

景鈺淡淡開口。「他們只是在切磋武藝，不是決鬥。」若是決鬥，那便生死不論了。

原來只是切磋武藝，南溪替杏兒鬆一口氣的同時，又好奇問：「劉伯怎麼會想到要跟徐大哥切磋武藝？」

劉伯跟村裡哪個叔伯比試不行？怎麼偏就找上了徐火，莫非……她的目光瞟向另一側的杏兒。

景鈺的視線也同樣在杏兒身上一掃而過。「妳以為呢？」

南溪瞪著眼睛回頭。還真是因為杏兒?!

胖虎看看這個又看看那個，不解地開口。「你們倆在打什麼啞謎？」

景鈺壓低了聲音繼續道：「昨夜，徐大哥向劉伯提出想要帶杏兒離開桃花村，劉伯大怒，當場表示想帶杏兒離開，除非徐大哥能打贏他。」

胖虎隨即看向打鬥中央，半晌才搖頭嘆息道：「徐大哥好像帶不走杏兒姊姊了。」

南溪得知前因後果後，反而沒有剛才那麼擔心了。人家好不容易才養大的閨女，你徐火說帶走就帶走，哪兒有那麼好的事？換她是劉能夫婦，她也不能就這麼輕易讓徐火帶走杏兒，最起碼也得設九九八十一道難題，先考驗一番他的人品再說。

就在胖虎說完沒多久，前方忽然「砰」的一聲，一人自半空中狠狠摔在地上。

然後，南溪就聽到身旁的叔伯們議論。「沒想到這小子還挺能耐，堅持了這麼久。」

「這小子的功夫不錯。」

「他進攻的招式雖然簡單，但次次都攻到了點上。若不是劉能多吃了他十幾年的飯，多了他十幾年的內力，還真不一定誰贏誰輸！」

南溪悄悄一挑眉。叔伯們對徐火的評價挺高的呀！

這邊，劉能手腕一翻，便把手裡的大環刀收在身後，隨後，他居高臨下地對徐火道：「你輸了。」

徐火咳嗽著從地上站起，並抱拳執禮回道：「是小子技不如人，小子認輸！」

劉能神情得意地瞅著他。「既然你已經認輸了，那昨夜之事——」以後便莫要再提。

然而話還沒說完，便聽徐火又道：「小子今日認輸，並不是要就此放棄，請劉叔再給小子一點時間，小子過兩日再來挑戰！」

劉能拿一雙銳目瞪著他。臭小子，還不死心！突然就有點欣賞這小子了是怎麼回事？

「我且等著。」劉能用鼻孔輕哼一聲，提著大刀朝自己的妻女走去。

秀娘感覺到丈夫走近，掏出手帕就要替他擦汗，劉能連忙接過手帕。待擦好汗後，便領著妻女率先離開打石場，期間，杏兒還不捨地回了好幾次頭。

圍觀的叔伯也相繼散去，只餘下虛無子、秦秀才與三個小的。

南溪見徐火呆呆望著杏兒離開的方向，跑上前去鼓勵他。「徐大哥加油，你下次一定能打敗劉伯抱得美人歸的。」

胖虎也跟著跳了過來。「沒錯！剛才我阿爹說了，你是因為比劉伯年輕才輸給他的。徐大哥加油，等你到了劉伯這個歲數一定能打敗他！」

秦秀才大步過來給了胖虎一個爆栗後，提著他的後衣領就往打石場外面走，邊走還邊教訓胖虎道：「不會說話就回去好好練功，省得你以後想討個媳婦還打不贏未來的老丈人。」

原來胖虎的低情商是隨了他阿爹啊！

等胖虎被他阿爹像老鷹拎小雞一般地拎出老遠後，景鈺才慢悠悠地踱到徐火跟前。

「劉伯的功夫要高出你一截，你打算如何在半月之內打贏他？」

徐火雙目炯炯。「加緊練功，快速提高自己的武藝。」

「短短半月，即便你再加緊練功，想勝劉伯亦同樣很難。」

「再難也要一試！」

南溪給徐火出主意。

「徐大哥若想快速提升武藝，不妨去請教一下我師父。他老人家不光治病救人厲害，功夫也不差。」

上次上山採藥，南溪便看出虛無子的功夫在劉能之上。

徐火面露喜色。「多謝南姑娘提醒，我這便去找村長。」同兩個小的抱拳告辭後，他便大步走出打石場追虛無子去。

第二十一章

春末夏初，地裡的農活不再那麼忙碌，偶爾經過某家小院時，還可以看到三兩個婦人圍在一起嘮家常。

這日清晨，陳家阿婆的小院裡，陳家阿婆、牙嬸和姜家媳婦坐在堂屋屋簷下，手上做著女紅，嘴巴說著話。

陳家阿婆眯著眼，邊縫著衣裳上的補丁邊說道：「昨日，我見著住村長家的徐小子又去劉能家了。」

姜家媳婦拿著個繡綳在刺繡，聞言，頭也沒抬地道：「又去討打了？」

這幾日，幾乎每一日徐火都會去找劉能比試。即使前日被劉能揍得鼻青臉腫，次日，那小子仍是會雷打不動地出現在劉能的面前。

牙嬸坐在一邊納著鞋底。「這次那小子又堅持了多久？」

陳家阿婆低下頭，用牙齒咬斷了棉線。「比前日多堅持半刻鐘，我估摸著再過兩日，便可以看到兩人的第二次比試了。」

「這麼快？」姜家媳婦終於抬起頭。

阿婆把縫補好的衣裳疊好，不急不緩開口。「前些時日，村長封了徐小子一半的功力，並讓他每日上門去挨揍，一是為了使他提升抗擊力，二也是為了讓他能摸透劉能的武功路數，好尋其破綻。」

牙嬸停下手上的活計，笑著問陳家阿婆。「阿婆以為，徐小子這次能打贏劉能兄弟嗎？」

陳家阿婆抬了抬耷拉的眼皮。「這幾日，我瞅著劉能看徐小子的眼神柔和了不少。」

也就是說甭管徐火能不能贏，劉能的女婿是跑不掉了。

牙嬸與姜家媳婦相視一笑，埋頭繼續納鞋底的納鞋底、繡花的繡花。

看來徐大哥跟杏兒姊姊的好事將近了！

南溪像往常一樣經過陳家阿婆的院門，去盧無子那裡上課。

走進院子，景鈺剛好練完早功，正在屋簷下洗臉。徐火則是手握一根紅纓槍，在院子裡舞得虎虎生風。

南溪不敢靠近，只站在遠處高聲打招呼。「徐大哥早呀！」

「早。」徐火手上動作未停，專注練槍。

師父讓徐火這幾日棄劍用槍，也不知是為何意？

南溪站在那裡看了一會兒，便跑去找景鈺。「師父呢？」

景鈺從廚房裡拿出兩個窩窩頭，並把其中一個遞給南溪，見她搖頭，才回道：「去田裡看秧水了，待會兒便會回來。」

南溪點點頭，又皺著眉頭問：「胖虎也沒來？」

「許是起晚了，待會兒若不來，便去他家看看。」

景鈺輕嚼慢嚥地吃著窩窩頭。不過是一口粗食，竟也讓他吃出幾分文雅來，長得好看的人連啃個窩窩頭都是那樣賞心悅目。

南溪雙手環臂，正恣意欣賞著景鈺的吃相，卻見杏兒出現在院門口，雙腮酡紅地對院子裡舞槍的人喚道：「徐大哥。」

舞槍舞得入神的徐火卻沒有聽到。杏兒貝齒輕咬，又把聲音提高了一點。「徐大哥？」

然而徐火還是沒有聽到。

南溪見此，大聲喊道：「徐大哥，杏兒姊姊來了！」

經過她吼這麼一嗓子，徐火終於收槍回頭，見到站在院門口的杏兒後，便把槍立在一旁，一臉喜意地走向門口。

「杏兒，妳何時來的？」

「剛來一會兒。」杏兒雙手背在身後，一臉羞澀，見徐火臉上有汗，又忙把自己的手帕掏出來遞給他。「徐大哥，你先擦擦汗。」

「好。」徐火滿含笑意地接過手帕。等他擦乾淨臉上的汗，卻把手帕揣進了自己的懷裡。「妳來找我，可是有事？」

杏兒把一直藏在身後的新鞋拿出來，遞給他。

「我見你腳上的鞋破得厲害，便……便為你做了一雙新的，你試試看合不合腳……」

徐火既欣喜又感動，伸手接過新鞋時，藉機握了一下杏兒的手。

杏兒猛地一抬頭，卻見徐火正雙目熾熱地盯著她看，遂又慌忙低下頭去，只是臉上的熱度怎麼也消不下去。

粉黛還羞，欲拒還迎。徐火突然便覺自己有些口乾，他潤了潤嘴唇，剛要開口。「杏兒，我……」

「咳咳！」

恰在這時，捲著褲管的虛無子提著一雙草鞋從田埂上回來，見兩人堵在門口，遠遠便咳嗽出聲。

杏兒連忙抽回自己的手，紅著臉道：「我……我先回去了。」說完也不等徐火反應，低著頭快速離去。

目送著她離開的徐火，直到她的身影在陳家阿婆的院牆拐角處消失，才收回視線，對走近的虛無子抱拳執了一禮。

虛無子撫著鬍鬚經過他身邊時，笑著調侃了一句。「新鞋不錯，你小子好福氣呀！」

徐火紅著耳朵抱著新鞋，跟在他身後進了小院。

進了小院，見南溪已到，虛無子洗了手便去廚房拿了個窩窩頭，邊吃邊招呼著兩個小的進屋。

徐火也把新鞋仔細收好，繼續在院子裡練槍。

半日時光很快便過去，直到晌午，兩個小的都沒見到胖虎的蹤影，於是南溪在回家的路上，特意去了一趟胖虎家。

見胖虎家院門敞開著，她站在院門外喚人，只是喚了好幾聲都無人應答。

父子倆都不在家嗎？那怎麼沒關院門呢？想了想，南溪轉身就去敲了牙嬸家的院門。

用過午飯，錦娘戴著斗笠去了北邊的小麥地裡，南溪則來到後院除草，順便清理一下黃瓜架上的枯藤。

景鈺來找她時，她正拿著一把鐮刀在割一根老掉的黃瓜藤。見此，他挽起袖子過去幫忙。

「我剛才去了胖虎家，發現他家裡沒人。」

兩人合力把枯藤扯下扔在一邊後，南溪才道：「我問了牙嬸，牙嬸說秦叔一大早就拉著胖虎急急忙忙離開了桃花村。」

景鈺蹙眉。「如此匆忙，可是出了什麼事？」

南溪蹲下繼續除草。「不知道，晚點等胖虎回來問問他。」

可兩個小的等到了晚上，也不見胖虎跟他阿爹回來。

兩人有些擔心，便跑去找虛無子。誰知虛無子卻道：「早晨我去田裡看秧水的時候，正好碰到他們父子二人出村。老秦已同我說了，他需三五日才會回來。」

南溪瞪大眼睛。「師父為何不早說？害我跟景鈺擔心。」

虛無子撫著鬍鬚，一派無辜模樣。「你們問我了嗎？」

兩日後，劉能與徐火再次約到了打石場比武。在這之前，虛無子已經把封住了徐火一半功力的銀針取出。

初夏的清晨，陽光還不是很燥，甚至還偶有微風輕輕拂過，帶起人們的衣袂飄飄。打石場裡面，徐火與劉能分別站在東西兩方向，氣勢沈著，對立而望。十丈之外，則站滿了專門來瞧熱鬧的叔伯嬸娘們。

錦娘不喜瞧這種熱鬧，南溪便一個人跑來，站在杏兒母女的身邊。同慮無子一起的景鈺往這邊看了，便抬腳走了過來，站在她的左側。見南溪疑惑地望著他，遂低聲開口。「胖虎回來了嗎？」

「還沒有。」她搖頭，看向前方。

前方場中，徐火先是朝著對面抱拳見禮，再說了幾句客套話之後，便提起長槍，如猛虎下山一般地朝劉能衝了過去。

旁觀的杏兒見了，立即緊張地捏緊了秀拳。她既想徐火能贏，又不想自己的阿爹受傷，心情可以說是極其複雜。

而劉能在徐火提著長槍刺向他的同時，亦快速舉起了手中的大刀，用四兩撥千斤之勢把徐火的攻勢輕鬆化解。

接下來的打鬥就像是加了速，南溪根本就看不清兩人的招式動作，只得扯著景鈺的衣袖問道：「怎麼樣？你覺得徐大哥這次能不能打贏劉伯？」

景鈺被她用力過猛的拉扯扯得歪了一下身子，穩住身形，無語地睥了她一眼後，淡淡吐露。「尚未可知。」

南溪睜著一雙大眼睛。「是你看不出來，還是徐大哥這些時日的苦練並沒有得到什麼效果？」

「我的意思是他們二人的比鬥才剛開始，誰輸誰贏還猶未可知。」

你這解釋還不如不解釋呢！南溪偷偷癟了癟嘴。

站景鈺旁邊的一位嬸子扭過頭，恰巧瞄到南溪的小動作，便笑著替景鈺解釋。「在上次，咱們一眼便能看出誰會贏誰會輸；可這次，咱們卻一時看不出輸贏，便說明徐小子這些時日的功力確實有大增。」

「多謝嬸嬸解惑。」

南溪彎著眉眼，抱著小拳頭，朝這位嬸子像模像樣地行了一個抱拳禮後，才不滿地朝著景鈺吐了吐舌頭。

景鈺無語。他說的也是這個意思呀！

此時，前方二人打鬥正酣，出招也是越來越快，南溪便是把一雙大眼睛瞇成了一條小縫，也只能從漫天飛揚的塵土中窺到兩抹時而相交時而分離的虛影。

「咳咳……」

她剛想上前幾步看得仔細一點，卻被突然飛過來的塵沙嗆了一鼻子，只得咳嗽著又倒退回去。誰知腳下卻突然出現凸起的軟物，害得她一個趔趄差點歪倒。

一雙肉手快速扶住她的同時，耳邊也響起了胖虎的痛呼聲。「嗷，好痛呀！」

南溪轉過身，高興地道：「胖虎，你回來了？」

胖虎抱起那隻被踩的腳在原地跳。「一回來就被妳踩腳，可痛死我了！」

「我又不知道你在我身後……」南溪小聲嘀咕了一句，又忙關心問道：「你的腳……要不要緊啊？」

見她當真被自己唬住了，胖虎放下腳，咧嘴大笑。「我騙妳的，小南溪真好騙！」

南溪好想再補他一腳，也確實那麼做了，趁著胖虎笑得忘形，她抬腳就往他另一隻腳上狠狠地踩去！

「嗷嗚！」

胖虎抱著腳，一臉痛苦地再次在原地打著轉。這次是真的好痛！

嘖，看著都痛。景鈺默默往外側退了兩步。

就在這時，身旁的杏兒發出一聲驚呼。「小心！」

南溪連忙回頭看去，就見塵沙中，徐火橫舉長槍以單膝跪地，才堪堪接住了劉能從半空中劈下的大刀。

觀戰的人見了皆是屏息凝神，目不轉睛。

場中，劉能見徐火居然接住了他九成的功力，眸中亦是暗含讚賞。短短十日，這小子的進步卻如此明顯！

雖說村長在這期間也幫襯了他不少，但若不是他自己也刻苦練習，根本進步不到如今這種程度，是個好小子！

不過，小子雖好，但要想娶他的女兒，也必須過了他這一關才行！

想到此，劉能手上大刀的力道又往下壓了幾分，並沈聲道：「小子認輸否？」

徐火此時已青筋突起，滿面爆紅，聽到劉能的話，仍是憋著氣吐出兩字來。「不——認！」

也是在這時，徐火憑藉著憋在心中的一口氣，握住長槍的手努力往左側斜擋，並借此機會把身體往右側翻滾一圈，便順勢來到了劉能的身後。

劉能先前的重心皆放在大刀上，在大刀被長槍擋到左側後，他的身體也微微往左側傾斜；而徐火往右方翻滾到他的身後更是始料未及，所以待他穩住身形轉身，一杆紅纓槍已經直指他的咽喉。

勝負已然見曉。

「一寸長一寸強！」南溪驚呼出聲，終於明白了虛無子讓徐火棄劍使槍的用意。

「好！」

也不知是誰先帶頭喊了一聲，圍觀的叔伯嬸娘們開始跟著叫好鼓掌。

徐火收起長槍，走過來對劉能拱手行禮，謙遜道：「多謝劉叔承讓！」

「是你小子運氣好！」劉能輕哼一聲，手腕一翻，收起大刀，向自己的妻女走去。

待走到妻子跟前，他失落地同妻子說道：「阿秀，我輸了。」

「輸了便輸了吧，我瞧著那孩子也不錯。」秀娘抓住他的一隻手，拿著手帕摸索著為他擦汗。

劉能拿走她手裡的帕子，胡亂擦了一把臉後，便扶著她往打石場外面走，邊走還邊關心問道：「阿秀，妳站了這麼久累麼？孩子有沒有鬧妳……」

「沒有……」

望著父母同眾人漸漸走遠的身影，杏兒猶豫了一瞬，便轉身向著徐火奔去。

南溪跟胖虎早在第一時間便來到了徐火身邊。

胖虎滿眼崇拜。「徐大哥，你最後反敗為勝的那一招簡直不要太帥！」

南溪也忙不迭地點頭誇讚。「簡直就是絕地求生。」

景鈺慢悠悠地走過來。「這裡面也有徐大哥的三分運氣。」若是劉能在先前便使出全力，徐火根本就沒有機會還擊。

南溪卻道：「運氣也是實力的一部分，反正最後是徐大哥贏了。」

胖虎摩挲著下巴。「也就是說，現在徐大哥可以帶著杏兒姊姊離開桃花村了？」

南溪點頭。「理論上來說，是這樣沒錯。」

胖虎跟景鈺立即異口同聲問道：「理論是什麼東西？」

「理論不是東西，它是……」

任三個小的在那裡嘰嘰喳喳地討論，徐火的目光一直都落在向他走來，卻又在幾步之外停下的杏兒身上。

兩人相互凝望，望著望著，徐火竟開始眼眶發澀。「杏兒，我贏了！可以娶妳了！」

「嗯！」杏兒亦是喜極而泣，對他露出了一個微笑。

這邊，終於跟兩人解釋完何為「理論」的南溪，抬頭便見徐火與杏兒兩人正在互相凝望，忙識趣地一手拉起一個離開。

待走到半路，她才開口詢問胖虎這幾日去了哪裡。胖虎擺著手，一副無甚大事的樣子。

「有一位與我阿爹相熟的長輩在前幾日病故，我阿爹得知消息後便帶著我前去祭拜。因他家挺遠，這一來一回便用去了三日。」

原來如此。

幾日後，陽光毒烈，曬得田裡的禾苗都無精打采地低下了頭，四周也沒有一點風。南溪站在兩邊都有禾苗的田埂上，只覺一陣熱浪迎面撲來。

她頭頂著一張荷葉，有些不耐地催促著站在田埂上的兩人。

「咱們回去吧，這天太悶熱了！」

胖虎不滿地睨著她。「是誰提出來田裡釣龍蝦的？」

「是我提出的沒錯，但我也沒說非今日不可啊？咱們明日後日來也是一樣的嘛。今日如此悶熱，萬一要是中暑了怎麼辦？」

景鈺右手拿著根細長的木棍，木棍的末端還繫著一根長長的麻線，麻線的另一頭則垂直落在插滿禾苗的水田裡。

「晚點回去時，妳煮一鍋薄荷水給我們喝就是。」

跟他並排而站，也手持一根木棍釣龍蝦的胖虎連忙點頭。「就是就是。」好不容易找到一個好玩的，他才不想這麼早回去。

都怪自己一時口快，說什麼無聊就出來釣龍蝦玩！

又過了一會兒，南溪實在是受不了這裡的悶熱，收起麻線道：「你們倆釣吧，我去杏兒姊姊家看看有沒有什麼需要幫忙的。」

在比武結束的第二日，徐火便去了劉家小院提出想帶杏兒走。劉伯雖不再反對，但也提了一個要求。

那便是讓徐火與杏兒先在桃花村拜堂成親，待兩人有了夫妻名分，他自可帶著杏兒離開。

所以這兩日，錦娘跟古娘子還有姜家媳婦都在劉家，幫著杏兒趕嫁衣。

第二十二章

胖虎向南溪揮手。「去吧去吧，我跟景鈺再釣一會兒，便來尋你。」

他們現在才釣十幾隻龍蝦，他想再多釣一些，然後讓南溪給他們做她口中所說的那什麼麻辣小龍蝦。

南溪把頭上的荷葉取下來罩在胖虎的頭頂上，拿著棍子就要離開。

胖虎卻一把拉住她，取走了她手裡的棍子，笑著道：「妳走妳的，把棍子留下。」

離開田埂的南溪，沒有馬上就去劉家小院，而是先回家，去後院弄了些草莓放在廚房，又去挖了一些清熱去火的草藥，煮了一鍋祛暑涼茶放在一邊涼著，才頂著一片芭蕉葉去了劉家。

劉家的堂屋門口，放著一小堆點燃的乾薰草，縷縷青煙從小火苗那裡飄升，再四散在半空中，把這周圍的蚊蟲都驅了個乾淨。

而堂屋裡面，錦娘、古娘子和姜家媳婦正圍坐在一個大棚繡架旁，分工明確，手腳俐落地趕繡著嫁衣的上袍。單獨坐在旁邊一個中棚繡架前面的杏兒，則在甜蜜且認真地繡著嫁衣的袖緣。

秀娘眼睛看不見，又懷著三個月的身子，無法幫忙，便坐在門框邊挽著麻線。

這時，一隻停在院子裡尋食的麻雀忽然撲騰著翅膀飛出了院牆，秀娘耳朵微微一動，隨即便嘴角上揚地開口。「小南溪來了？」

才剛把一隻腳跨進院子的南溪，睜著一雙大眼睛驚訝問道：「阿秀姨怎麼知道是我？我都沒有出聲。」

在屋裡刺繡的姜家媳婦聽到了，便扯著嗓子調侃道：「妳阿秀姨的鼻子跟耳朵，那可是比妳李伯伯家的雪毛還厲害的。」

雪毛是一隻成犬，因為有一對白眉毛，所以村裡人都叫牠雪毛。雪毛的鼻子很靈，十丈之外的氣味都能嗅得出來。

南溪咧著嘴笑了笑，並沒有接話。這話姜家嬸嬸說出來是調侃，可她若接了便是對長輩不敬了。

隨手把芭蕉葉放在簷下，她跨進堂屋，給屋裡的長輩都打了招呼後，便湊到了杏兒身邊。

「杏兒姊姊，有我幫忙的地方嗎？我也想幫忙。」

杏兒抬起頭，微笑著對她道：「那就煩勞小南溪去廚房幫忙燒點茶水，待我阿爹跟叔伯們回來喝。」

劉能與姜松等幾人一大早便出村去置辦成親所需的物品了。

「好！」

南溪剛要去廚房，卻見坐在門邊的秀娘扶著腰站起了身。「怎麼連燒個水都讓南溪去做？我去吧。」

「阿娘……」杏兒聲音裡有明顯的擔心。

南溪亦連忙奔過去攔住秀娘。

「阿秀姨，您還懷著小寶寶呢，廚房裡地滑，還是我去吧！您就坐在這裡挽線等劉伯回來。」

秀娘卻執意不肯。在她看來，哪有她這個當主人的閒著，卻讓六歲娃娃去廚房燒水的道理。

這時，錦娘抬起頭看過來。「嫂子還是讓南溪去吧，您如今還是頭三月的身子，最是磕不得碰不得。」

姜家媳婦也在一旁幫腔，秀娘終是又坐回了板凳上。

南溪邁著小短腿走向廚房。

杏兒家的廚房收拾得很乾淨也很空曠，切菜的案臺上，菜板被立在挨牆的一角，菜刀也被固定在牆角，檯面上只放著幾個平時裝菜的空筲箕。灶臺前，劈成一截一截的柴火整整齊齊地碼在右手一側，使在灶前燒火的人一伸手便能觸到。

南溪找了張高矮適宜的木凳放在灶臺前搭腳，待她把雙手的袖管高高挽起後，就開始刷鍋燒水。

半炷香後，鍋裡的水燒開，南溪便去堂屋問杏兒要來一包茶葉，開始泡茶。

待她剛把茶水泡好，由秦秀才帶著去外面獵大雁的徐火，提著一隻大雁，滿臉喜氣地進了院子。

「嬸兒，我來送大雁了。」

在這裡，男女若是想要結親，男方需持活雁為聘。所以，徐火這幾日跟著秦秀才跑遍了群山之外的淺水源地，只為活捉一隻大雁。

秀娘微笑頷首。「把大雁交給杏兒吧。」

杏兒這才嬌羞地放下針線，起身去後院找了一個頭尖腳圓的竹罩，讓徐火把大雁放在裡面罩住。

安置好大雁，徐火喝了兩杯茶水，又待了一小會兒就回了東邊的村長家。

後院，南溪蹲在竹罩旁邊，一錯不錯地盯著裡面的大雁看。

她活了二十幾年，還是第一次這麼近距離地接觸到大雁，以前都是在電視裡或者很高的天空上看過。

仔細看，大雁除了脖子沒有鵝頸長以外，其他地方幾乎長得一模一樣，怪不得有的人家娶親時獵不到大雁，便以鵝來充當呢！

她還記得，當初她哥嫂結婚，隨彩禮的時候，癡迷古言小說的嫂子還半開玩笑地讓她哥買一隻鵝去……

「這大雁挺大啊！」就在南溪思緒放空時，胖虎的聲音冷不防地從她頭頂傳來，把她嚇了一大跳。

南溪扭過頭，看著站在她右後側的兩個人，疑惑道：「你們倆不是在釣龍蝦嗎？怎麼會出現在這裡？」

胖虎學著她的樣子蹲下。「先前在田埂上，遠遠就看到提早回來的徐大哥和我阿爹，我們料想他們這次肯定獵到了大雁，所以就跟過來瞧瞧。」

說著他還偏著虎腦袋，似是不可思議般地問南溪。「不過一隻長得灰不溜秋的大雁就把妳給看出神了？我跟景鈺都站在妳身後了，妳都沒發覺。」

南溪撐著雙膝站起。「你們後來有釣到小龍蝦嗎？」

胖虎也跟著站起，興奮開口。「釣到了好多呢！就放在妳家的廚房裡，南溪，咱們一會兒回去弄麻辣小龍蝦吧？」

南溪偏頭看著他跟景鈺。「你們沒看到廚房裡那一鍋涼茶？」

胖虎搓著胖手。「當然看到了。嘿嘿，我跟景鈺還一人喝了一碗妳煮的祛暑涼茶，草莓也吃了一點。」

南溪率先走出後院。「走吧，回去弄小龍蝦。」

「好啊好啊。」胖虎屁顛顛地跟上她。

景鈺看了看趴在竹罩裡的大雁，又看了看南溪離開的背影，一雙淡漠的黑眸裡閃著些許疑惑。

怎麼感覺她好像有點情緒不對？

三人很快回到村尾。

南溪跨進廚房，一眼便看到了放在案臺下方、裝在木盆裡正努力往外爬的數十隻小龍蝦，忙抬腳走過去，把幾隻已經爬到盆沿的龍蝦小心地撥了回去。

跟在後面的胖虎見了，急道：「妳怎麼用手去撥？萬一被牠的兩個大鉗子夾住了怎麼辦？」

南溪擺擺手，表示沒事，而後又盯著木盆裡個頭勻稱的小龍蝦，嘆道：「你們後來釣了這麼多啊？這該有三、四斤了吧？」

胖虎得意地揚起雙下巴。「釣哪能釣到那麼多？大多都是我下田去摸的。」

南溪回頭看他，這才發現他的褲腳、袖口都沾上了稀泥，白嫩的小手一下捂住額頭。「你下水去捉龍蝦，會把別人田裡的禾苗踩壞的。」

她都已經能夠想像得出那塊禾田的主人看到後，會是怎樣的氣急敗壞了，這熊孩子！

胖虎咧著嘴，露出小虎牙。「沒事，我下的是我家的禾田。」

呵呵，那你只會被你阿爹揍得更厲害！

算了，看在他平時對自己那麼好的分上，她待會兒還是去田裡看看吧！

她吩咐著胖虎跟剛走進來的景鈺合力把木盆抬去外面，自己則去屋裡拿剪刀。

那麼多小龍蝦，她一個人肯定是要弄好久的，所以她邊弄邊教另外兩隻怎麼把龍蝦處理乾淨。待把他倆教會後，她便找了個藉口離開，一個人來到了胖虎家的禾田邊上。

看著眼前被胖虎踩得歪歪倒倒的禾苗，南溪嘆了口氣，緩緩伸出白嫩的小手。

胖豆芽升級這麼久，她都還沒試用過，也不知道這可控制植株的異能，可不可以把這些踩壞的禾苗都撥正救活？

一刻鐘後，看著被撥正且還長了一小截的禾苗，南溪滿意地笑了，擦了擦額頭上冒出來的汗，便轉身往回走。

紅日西墜，剛走上大路，她就瞧到出村的幾位叔伯從桃林那邊回來了。

因為隔得遠，南溪便多看了幾眼，想要看看他們都置辦了些什麼回來。只是看著看著，她卻蹙起了眉頭——

那個挑著擔子走在最前面、滿臉絡腮鬍的壯漢是誰？

小院裡，拿著根楊柳枝刷洗著龍蝦的胖虎，抬頭望了望院門口。「南溪出去幹麼了？怎麼還沒回來。」

「你待會兒回去的時候先去你家田裡看看。」

景鈺小心抓起一隻龍蝦，用剪刀去掉牠的頭部和雙腮，再抽出蝦線後，把蝦丟向了胖虎那邊。

聞言，胖虎略有些遲疑地問道：「你認為南溪會去我家禾田？她沒事去那裡幹什麼？」

景鈺又抓起另一隻龍蝦，聲音淡淡道：「去幫你把踩壞的禾苗重新栽好。」

過了好一會兒，胖虎忽然跳了起來，拿著楊柳枝指著景鈺的鼻子。「原來你攛掇我下田捉龍蝦、踩壞禾苗，竟是為了窺探南溪的秘密？」

景鈺抬手揮開楊柳枝，淡定地問他。「你敢說你不好奇她身上的秘密？」

胖虎著張臉，一屁股坐在凳子上。「那你也不能故意使壞，給我下套呀！」

景鈺面不改色。「我只不過是順勢引之，怎算故意使壞？」

胖虎卻是一聲冷哼。「強詞奪理！」明明就利用了他！

景鈺不置可否，繼續做著手上的事。

須臾，南溪哼著小曲，手捧一株跟她一般高的藍紫色繡球花，腳步輕快地回到了小院。

胖虎見了，立即瞪大了雙眼。「妳怎麼敢跑去偷王屠夫的繡球花？難道就不害怕他知道後來找妳算帳嗎？」

南溪揚起小下巴。「我怎麼可能會去偷他的繡球花？這株繡球花不是他家的，是季叔叔從山上挖回來的，看見我便順手送了我一株。」

說完，她低頭聞了一下花香。「我先把它拿去後院種上，你們倆快點把龍蝦都處理乾淨啊！」

南溪把那朵已經盛開的繡球花剪下來，放進堂屋後，才拿著枝幹去了後院栽種。

等她挖坑、栽種、澆水都做完，胖虎二人已經把全部的龍蝦清理乾淨。

南溪甩著有些發酸的胳膊回到前院，把龍蝦用鹽薑蔥醃好後，又讓胖虎回家倒一點他阿爹的酒過來——這裡沒有啤酒，也沒有料酒，她只能用平日喝的酒來做一道麻辣醉龍蝦了。

待胖虎走後，她搭著凳子開始刷鍋，景鈺早已經自動的坐在了灶前，準備生火燒鍋。

「可以起火了。」南溪刷好鍋，對景鈺發出號令。

景鈺就像是在等將軍命令的小兵一樣，南溪剛一開口，他便立即取出了火摺子。

熱鍋期間，南溪把蔥薑、辣椒、花椒等一些待會兒要用到的佐料一一備好，再把已經醃得差不多的龍蝦瀝水。那邊，景鈺已經把鍋燒熱，南溪轉過身來倒入菜油；待油溫適度後，她讓景鈺走遠一點，才把小龍蝦全部倒入鍋裡翻炒。

景鈺雖然比南溪小一歲，但他的身高要比南溪高出一點，看著南溪動作嫻熟地在大鍋裡翻轉著鍋鏟，他好奇地踮起了腳尖，就見龍蝦在那不停翻轉的鍋鏟下，已經變得通體緋紅。

視線再順著鍋鏟手把往上移，就看到南溪那張連太陽都曬不黑的白嫩小臉蛋上，亦被鍋裡往上冒的熱氣給薰得粉紅粉紅的。

小丫頭本就有著一張好看的鵝蛋臉，如今再被這如上了胭脂一般的粉黛一襯，更顯嬌顏無雙。

翻炒了幾下鍋裡，南溪抬起左手臂擦掉額間的汗珠，吩咐立於灶前的景鈺。「再加點柴火！」

「……哦好。」景鈺斂下眸子，快速把一根劈好的木頭塞進灶口。

須臾，南溪把過了一遍油的龍蝦撈出，就著鍋裡的油再倒入佐料翻炒，待把佐料炒出香味，再次倒入龍蝦。恰在這時，胖虎也拿了酒返回來。

待把酒倒入鍋內，加了一點清水後，南溪拿來鍋蓋蓋上，便拍著小手跳下凳子，走到景鈺跟前。「現在用小火，慢慢把鍋裡的水收乾。」

「嗯。」景鈺拿著火鉗，把灶裡面的火勢壓小。

不多時，鍋裡便飄出了陣陣麻辣醉龍蝦獨有的香味。胖虎吸著鼻子，使勁嗅著這香味，邊嚥口水邊問：「南溪，還有多久能吃啊？」

坐在灶前的景鈺也隨即望了過來。他的表現雖然沒有胖虎那麼誇張，但那雙黝黑的眸子裡閃著同胖虎一樣的渴望。

南溪把一顆先前二人特意為她剩下的草莓放進嘴裡，才道：「應該再有半刻鐘就可以了。」她弄的是家常做法，很快就能吃了。

扭頭望了一眼外面的天色，她放下盤子，便準備淘米做飯。

在拿出量斗量米時，南溪頓了頓，而後轉過頭來，對二人道：「要不待會兒你們就在我家用飯吧？把師父、秦叔和徐大哥也叫上。」

吃小龍蝦嘛，人多才會有氣氛！況且胖虎跟景鈺兩個一直在幫忙弄龍蝦，都還沒有回去自己家裡燒飯，乾脆就大家聚在一起吃。

胖虎自然是舉雙手贊成。「好啊，好啊！我負責去告訴我阿爹跟村長伯伯他們，景鈺就留在這兒替妳燒火。」

你倒會安排。景鈺睨了他一眼，頷首。「行。」

南溪把米淘好下入另一口鍋後，便讓景鈺停了大鍋裡的火。

胖虎連忙湊過來。「好了嗎？」

「嗯。」南溪搭著凳子揭開大鍋的鍋蓋，頓時，一股比剛才還濃郁十倍的香氣撲入三人的鼻尖。

景鈺立在灶前，克制地深吸著鼻子。真的好香！

胖虎則站在南溪旁邊，吞了一口又一口的口水。實在是太香了，好想立即就嚐嚐它的味道啊！

「南溪，妳先鏟一隻出來，給我嚐嚐看好不好吃！」

見他盯著鍋裡一副垂涎欲滴的模樣，南溪只好拿鍋鏟在鍋裡翻鏟了幾下後，鏟起幾隻龍蝦放在盤子裡，見胖虎馬上就把手伸了過來，又忙道：「小心燙！你先等菜涼一會兒。」

胖虎嘴巴湊近，呼呼吹了兩下後，便迫不及待捏起了一隻龍蝦放到嘴裡，然後閉上雙眼，一臉享受地道：「殼脆肉嫩，口味鮮香麻辣，簡直不要太絕！」

「欸——」吃龍蝦要剝殼啊喂！

見他吃得津津有味，南溪把已經到了嘴邊的提醒又嚥了下去。算了，就當給他補鈣了。

她扭頭看向景鈺。「你不嚐嚐？」

景鈺轉身就去洗手，待洗乾淨手，才走過來拿起一隻龍蝦開始剝。

南溪驚訝地睜著雙眼。「你以前吃過小龍蝦啊？」

「沒有，這是第一次。」

景鈺手上緩慢又認真地剝著蝦殼。

他是看到了剛才胖虎吃龍蝦時她的反應，從而推測出胖虎的吃法應是不對，他決定反其之舉——也就是剝殼而食。

聽到南溪如此問，他嘴角幾不可見地微微一勾。果然，他推測對了。

孺子可教！南溪讚許地點點頭，也拿起了一隻來嚐鮮。

嗯，還是熟悉的配方，這味道還真是讓人懷念得熱淚盈眶啊！美中不足的就是沒有啤酒！

三個小的一人嚐了兩隻蝦，便開始分工明確地去做各自的事情。

胖虎去通知他阿爹跟盧無子他們，景鈺負責燒火做飯，南溪則拿著一個大筲箕去了後院摘蔬菜。

第二十三章

待天邊彩雲開始烏黑，飯菜終於全部做好，虛無子、徐火和秦秀才也在胖虎的帶領下來到了南溪家。

錦娘從劉家回來，乍一看到三人都在，還以為是出了什麼事情。

「村長？秦大哥？你們這是……」

虛無子撫著八字鬚，端著一如既往的笑，道：「聽說南溪做了一道美食，我等幾個特來嚐個新鮮，錦娘莫要不歡迎啊！」

聞言，錦娘微笑著回道：「村長這說的是哪兒的話，你們三位能來家裡做客，是錦娘三生有幸。」

秦秀才晃著手中的酒葫蘆，道：「都是一個村的，何須那般客氣？你們瞧我，一聽說南溪做了一道味美的下酒菜，把我珍藏多年的酒都拿來了。」

虛無子無情拆臺。「你這所謂珍藏了多年的酒可有多出半年？」

秦秀才哈哈大笑。「不足四月！」

徐火是後生，又與錦娘不相熟，自是有些拘謹，只見他上前向錦娘抱拳見禮道：「夫人，小子叨擾了！」

錦娘含笑搖頭，落落大方地伸出右手做了一個請的手勢。「村長，秦大哥，徐公子，請去屋裡坐吧！」

也是這時，在廚房收尾的南溪圍著小圍裙跑了出來，拉著錦娘的衣襬小聲說道：「阿娘，是我請師父、秦叔還有徐大哥來家裡用飯的。」

錦娘愛憐地摸著她的頭髮。「阿娘已知曉了。可有備好茶水？」

南溪先是搖頭後又點頭。「我先前煮了一鍋涼茶。」

涼茶哪裡能拿來待客？不過在桃花村，倒也沒那麼多規矩，錦娘頷首。「去把涼茶端到堂屋，阿娘先去待客。」

「嗯！」南溪笑咪咪地又跑進了廚房。

待把涼茶送去堂屋後，三個小的又合作端菜搬碗。

胖虎端著最後一道菜跨出廚房的時候，忽然啊了一聲回過頭。「南溪，妳知道我剛才經過杏兒姊姊家時看到了什麼嗎？」

「看到了什麼？」想起自己遠遠看到的那個絡腮鬍壯漢，南溪一雙大眼睛閃了一閃，很感興趣地問道。

胖虎一臉神秘。「剛從外面回來的劉伯，臉上居然黏了滿腮的鬍子，若不是我定在門口仔細瞧了一瞧，都沒有把他給認出來。」

南溪眼睛微微瞇起。所以，她先前看到的那個絡腮鬍壯漢其實是劉伯？怪不得她感覺絡腮鬍的身量有些熟悉呢！可他為什麼要如此喬裝改扮呢？

胖虎邊走邊嘀咕。「妳說劉伯這次出村為什麼要喬裝改扮啊？」他們桃花村的人以前都是大大方方出村的呀！

南溪忽然便想到了杏兒生辰那天晚上，錦娘的反常。到底是什麼事，讓錦娘憂心忡忡，讓劉能出村買點東西都要喬裝一番？

她輕皺眉頭，邊走邊在心裡暗自梳理思路。

難道是她們之前出村時被什麼人給盯上了？而且，觀錦娘這些日子的反應，對方似乎是衝著她們母女倆來的！

上次出村，她們是和劉能父女與虛無子一起，所以劉能這次特意喬裝出村，是怕被人認出？

「啊！」

由於想得太過投入，南溪並沒有注意到前方門檻，所以邁出的小短腿一不留神就踢到了約有她半人高的門檻上。

在堂屋同虛無子幾人聊天的錦娘見此，剛要起身，就見胖虎與景鈺先奔了過去……

「妳怎麼走路不看路？」景鈺抬手拿走南溪手裡的竹筷，並伸出另一手去扶住她。

「妳走路小心一點啊！」

胖虎也伸出雙手攙扶著她的另一邊，然後默契地與景鈺同時發力，輕輕鬆鬆就把南溪從門檻外面給提了進來。

錦娘擔心地走過來。「可有磕到腳趾？」

「沒有。」南溪搖頭。還好她穿的是那雙新鞋，鞋有一點點長，沒有磕到腳趾。

虛無子與秦秀才也過來關心詢問了兩句，見她是真的無事，也就放心了。

菜已上齊，錦娘邀請虛無子等人用飯。桌上飄出的菜香味早已讓三個大男人饞得不行，聽到招呼後，毫不客氣地走過去落坐。

想著只一道麻辣醉龍蝦請客肯定是不夠的，所以南溪又做了一大盆黃豆燜臘肉，炒了一道魚香肉絲加一道素菜，還煮了一缽青菜蛋湯。

便是這麼簡單的一頓飯，卻也讓幾人對南溪讚不絕口，尤其是秦秀才，臨走時還意猶未盡地道：「某活了半輩子，卻不知這龍蝦竟能做出如此美味，南溪年紀小小，廚藝卻堪比大廚啊！」

南溪聽了非常臉紅。她的實際年齡並不小了，而且她做的這幾道菜都是家常菜，跟大廚相比，那還差上十萬八千里的路呢！

四月二十六這日，乃大吉，宜嫁娶。杏兒與徐火便是於今日成親。

當雞圈裡的公雞第二次啼鳴，要去劉家幫杏兒梳妝的錦娘已經把南溪喚醒，並給她穿上準備好的大紅衣裳，包括她頭上的髮帶也換成了緋紅綢緞。南溪本就白皙漂亮的小臉蛋在這一身紅的陪襯下，更加粉雕玉琢。

只是這些南溪自己卻不知，她自被錦娘從被窩中拉起，便一直睡眼朦朧地任由她擺弄，甚至偶爾還會聽到她小小的呼嚕聲。錦娘無奈，只好一路把她抱到劉家。

待到了劉家小院，南溪這才徹底清醒過來，開始在熱鬧的小院裡穿梭，尋找兩個小夥伴。

「小南溪，妳怎麼沒跟妳阿娘一同進去，卻在外面玩？快到妳杏兒姊姊的閨房裡去。」同樣一身喜慶的牙嬸，從背後抱起亂竄的南溪就朝裡屋走去。

她去杏兒閨房待著幹什麼？

「牙嬸，胖虎他們來了嗎？」她找了一圈也沒看到那兩隻。

牙嬸來到裡屋把她放下，並指著她身後。「他們倆不就在這兒嗎？」

南溪轉身，這才看到胖虎和景鈺靠著門檻站在杏兒閨房門外兩側。

她疑惑地蹙起小眉頭。「你們倆怎麼杵在這兒？」像兩尊門神一樣，而且這裡不是杏兒的閨房門口嗎？他們是男生，不用避嫌？

用紅髮帶在頭頂上綁著兩個丸子髻的胖虎木著一張臉。「我們本來是進來尋妳的，結果牙嬸硬拉著我們在這裡守門。」

守門？南溪彎著眉眼看向牙嬸。「牙嬸，為什麼要讓他們兩個守在這裡呀？」

梳妝檯前，錦娘正在為杏兒綰髮，牙嬸在一邊幫忙，聽到南溪好奇詢問，她笑看著三個小的道：「你們且在那裡等著，莫要亂跑，嬸子待會兒有事吩咐你們去做。」

什麼事啊？三個小的的眼睛裡都閃著疑惑。

因徐火只是借住在桃花村，成親之後也馬上要離開，所以，一些繁文縟節全都從簡，他只需在吉時來到劉家，接了杏兒去借宿的虛無子家裡拜完天地便可。

也因此，虛無子這次充當的是徐火這邊的長輩。不光是他，還有好幾個叔伯，也都會在待會兒充當男方家人到劉家來迎親。

雖說兩家本就離得很近，但該走的流程一樣也不會少。

因此，當外面響起鞭炮聲，姜家伯伯高聲喊著「吉時到，新郎來接新娘子了」的時候，牙嬸與錦娘忙拿來頭帕給杏兒蓋上。

須臾，待二人扶著杏兒來到堂屋拜別父母之後，牙嬸招來胖虎和景鈺，讓他倆分別立於杏兒身旁兩側，接替她與錦娘，一路護著杏兒跨出大門。

而南溪則是挎著一個貼著囍字的小籃子跟在後面，走六步便撒一下籃子裡的銅錢。

到了院門口，胖虎二人把杏兒交給一身新郎服的徐火，功成身退。南溪則繼續跟在揹著新娘子離開的新郎官後面撒銅錢。

而南溪每一次撒的銅錢，都被村裡的叔伯嬸子們一哄而上搶了個乾淨，胖虎見了眼紅，也拉著景鈺去搶。

就這樣，原本只幾個叔伯來幫忙迎親的隊伍，返回的時候一下就壯大了不少，一路上熱熱鬧鬧的，把這一對新人送到了東邊小院。

兩位早早站在東院門口候著的叔伯見到迎親隊伍由遠及近，立即把手上的樂器吹奏起來，一對新人便在這吹吹打打的氣氛中跨進了院門。

院子裡的正中央早早便擺了一張長形木桌，其上面放著一排香案。徐火剛把杏兒從背上放下，手裡便被陳家阿婆塞了一根中間結著一朵大紅花的紅緞，至於大紅花的另一端自然是由杏兒牽著。

一位叔伯在門口把鞭炮點響，新郎便攜著新娘來到香案前方。立於左側的虛無子手持拂塵，一臉肅穆地開始吟唱道：「喜今日嘉禮初成，良緣遂締。詩詠關雎，雅歌麟趾。瑞葉五世其昌，祥開二南之化。同心同德，宜室宜家。相敬如賓，永諧魚水之歡。互助精誠，共盟鴛鴦之誓。此證！」

「好！」周圍頓時響起一片掌聲。

待掌聲漸歇，虛無子甩了一下拂塵，高聲道：「吉時已到，請新人一拜，天地！」

徐火與杏兒同時叩拜天地。

「二拜，高堂！」

因徐火的高堂不在這裡，二人便朝著朔州的方向叩了一拜。

「夫妻對拜！」

兩人相對而拜。

「禮成，送入洞房！」

院門外再次響起了鞭炮聲，一對新人便是在這一陣鞭炮聲和眾人的起鬨聲中，由陳阿婆領著入了新房。

因成親宴是在劉家舉辦，不多時，一起跟來的眾人又陸續離開，返回劉家。

南溪挎著個小籃子站在院中，一臉茫然。牙嬸沒告訴她，新人拜完堂之後她該如何做呀？她是先留在這裡，還是同叔伯嬸娘們一起返回劉家呢？

「南溪妳看，我撿了好多喜錢。」胖虎捧著滿滿一把銅錢，歡喜地來到她跟前。

見到他手裡的銅錢，南溪的心簡直酸得冒泡。這些原本都是她小籃子裡的銅錢，可現在小籃子裡空空如也，她也連一個銅板都沒有給自己留，這胖小子卻搶了這麼多！她虧大了！

見她抿著小嘴，一臉不高興，胖虎笑嘻嘻地把一半的銅錢放到她手裡。

「有一半是我幫妳搶的，給妳。」

捧著十幾個銅板的南溪頓時喜笑顏開。「胖虎，你太夠義氣了！」

見她一副小財迷的樣子，景鈺走過來，把手裡的銅錢全都給了她。「這些也給妳。」

南溪看著他。「你一個也不要嗎？」

景鈺拍著小手。「嗯。」這點小錢，他還看不上。

南溪高高興興地把幾十枚銅錢放進自己的小荷包，原本乾癟的荷包一下子就被塞得鼓鼓的了。

胖虎也把另一半銅錢收好，問南溪。「接下來妳還需要做什麼？」

南溪搖頭。「沒了。」

於是三個小的又結伴返回劉家小院。

南溪把小籃子放好出來，就看到胖虎與景鈺在院門口爭執著什麼，立即邁步過去。

門口，胖虎虎著一張臉。「……要去你自己去！」

景鈺一臉淡漠。「你也一起去。」

胖虎低吼。「我為什麼要去？我又沒答應！」

「你們倆在吵什麼？」走到近前，南溪把激動的胖虎拉開一點點，看看這個又看看那個。

景鈺語氣淡淡。「沒什麼。」

胖虎卻一臉的不滿。「王屠夫剛才逮著我倆，讓我們明日去他家裡一趟！我不去，他非要讓我去。」

南溪眉頭輕蹙。「王屠夫怎麼會突然讓你們去他家裡？」不會是上次踩壞他花草的事，他還懷恨在心吧？

胖虎氣哼哼的。「誰知道？反正我是不會去的。」

景鈺睨著他。「怕了就直說，我們又不會笑話你的。」

胖虎立即炸毛。「誰怕了？誰怕了？」

景鈺挑起眉梢。「自然是你——怕了！」

「哈！」胖虎冷笑一聲，表情十分不屑。「我會怕？笑話！」

「那你明日敢同我一起去嗎？」

「……有何不敢？」

因幾日後是端陽，之前只打算待半月的徐火決定過完節再帶妻子離開。所以這幾日都能看到他跟在岳父身後幫忙幹活的身影。

五月初的正午，所有的綠植樹木都沒精打采、懶洋洋地站在那裡，空中沒有一片雲，也沒有一點風。

南溪正坐在堂屋門口跟錦娘學包粽子，一抬頭就看到劉能帶著徐火經過她們的院門口往南邊去。

她連忙問道：「劉伯，徐大哥，這麼大的太陽你們是要去哪兒啊？」

戴著斗笠、扛著鋤頭的劉能回道：「田裡沒水了，我們去蓄水坑那邊引些水過來。」

待他們走遠，南溪瞇著眼睛看向天空那一輪烈日。這麼大熱的天，沒有空調霜淇淋就算了，居然連西瓜都沒有！唉！

錦娘聽到女兒嘆氣，抬起頭，柔聲開口。「去找景鈺他們玩吧，阿娘這裡不用妳幫忙。」

南溪搖頭，拿起一根麻線開始纏粽葉。「他們現在肯定是在王屠……伯伯家練功夫，沒空跟我玩。」

自從上次他們倆去過一次王家後，後面便隔三差五地就要去一次，還樂此不疲。

南溪對胖虎這前後的態度變化很好奇，便悄悄拉了景鈺詢問。景鈺這才告訴她，原來是王屠夫自上次揍過他倆後（其實真實目的是摸骨），覺得他倆皆是練武的好料，便有意要指點他倆一招半式，所以那日才逮著他倆，威脅他們去他家裡。

剛開始胖虎沒看明白，因此很抗拒，待後來看明白了，卻是比景鈺還積極。所以這兩個小的最近都挺忙的，沒空跟她混在一起。

而她也因為天氣越來越熱，除了每日須去虛無子那裡學醫的兩個時辰外，其他時間都乖乖待在家裡，哪兒也不去。

其實細細回想穿越過來的這幾個月，南溪感覺自己就是個打醬油的，只因這桃花村的人個個都不簡單，人人都比她這個穿越者厲害。在這裡，她除了依仗金手指種點蔬菜水果外，其他好像什麼都不會；不會女紅，也不會武功，就連學個醫術都沒景鈺的悟性高。

不過呢，她覺得打醬油也挺好，平平淡淡的，沒有算計陷害，沒有勾心鬥角，更沒有宅鬥宮鬥啊什麼的，她可以安心躺平。

如此一想，她原本有點鬱悶的心情瞬間明媚了。

「阿娘，我去後院摘點草莓。」

把自己包的那顆醜不拉幾的粽子放到笥箕裡，南溪去廚房的簷下淨手後，便去了後院。

當她來到菜園子裡，看著自己辛苦培育出的草莓苗，全都被烈日曬得焉兮兮地垂下了腦袋後，原本還算不錯的好心情一下就沒了。

這可怎麼辦啊，後面的天氣只會越來越熱，草莓苗現在都已經這樣了，再往後那還不被曬焦了？

她開始在院子內四處瞄，直到看見院角那株不起眼的爬山虎，這才眼睛一亮。

第二十四章

錦娘包好粽子，見南溪待在後院許久都沒出來，也起身去了房屋後面。

她剛來到後院，就看到南溪頂著個大太陽在菜地裡拔原先給小黃瓜搭的竹架子，那張白皙的小臉也因過度使勁而憋得通紅。

錦娘連忙過去阻止她。「溪兒，妳拆竹架幹什麼？」這竹架後面種菜還要用上的。

一顆汗珠從額際滑下，溜過眉梢，滴落在南溪長長的眼睫毛上，令她使勁地眨著眼睛。

「我沒有拆，只是想抽走兩根。」

錦娘一邊幫她擦額頭上的汗，一邊疑惑問道：「妳抽竹架做什麼？」

南溪抬手指向草莓苗那邊。「我想給草莓苗搭個遮陽的棚子。」

錦娘順著她手指方向看去，蹙眉。「搭棚子只兩根竹竿哪裡足夠？」況且，用竹竿搭的棚子如何能遮住太陽？

南溪卻道：「草莓苗矮，兩根竹竿可以對半砍成四根，再把四根分別插在草莓苗周圍……」

錦娘一聽，便知女兒已有主意，於是她讓南溪退到一邊去，自己動手拔了兩根出來，把竹竿對半砍成四根拿去草莓苗那邊插好後，拍著手上的泥土問女兒。「接下來，還需為娘做什麼？」

「阿娘快到陰影的地方站著，待溪兒給您變個戲法。」

南溪彎著眉眼跑到院角，徒手挖出一株生機勃勃的爬山虎。跟著她又把那株爬山虎栽種到了剛插好的一根竹竿腳下，然後輕輕托起爬山虎的藤鬚纏上竹竿。

再接著，就見那株移植過去的爬山虎以肉眼可見的速度纏著那根竹竿瘋狂生長，只須臾，藤蔓便高出了竹竿很多很多。而後，它的藤蔓鬚就像是有自主意識般地彎著腰往旁邊的另一根竹竿上纏去……

接著便是第三根、第四根，待它把插在草莓苗周圍的四根竹竿都纏滿後，草莓苗的上方已是一片綠意盎然。

直到爬山虎把草莓苗上方的陽光全部遮擋後，南溪站在爬山虎形成的綠色垂簾下方，抬起左手打了一個響指，瞬間，無數黃色小花在這方天地同時綻放！

她扭頭看向站在簷下的錦娘，笑得比太陽還要燦爛。

「阿娘，妳看！」

雖然一直都知道女兒懷有異術，但錦娘還是第一次這樣看到一株綠植如此迅猛地生長和繁殖。

溪兒竟能讓一株小小的爬山虎在如此短的時間內，變成一個天然的遮蔭棚！

見錦娘有些呆滯地站在簷下，南溪奔過來，拉著她的手搖了搖。「阿娘，怎麼了？」

錦娘回過神，拍著她的小手，道：「這棚的上方和中間都沒有支撐物，如此久之，這些爬山虎會不會往下垂？」

「不會，它——」

「為防萬一，阿娘還是再去抽一根竹竿過去搭在中間吧！」不等南溪說完，錦娘便走出了簷下，去黃瓜架那裡抽竹竿。

看來阿娘的承受能力還挺強的。

南溪在原地蹲下，靜靜看著錦娘在菜園子裡忙碌。也因此，她並沒有注意到曾在房舍的轉角處出現過兩顆小腦袋。

在一條被大太陽曬出了細細裂縫的小道上，景鈺靜默無言地快速走在前頭，胖虎則雙手緊緊捂住嘴巴，目含震驚地跟在後頭。

直到過了幾家房舍，來到一個相對隱蔽的地方，兩人才停下。胖虎放下雙手，吐出一口長長的濁氣。

「差點沒憋死我！」

景鈺睨他一眼。「讓你別出聲，又沒讓你別呼吸。」

胖虎躲到一處蔭涼的地方。「我這不是太過震驚了麼？」以至於到現在都還不敢相信先前所看到的一切。

他也很震驚。景鈺同他站在一起，沒有作聲。

兩人就這樣一直靜默著。

過了許久，胖虎打破沈默，一雙深褐色的眸子裡似有星光閃爍。「南溪身上的秘密就是這個？」

怪不得她始終不肯告訴他們，原來是因為這個秘密太過神奇——她居然會仙術！

景鈺半斂下眸子，低聲道：「咱們最好裝作什麼也沒看見，更不要隨便說出去。」

胖虎瞅了他一眼。「這還用你說？」這麼大一個秘密，他肯定要幫她隱瞞好。

隨後，他又用胳膊肘撞了撞身旁的景鈺，雙眼發亮，極認真地問他。「你說，南溪會不會是從天上掉下來的小仙女啊？」所以才會仙術？

景鈺睨了他一眼。「你從小跟她一起長大，她是不是從天上掉下來的，你不知道？」

也對……欸，不對！

「也可能是她上輩子是個小仙女，然後這輩子投生到錦姨肚子裡來的呢？」

景鈺無意繼續這個無聊的話題，便敷衍道：「你說得對。」

胖虎露出了小虎牙。「你也覺得就是如此，對吧？」

五月初五，乃重午端陽。

端陽節又稱天中節、重午節等，源於自然天象崇拜，由上古時代祭龍演變而來。

仲夏端午，蒼龍七宿飛升於正南中天，處於全年最「正中」之位，即如《易經・乾卦》第五爻的爻辭曰「飛龍在天」。端午日龍星既「得中」又「得正」，乃大吉大利之象。所以，人們會在這一日賽龍舟、吃粽子、喝雄黃酒、插艾條菖蒲等。艾條菖蒲插在門楣，則是用來避邪驅蟲。

而在這個時空，長輩還會做一些精緻美觀的香包，用來掛在孩子的胸前腰間或者揣在口袋裡，這樣可以防治一些疾病。

清晨，錦娘把一個粉色小香包掛在南溪的腰帶上後，又拿出一藍一紫兩個香包交給她。

「這兩個香包是給胖虎和景鈺的，妳待會兒給他倆送去。」

秦秀才跟村長都是粗心大意的漢子，怕是沒給這兩個孩子準備香包，她很早就多準備了兩個。

南溪把兩個香包塞進懷裡，去廚房拿了一個煮雞蛋就走。

「我這就給他倆送去。」

「妳等等。」錦娘趕忙拿了兩串粽子追上她。「這兩串粽子給妳師父和秦叔送去。」

南溪歪著腦袋。「阿娘昨日不是已經給師父送過粽子了嗎？」怎麼今日還送？

錦娘把粽子掛到她手上。「昨日是昨日，今日是今日。今日乃是正節，哪有空手到別人家裡去的道理？快去吧，記得早點回來吃午飯。」

「哦。」南溪提著粽子出了門。

經過古家院門時，看見季晟正在院門掛菖蒲，她便甜甜說了一句。「季叔叔，端陽安康！」

季晟回頭，笑容溫和。「小南溪也安康。妳要上哪兒去？」

南溪晃著手上的兩串粽子。「去找胖虎他們玩。」今日過節，師父給他們放了一日的假。

季晟頷首。「妳先等一會兒，季叔叔有東西要給妳。」

他與阿瑩都不會包粽子，每年都是錦娘包了粽子給他們送來，今年也不例外。錦娘昨日來送粽子時，他便想要回禮答謝一番，無奈她不肯收，他便想退而求其次，回給南溪。

望著季晟清瘦的背影，南溪眨眨眼。季晟要給她什麼東西？

只一會兒，季晟便從裡面出來，身後還跟著古娘子，而且古娘子的手裡還拿著一個巴掌大小的四方盒子。再看季晟，兩手空空什麼也沒拿。

南溪忽然有點腿軟。不會是她想的那樣吧?!

她一雙大眼睛可憐巴巴地望著季晟。瞧著她那弱小無助的可憐模樣，季晟以拳抵在唇邊，輕咳一聲。「這是妳古姨新研究出來的一個小玩意，妳且拿去玩。」隨後，他又扭頭看向古娘子。「阿瑩。」

古娘子端著一張臉，似是不情願般地把盒子遞到南溪面前。「哪。」

南溪閃著一雙水汪汪的大眼睛，就是不伸手去接。她可以拒絕嗎？

古娘子見她一副不敢要的模樣，倏地就煩躁起來。

「不要就算了。」

說著就要收回手，卻被季晟伸手阻止。就見他取走她手裡的盒子，來到南溪面前，溫聲詢問。「小南溪相信季叔叔嗎？」

南溪點點頭。季晟的人品她還是信得過的，比古娘子可靠。

季晟笑著拉起她的小手，再把小盒子放到她手裡。「既如此，妳便收下這個。」

被動收下盒子的南溪全身開始僵硬，就見她嘴唇發白，聲音微顫地問道：「裡面沒有什麼奇奇怪怪、會蠕動的活物吧？」

見南溪如此發問，旁邊的古娘子這才真正意識到，自己上次是真把她嚇狠了。她抿著嘴唇，有些懊惱又有些傲嬌地開口。「相公，你打開給她看看。」

季晟頷首，彎著腰問南溪。「可要我幫妳打開？」

「要要要。」南溪連忙把手裡的盒子交給他，一雙小短腿更是往後退了兩步。待退到一個她自認安全的距離後，才謹慎又好奇地伸長脖子，等著季晟打開盲盒。

季晟被她的樣子給逗笑，用修長手指在盒子外沿輕輕一扣，啪嗒一聲就打開了盒蓋。見南溪踮起腳尖，他把打開的盒子稍稍傾斜，使她能清楚看到裡面的東西——

裡面沒有嚇人的蟲子，只裝了一根大概有五、六寸長的圓狀鐵筒，如壯漢手指那般粗細。

南溪抬起一雙疑惑的大眼睛。「季叔叔，這是什麼？」

季晟解釋道：「這是妳古姨為妳量身訂製的袖箭，裡面裝有五根特製的鐵針，妳拿它去射飛鳥獵物，包準百發百中，絕對比胖虎的彈弓還厲害。」

袖箭？若她記得沒錯的話，袖箭應該是屬於暗器的一種吧？平白無故的，古娘子送把暗器給她做什麼？

雖然這袖箭南溪瞧著確實很喜歡，但心中也充滿了疑惑。

眨了一下眼，她似天真地詢問道：「那麼厲害？可它要怎麼使用啊？是像秀姨甩飛針那樣嗎？唰唰幾下就甩出去了。」

季晟輕笑著搖頭。「當然不是。」

他從盒子裡拿出袖珍版袖箭，彎著腰，仔細給南溪講解如何使用。「這裡有個隱形的開關，看到沒有？妳瞄準它們後，快速按下開關就可以了。夏季是蛇鼠最常出沒的季節，萬一妳不小心遇上了，又無法及時逃脫，可用此物來對付牠們。不過妳要記住，一定要瞄準了再射，以免射偏或把牠們激怒。」

南溪受教地點著小腦袋，又裝作不懂地詢問。「這裡面的五根鐵針是不是用完就沒有了？」

倚在門邊的古娘子聞言，睥了她一眼，道：「鐵針可回收反覆使用，若妳真把五根都用完了，再來找我便是。」

「嗯，謝謝古姨，謝謝季叔叔。」雙手接過季晟手裡的袖箭，南溪彎著眉眼道謝後，便蹦跳著離開。

季晟低頭看了看手上拿著的空盒子，又看向她快速消失的方向，啞然失笑。「這孩子……」竟是拿了袖箭，丟下盒子。

古娘子則是冷哼一聲。「冒冒失失的蠢丫頭！」

季晟回頭笑望著她。「阿瑩現在可心安了？」

「聽不懂你在說什麼。」古娘子斜了他一眼，轉過身，搖曳著柳腰進屋。

聽不懂嗎？也不知道是誰，為了彌補自己失誤嚇壞孩子的過錯，關在煉鐵房裡數日，就為改造出一個能讓那孩子稀罕上的小玩意。

他的傻娘子，總是口嫌體直。季晟笑著搖了搖頭，也跟著進了屋。

南溪提著粽子先去了胖虎家，再與胖虎一起來到東邊找景鈺。

彼時，景鈺手裡正捏著一個醜不拉幾的黑灰色小布包站在屋簷下，看到南溪兩人進門後，連忙把手藏到了身後。

南溪提著一串粽子，進門便高聲喊道：「師父，我又給您送粽子來了！」

景鈺背著雙手。「師父剛去了北邊查看開荒的土地，不在家。」

南溪提著粽子朝廚房走。「那我先把粽子放到廚房裡去。這串是煮熟了的，你記得別跟昨日的放混在一起。」

景鈺點點頭。

胖虎一下竄到他的身邊，拿出南溪給他的香包開始炫耀。

「景鈺你看，我的香包好看嗎？」

景鈺轉動眼珠，視線在那藍色的香包上停頓了一瞬，很淡地嗯了一聲。

胖虎開心地露出小虎牙，對手裡的小香包愛不釋手。「是錦姨親手做的哦，為我做的。」

景鈺抿著嘴，背在身後的手悄悄把灰色小布包捏緊，聲音超級不爽。「你很聒噪。」

胖虎賤兮兮地用肩膀撞了一下他。「羨慕吧？嫉妒嗎？放心，你也有。」

「我才不……什麼？」景鈺扭頭看向胖虎。「我也有？」

胖虎抬手指向剛從廚房出來的南溪。「在她那裡。」

南溪走過來，把懷裡的紫色香包遞給景鈺。「這是我阿娘為你們繡的香包，你同胖虎一人一個。」

景鈺伸出一隻手接過。「謝謝。」

胖虎卻在這時咦了一聲。「景鈺，你這隻手裡拿的是什麼？」

景鈺快速把那個黑灰色小布包塞進袖子裡。「沒什麼，是師父新給我裁的手帕。」

胖虎不信。「你手帕從來不用深色的，這肯定不是手帕。」

景鈺把紫色香包掛在腰間，又攏了攏衣袖。「那就是手帕。」

「我不信，除非你拿出來給我看看。」

「不要。」

他越是這樣，胖虎的好奇就越重，非要他拿出來看一看才肯甘休。「拿出來瞧瞧嘛！」

他伸手就想去扒抓景鈺的衣袖，卻被景鈺一個拂袖給避開。

然而他只防備了胖虎，卻對南溪沒一點防備。所以，同樣好奇的南溪一個跨步截住他去路的時候，他稍稍愣了一下神。也就是趁這一愣神的功夫，胖虎一個霧裡探花就把那黑灰色的小布包拿到了手裡。

胖虎糾結地看著手裡縫得四不像的黑灰小布包，抓著腦袋。「這是……香包嗎？」

南溪伸手捏了捏那小布包，而後肯定地點頭。「就是香包。」

胖虎一臉嫌棄。「誰縫的啊？這麼醜！」

景鈺一把奪過他手裡的香包放進袖子裡，沈著一張臉不說話。

見他這副表情，南溪倏地睜大了雙眼，聲音更是帶著不可思議。「這香包……不會是你自己縫的吧？」

胖虎見景鈺抿著唇不作聲，驚得嗆了好大一口口水。「咳咳……還真是你自己縫的啊！手……手藝不錯，哈哈哈……」他笑得前俯後仰。

景鈺脹紅著臉。「閉嘴！」

見他惱羞成怒，胖虎連忙識時務地捂住自己的嘴巴，只是低低的竊笑聲卻怎麼也止不住。

南溪摩挲著鼻尖，忍住笑道：「其實，縫得挺好的，至少我跟胖虎一眼就瞧出它是個香包了。對吧？胖虎。」

胖虎忙不迭地點頭。「對對對，比我的針線活好多了！」

景鈺不想再繼續這個話題。「今日過節，你們不回家幫忙嗎？」

南溪拿出她的煮雞蛋開始剝殼。「家裡沒有什麼需要幫忙的呀，艾條跟菖蒲阿娘早早便掛在門上了，包的粽子也都已經煮好，只待到晌午回去吃飯就成。」

胖虎也從懷裡掏出兩張餅，並把其中一張遞給景鈺。「我家也一樣。」

桃花村與外界隔絕，村裡的人也基本沒什麼親朋可走，所以即便是過節，也沒比平常熱鬧多少。

這對土生土長的胖虎和有著前身記憶的南溪來說，已是習以為常。

可景鈺不同，這是他第一次在桃花村過端陽，並不知曉桃花村過端陽節是這樣的安靜，哪像他原來生活的地方，熱鬧非凡。

什麼划龍舟、祭龍、採草藥、掛艾草與菖蒲、拜神祭祖、洗草藥水、打午時水、浸龍舟水、食粽、放紙鳶、睇龍船、拴五色絲線、薰蒼術、佩香囊等等，至少要熱鬧三日。

以前的他也是年輕氣盛，每年都要偷偷溜出去參加龍舟比賽，且每年都拔得頭籌。等他把頭籌的獎勵帶回去時，他阿娘總是會一邊唸叨著，一邊給他的腰間掛上避邪的香囊。

如今，他雖重活一世，卻再也見不到自己的親生父母了。就連他自己，也不是原來的那個他了！

景鈺低著頭，默不作聲地啃著手裡的餅。

第二十五章

剛過了端陽三日，徐火便要帶著杏兒離開桃花村，南溪早早起床跟著錦娘一起到桃林送別。

桃林外面，待杏兒跟徐火的身影完全消失在桃林裡後，一直都面帶微笑送女兒離開的秀娘忽然抽泣起來，心裡同樣不好受的劉能緊緊摟住妻子。

「阿秀擔心身子，妳肚子裡還有一個小的呢！」錦娘與一同來送人的幾位嬸子見了，也上前安慰。

南溪最見不得這樣的情景，便轉身先離開了。另外兩個小的見她離開，也跟著走了。

道上，胖虎追到南溪的前面，遞給她一個紅透了的桃子。

「給，我剛才摘的。」

南溪搖頭。「我現在不想吃。」

用衣衫兜著桃子的胖虎歪著腦袋看向她，這才注意到她的雙眼紅紅的。他溫柔地問道：

「杏兒姊姊離開了，妳是不是很難過？」

南溪還是搖頭。「不是。」

她並沒有很難過，因為那畢竟是杏兒自己選擇的人生。她之所以紅了眼眶，是因為看到劉能夫妻在女兒離開後那麼傷心難過，忽然就想起了在另外一個世界的爸媽。

他們得知自己的寶貝女兒出意外身亡之後，定會比劉能夫婦更傷心難過吧？

她突然好想自己的爸爸媽媽啊！

胖虎卻覺得她是在撒謊，覺得她就是在捨不得杏兒，安慰道：「別難過了，徐大哥不是說了嗎，他們朔州有專門馴養的海東青，即便杏兒姊姊去了朔州，我們也還是可以透過海東青來跟杏兒姊姊互傳書信的呀！」

無法同他解釋清楚的南溪只得吸吸鼻子，點點頭。

跟在後面的景鈺，卻在這時出聲。「南溪，杏兒姊姊在離開之前，有把她幫咱們釀的桃花醉給妳嗎？」

胖虎一拍腦袋，急切地問南溪。「對，差點忘記這事了。咱們的桃花醉，杏兒姊姊離開之前交給妳了嗎？」

南溪搖頭。「沒有給我。不過她告訴我桃花醉窖藏在哪兒，待時間一到，咱們一同去取便是。」

兩個小的皆是鬆一口氣。「如此便好。」

時光如白駒過隙，自杏兒離開已過了三月，桃花村裡少了一個杏兒好像並沒有什麼不同，大家的日子還是該怎樣過就怎樣過。

但是對劉能夫婦來說，卻有著很大的不同。杏兒在的時候，洗衣做飯，照顧家裡都是她在做；現在杏兒走了，劉能既要在外面幹活又要照顧家裡，難免有些手忙腳亂。再加上秀娘的肚子像是吹氣球一樣地一日比一日大，且還有眼疾，在行動上更加需要有人時刻關注著。

可如今又是正逢金秋秋收之際，家家戶戶都有農活要忙，陳家阿婆召來村裡的婦人幾經商議決定，輪流來劉家小院幫忙照看秀娘。

今日，正好輪到錦娘去劉家照看秀娘，南溪便像個小尾巴似地跟在她後面。

錦娘本以為她是去村長家上課，卻沒想到她剛跨進劉家院門，南溪也跟著跨進來。她回過頭來。「妳今日無課？」

南溪笑咪咪。「有課，但師父昨日說了，今晨他要晚半個時辰授課，所以我想同阿娘一起進去看看阿秀姨。」

錦娘頷首。「妳阿秀姨的肚子越來越大了，妳待會兒進去後，莫要莽莽撞撞的，知道嗎？」

南溪乖巧點頭。「知道了。」

母女倆剛進小院，半躺在床上的秀娘便察覺到了，往門口的方向探了探身子。「是錦娘同小南溪來了嗎？」

南溪蹦跳著小短腿先來到屋內。「阿秀姨，我來看妳和小寶寶了。」

秀娘勾起嘴角，向她招手。「快過來，可有些日子沒看到咱們的小南溪了，過來給阿秀姨摸摸看有沒有長高？」

說起長高，南溪就有些心塞。她來這裡都大半年了，身高愣是一丁點都沒見長。近日，比她還小的景鈺都在冒尖長高了，就她的身高還是原樣。

不過心塞歸心塞，她還是很聽話地走到了床前，乖巧地把小手放在秀娘手裡，任她的手摸上自己的肩、腦袋、頭頂。

而後便聽她笑著說道：「小南溪還是跟以前一樣可愛。」

南溪陪著秀娘說了一會兒話，錦娘才端著一碗深褐色的湯藥走進來。「嫂子，這是劉能大哥臨出門時為妳熬好的湯藥，我去廚房給妳拿來了。」

南溪連忙給阿娘讓出位置，讓她把湯藥端過來遞到秀娘手裡。

秀娘捧著已經不燙了的湯藥，道：「這段時日，我給大家添麻煩了。」

錦娘在一旁的凳子上坐下，氣質溫雅，聲音柔和。「嫂子別這麼說，咱們相鄰相親的，本就該團結互助，大家也都不覺得麻煩。嫂子還是快趁熱把這湯藥喝了吧，待會兒藥涼了只會更苦。」

秀娘把藥碗拿到嘴邊，才喝了兩口便停下喝藥的動作，一雙眉頭亦輕輕蹙起。

錦娘見狀，忙關心問道：「可是藥涼了太苦？」

一旁的南溪也一臉關心地看著她。

秀娘緩緩搖頭，把右手覆在凸起的小腹上，眼底充滿了母愛。「不是，是他剛才在肚子裡踢了我一腳。這孩子，竟比我當初懷他姊姊的時候還鬧騰。」

錦娘聽完，微笑著把目光落在她的肚子上。「嫂子可問過村長，這胎是男孩兒還是女孩？」

懷孕一般過了三月，醫術高超的大夫都能診出其懷的是男孩還是女孩。

秀娘輕輕點頭。「村長說是個舞大刀的。」

錦娘聞言，笑道：「劉能大哥一定很高興吧！他的劉家刀法後繼有人了。」

據說劉家老祖宗曾留下規矩，劉家刀法傳兒不傳女。

秀娘慈愛地撫著肚子，也笑了。「可把他給高興壞了。」

兩個大人在那裡聊著天，而南溪卻一直都在盯著秀娘的肚子看。

就在剛才，她看到了阿秀姨那凸起的肚子上，再次鼓起了一個小包。雖然說隔著衣服沒有看很清楚，但南溪就是很肯定——那就是小寶寶在動，真是好神奇！

抬頭看向正同她阿娘聊天的秀娘，她一臉認真地詢問。「阿秀姨，我可以摸摸妳的肚子嗎？」

秀娘微笑著招手讓南溪過去，拉著她的小手輕輕放在自己的肚子上。

南溪的小手才剛觸上肚皮，下方便突地鼓起了一個小包，好似是在與她互動，她睜著大眼睛。

「他他他、他在我手下動？」

秀娘笑著點頭。「嗯，他是在跟小姊姊打招呼呢！」

在劉家小院逗留了一小會兒，南溪便去了東邊上課。

待到臨近午時，虛無子拿出兩本醫書來，交給南溪和景鈺。

「這是為師前段時間默出來的百病錄，裡面詳細記載了我這幾十年來，遇到的所有疑難雜症的病症以及治療之法，你們拿回去仔細、認真地研讀。為師最近又要忙上一段時間，無暇教授你們醫術，你們且拿著它自學一段時間，待秋收過了，為師再來檢驗成果。」

「是。」

南溪把醫書放進自己的小書包裡就要回家，卻被景鈺拉住了衣袖。她回頭，疑惑地看著他。

景鈺抿著唇。「胖虎今日怎麼沒來？」

南溪眨巴著眼。「他昨日不是說了麼，今日要跟著他阿爹下田割稻穀。」

景鈺遲疑了一瞬。「妳有沒有覺得，胖虎最近有點不大對勁？」

南溪眉頭輕蹙。「怎麼說？」她沒發現胖虎有什麼不同啊？

「這幾日，他與我練功的時候總是走神，追問原因，卻又總是說無事。」

南溪擰起眉頭。「不會是生病了吧？」

「我是說他的人有點不對勁！」跟生病沒關係。

南溪哦了一聲。「他大概是最近幫秦叔幹農活累到了吧？」

「或許吧。」景鈺不再爭辯。

「應該是這樣，我先走啦。」南溪揮手同他告別，而後離開。

一路上，她都在想著景鈺剛才說的話——胖虎最近確實是有點不對勁，感覺沈默了不少。

她抬起眼，這才發現自己不知不覺間已經走到了劉家小院門口，正想張口喚一聲阿娘，看她還在不在劉家，一道驚雷卻突然在頭頂響起，而後原本還晴空萬里的天空，烏雲開始迅速聚攏，雷聲也陣陣嗡鳴起來。

她抬頭望天，一滴豆大的雨水隨即便滴到了她的額頭上。

不好！是雷陣雨，院子裡還曬著糧食呢！顧不得再喊錦娘，南溪撒腿就往家裡跑。

待她一路狂奔回小院，都還沒來得及緩上一口氣來，天上的雨滴便開始大顆大顆地落在地上，院壩周邊的空白地面上濺出無數朵水色印花，須臾便把地面浸濕。

她迅速扯下小書包扔在簷下，拿著掃帚就衝進雨裡開始搶收。

後一步趕回來的錦娘也顧不得衣服淋濕了，連忙奔去簷下拿簸子跟竹筐。

轟隆隆！震天的雷聲在頭頂反覆響起，伴隨著一道道劃破天空的閃電，天上的雨也越下越密、越下越大。

院子裡，母女倆用最快的速度在搶收著糧食。

一刻鐘後，她們終於趕在雷雨傾盆之前收好了所有糧食。

南溪喘著粗氣站在屋簷下，半身濕透地看著前方因瓢潑大雨而升起的朦朧雨霧。這場雷陣雨下得可真猛呀！還好她們先一步搶收完糧食，不然全被雨水沖走了。

這時，錦娘提著一桶剛燒好的熱水從廚房走過來。「溪兒，快進來洗臉擦身子。」

「哦。」南溪回神，跟著錦娘進了裡屋。

待母女倆收拾好自己，換上乾爽的衣服出來，雨勢已經開始變小。

錦娘就著屋簷下接的雨水，坐在屋簷下搓洗剛換下的衣服。南溪則去廚房準備午飯。剛把米淘下鍋，點燃灶火，就聽到外面的錦娘在跟誰說著話。

她好奇地出去看，就見到秦秀才父子一身濕透地站在她家屋簷下避雨。

南溪取了牆上的蓑衣過去。「秦叔，胖虎，給你們這個！」

「謝謝小南溪。」

秦秀才接過蓑衣，並欲把它披在胖虎身上，她卻是一把拉過了胖虎，道：「蓑衣給秦叔披著，胖虎跟我一起去廚房烤火。」

她們家沒有男子，更沒有男子的衣物，只能拿蓑衣給秦秀才暫擋風寒。至於胖虎，可以隨她一起到廚房烤火。

她拉著胖虎來到廚房，並讓他去灶前坐著烤火，自己則去找來生薑洗淨切片，點燃旁邊的小爐子開始煮生薑水。

胖虎一邊幫她往灶裡添著柴火，一邊同她說著剛才被淋成落湯雞的經歷。

「……剛才那陣雨，當真是如從天上驟然潑下來一般。我和我阿爹剛把田裡打好的稻穀遮好上岸，都還沒來得及躲進旁邊的稻草堆，就被從頭到腳地淋了個徹底！」

南溪一邊擇著菜，一邊看著爐子上的火。「所以你跟秦叔便乾脆一路淋著雨往回趕了？你們也不想想，這雨下得這麼大，風也颳得這麼急，路上哪裡會好走？你當真以為自己是小胖墩，風吹不走哦？」

胖虎把一邊衣角扯起來對著灶口烘烤。「我們哪裡想到這場陣雨會下得這麼——這麼久！」都怪他阿爹預判錯誤，以為這場雨下不了多久。

南溪剛把擇好的菜洗乾淨放到一邊，小爐子那邊煮的生薑水也燒開了，她先舀出一碗來端給胖虎。

「給，生薑水要趁熱喝。」

胖虎連忙伸出雙手接過。「我自己來，別燙到妳！」

呼，真的好燙。

待胖虎接過碗，南溪連忙用兩隻小手捏住自己的耳垂。

胖虎也燙得左右手來回換，最後乾脆把碗放到灶臺上，就那樣弓著身子把嘴湊到碗邊，一邊吹一邊吸。

南溪又找來一塊乾布包裹著碗的外沿，再小心翼翼捧出去給外面的秦秀才。待她回到廚房，胖虎已經把自己那份喝光，還幫她把米飯都瀝好了。

見她進來，正在幫她浸濕蒸飯籠的胖虎問道：「外面的雨小些了嗎？」

「嗯，比剛才小多了。」

南溪接過他手裡的活，把瀝好的米飯倒進蒸飯籠裡。

她知道胖虎是想趁著現在雨勢小趕緊回去，她不會開口留他們父子吃飯，因為全身都被雨淋濕的他們得馬上回去換身乾爽的衣服，不然怕是喝了生薑水都不管用。

果然，站在外面屋簷下的秦秀才在喊胖虎回去了。

胖虎跟她揮揮手。「南溪，我先走啦！」

南溪點頭，見他快走出廚房又連忙喚了一聲。「胖虎？」

胖虎回頭。「嗯？」

她走至他的跟前，盯著他的眼睛。「你最近是不是有什麼心事？感覺你最近話少了好多。」

胖虎一愣，而後又靦腆地抓著後腦勺。「其實也不算是什麼心事啦，就是心情有些煩悶。」

南溪眉梢微微一挑。「你以前心情煩悶的時候可不是這樣。到底出什麼事了？」

他垂下腦袋。「沒出什麼事，就是……」

卻在這時，秦秀才催促的聲音從外面傳來。「胖虎，還在裡面磨蹭什麼呢？快出來，跟阿爹回家換衣裳。」

看著胖虎濕透的一身，南溪也知道現在不是追根刨底的時機。「你先回去換身衣服，待雨停了我再去找你。」

「嗯。」胖虎點頭，轉身出了廚房，跟著他阿爹離開。

然而，這場雨卻是下了一個下午。下雨天，大家都待在家裡沒有出去幹活，包括劉能也是，所以錦娘下午便不用再去劉家小院。

母女倆就像往常一樣，坐在堂屋光線最好的地方，一個納鞋縫衣，一個看書習字。

趴在桌上練字練累了的南溪抬起頭，就看到坐門邊的錦娘又在剪著鞋樣，且那鞋樣的長度瞧著不像是她的，也不像是錦娘自己的，好奇問道：「阿娘這是在幫誰剪鞋樣呢？」

錦娘把剪好的一隻鞋樣放在一邊，開始剪另外一隻。「這是我估摸著妳八、九歲時的腳長所剪出的鞋樣。」

南溪輕咬著筆桿。「我現在六歲，距離八、九歲還要再等上兩、三年，阿娘是想現在就把我以後穿的鞋都做好嗎？可萬一到時候不合腳怎麼辦？」
錦娘手上的動作一頓，而後便聽她柔聲說：「那阿娘再多做幾雙放著。」
南溪卻是聽得眉頭一皺。「阿娘，溪兒的意思是，您不如等到我長大了之後再做，也不遲啊！」
「阿娘只是怕……」到時會來不及。
「阿娘說什麼？」南溪沒有聽清錦娘的低喃聲。
錦娘抬起頭來，溫柔地看著她。「阿娘說，反正現在也是閒著無事，先做幾雙出來放著也可。若到時真不合腳，阿娘再為妳做新的便是。」
南溪點點頭。「阿娘可以給自己做幾雙新鞋、縫幾件新衣裳。」
在錦娘那間房屋的衣櫃裡，裝的全是她的小鞋子小衣服，錦娘自己的衣物鞋飾是少之又少。
錦娘溫婉一笑。「好，待把妳的做好，阿娘便給自己也做一雙新鞋。」
南溪咬著筆桿點頭。這才對嘛！
她正打算繼續練字，小臉卻忽然一皺。「唔……」
錦娘聞聲抬頭，就見她單手捂著自己的嘴巴。「怎麼了？」
南溪皺著眉頭把手拿下來，再垂眼看向左手，就見一顆小小白白、帶著些許血絲的乳牙躺在手心。
錦娘放下手裡的東西走過來，看了一眼她手裡的牙齒，關心地抬起她的下巴。

「快張開嘴給阿娘看看，血流得多不多？」

南溪聽話張嘴，錦娘左右看了好一會兒，才放下心來。「沒怎麼流血，應該是自然脫落的。妳已六歲，確實是該換牙了。缺牙這裡，莫要拿手去摸它知道嗎？不然新長出來的牙會不好看。」

缺了一顆上門牙的南溪有些心塞地點頭。

第二十六章

傍晚時分，被雨水沖洗過後的桃花村看起來格外有煙火氣，嫋嫋炊煙在家家戶戶的屋頂上升起，再於半空中匯聚，形成一圈如女子披帛般飄然的雲霧。

一隻抖著翅膀的灰鴿子從遠處飛來，穿過這層雲霧，落在一戶人家的院牆上。

「咕……咕！」

胖虎從廚房出來，就看到自家院牆上停著一隻肥碩的鴿子，趕緊抽出腰間彈弓，拉弓瞄準——

「胖虎，不准射！」一隻大手突然出現並奪走他手裡的彈弓。

胖虎抬頭，看向阿爹。「為什麼不能射？」

以前，也有信鴿飛到他們家裡來，他阿爹哪次不是默認地看著他拿彈弓射鳥？怎麼這次就不行了？

「這灰鴿是你大伯養的。」

秦秀才給了一臉疑惑不解的兒子一個爆栗，隨後便從喉腔裡發出一道類似鴿子的聲音，停在院牆上的那隻灰鴿子聽了，腦袋一轉，隨即便撲騰著翅膀朝他飛來，落在他抬起的手臂上。

秦秀才把彈弓還給兒子，抬手取下鴿子腳上的信。

「以後，先看清楚是誰家的鴿子再射。」

「哦。」胖虎收好彈弓，一雙目光仍有些戀戀不捨地看向飛落在院子裡啄食的灰鴿子。

「剛才隔得那麼遠，阿爹是如何看出這信鴿是大伯養的？」是看鴿子腳上的腳環嗎？那麼遠也看不清呀！

正在看信的秦秀才瞅了兒子一眼，又順著他的目光看向在院子裡咕咕找食的灰鴿子。

「看見牠頭頂上的那一小簇白毛了嗎？那便是你大伯養的信鴿的標誌。」

胖虎見他阿爹看完信後，神色有些沈重，開口詢問。「阿爹，大伯信裡寫了什麼？」

秦秀才把信遞給兒子，讓他自己看。胖虎展開字條，只見上面寫著六個小字：父疾發，望速歸！

他猛地抬頭看向父親。「祖父怎麼會生病？他的身體明明那麼強壯！」

幾月前他隨阿爹回去送別祖母，那時看到的祖父雖是神色哀痛，身體卻是很強壯，一點也不像是有疾在身的人啊！

秦秀才靜默了半晌，摸著兒子的腦袋，道：「胖虎，替阿爹去盡一次孝吧……」

翌日清晨，晨霧縈繞，空氣清新。

趁著太陽還沒有升起，人們一大早便挑著擔子去田裡收割稻穀，完了再把稻穀挑回來脫粒。

古時候沒有機器，稻穀或是小麥脫粒全都是靠人工。人們會把還未脫粒的水稻收割回來，分散曬在院壩裡，再用一種叫石滾的碾壓利器，用牛拉著在稻穀上面碾壓一圈便可脫粒。

再或者，家裡沒牛或拉不動石滾的，便靠純手工脫粒——就是用雙手握住稻穀根部那頭，使勁往地上摔打稻尖，使它脫粒。待脫粒完了，還要清理脫完粒的稻草，然後再篩穀、曬穀，到最後封好裝袋保存。

院子裡，胖虎正在清理剛脫完粒的稻草，南溪頂著片芭蕉葉便進了院門。「秦叔，胖虎。」

剛放下石滾坐在屋簷下歇氣的秦秀才見到南溪，就像是見到自家親閨女一樣。「小南溪來了？」

「嗯。」

南溪剛扯開嘴巴，忽然想起自己少了顆門牙，又連忙把嘴閉上，只對著秦秀才抿唇一笑。

胖虎把稻草堆在一邊，一邊舉起手肘擦著臉上的汗水，一邊走過來。「景鈺沒跟妳一起來？」

南溪搖頭，儘量不把嘴巴張大地說道：「師父這幾日不授課，沃救沒去洞邊找他。」

胖虎偏著頭看她。「妳燙嘴了嗎？怎麼話都說不清楚了？」

南溪乾脆咧開嘴給他看。「沃門牙掉了一顆。」

胖虎看了，哈哈大笑。「還以為妳怎麼了呢，原來是換牙了呀！妳先去陰涼處站著，待我把這些稻草清理乾淨，我們一起去找景鈺。」

「我幫你。」南溪扔開芭蕉葉就去幫忙。

歇得差不多了的秦秀才也來幫忙，只一會兒便把稻草清理乾淨。

剩下的一點收尾交給秦秀才收拾，兩個小的洗了手就跑去東邊找景鈺。

東邊院子裡，整個院壩都曬著金黃的稻穀，無法練功的景鈺就坐在陰涼的屋簷下看書，腳邊還放著一個冒著青煙的驅蟲小香爐。

「景鈺，我們來啦！」

院牆外面，胖虎的人未到聲已經先到。

景鈺合起書，起身去屋裡拿了兩張凳子擺在簷下，又坐下繼續看書。

胖虎跟南溪進到院裡，繞過晾曬的稻穀走到景鈺旁邊坐下，伸長脖子去看他手裡的書。

「又在看什麼書呢？」

景鈺把書面給他看了一眼。「百病錄。」

南溪看著胖虎，單刀直入。「胖虎，你昨日說就是什麼？還有你說的煩心事又是什麼？說出來我們一起想辦法解決啊。」

景鈺聽到南溪這麼一說，也不看書了，一雙黝黑的眼睛一眨不眨地看著。

胖虎小大人般地嘆了一口氣後開口。「你們還記得幾月前我隨我阿爹出村祭拜一位長輩的事嗎？」

見兩人皆是點頭，表示記得，胖虎便繼續道：「其實那位長輩就是我阿爹的親娘，我的親祖母。那日，阿爹收到祖母病危的消息後，帶著我馬不停蹄往祖母家趕。可儘管我們用了最快的速度，還是沒能來得及見祖母最後一面……

「回來以後，阿爹雖然從未對我說什麼，但我知道他心裡一直很難過，而前幾日，他更是醉酒後趴在桌子上痛哭失聲，說他身為人夫，沒有照顧好自己的妻子；身為人子，又沒有對自己的父母盡到孝道……他絮絮叨叨說了許多酒話，我便是在那時才知曉，原來我阿爹他竟有那麼多的苦！我想替他分憂，不想讓他一個人扛，可我又不知該如何做……我是不是很笨？」說到這裡，胖虎竟是有些頹喪地垂下了腦袋。

南溪伸出小手，輕拍著他的背部安慰道：「你才不笨呢，你在我心裡一直都是最聰明最善良的小哥哥。」

景鈺把書合上。「你祖母離世對你阿爹的打擊應該很大，你祖父可還健在？」

胖虎點點頭。「祖父雖在，但他近日的身體似乎也不大好了。昨日我大伯還飛鴿傳書給我阿爹，讓他速歸。可我阿爹看完信，並沒有像上次那樣急切著要趕回去，反而是語重心長地對我說，讓我以後替他盡孝。你們說我阿爹是什麼意思？」

景鈺蹙眉思忖了半晌，拿書敲著手心。「你可知你阿爹當初是因為什麼來到桃花村？」

胖虎皺著眉頭努力回想。「以前聽我阿娘提過，好像是因為我阿娘在江湖上得罪了不少人，然後我阿爹為了保護她，便帶著她來了這桃花村隱居。聽我阿娘說，我祖父與我外祖父一直是死對頭，後來我外祖父慘死，阿娘便認為我祖父是罪魁禍首，數次潛入祖父的家想要暗殺祖父，結果每次都被我阿爹撞上並阻止。

「我阿爹當時也是年輕氣盛，仗著自己功夫比我阿娘好，每次都放走我阿娘；而我阿娘也是每次都被我阿爹逮到，如此時間一久，兩人竟都對彼此生出了情愫，暗中偷偷交往起來。可沒過多久，此事就被我祖父發現，祖父自是不會同意我阿爹與仇敵之女在一起。在他看來，我阿娘是為了方便殺他，才故意對我阿爹使出了美人計。

「祖父本欲殺了我阿娘，但又擔心被情愛迷昏了頭的兒子記恨自己，於是便把阿娘是我外祖父女兒的身分悄悄洩漏了出去，想借那些與外祖父有宿怨之人的手來殺了我阿娘。我阿娘也確實因此在江湖上舉步維艱，差點喪命。我阿爹知道後，與祖父大吵一架，最後憤然離家去找我阿娘。幾經周折，阿爹終於找到阿娘，在與阿娘消除誤會後，他便帶著她離開江湖，來此避世。」

南溪雙手撐著小下巴，好奇問道：「你外祖父是什麼人啊？怎麼會在江湖上結那麼多的仇？」

胖虎摳了摳虎腦袋。「好像是什麼魔教的教主，據說殺了挺多人的。」

好傢伙，怪不得秦嬸在江湖上如過街老鼠人人喊打呢，都是她老子造的孽啊！「那你祖父呢？」

胖虎繼續抓著腦袋。「祖父是十年前的武林盟主，我外祖父的老巢就是由我祖父帶領的俠義之士剿滅的。」

真是好大一齣江湖恩怨！這都可以寫一部江湖恩怨小說了。

景鈺聽完，如小大人一般地分析。「正所謂人死恩怨消，現今你阿娘已經不在人世，那她在江湖上的恩怨也應該已經了了。同樣，你阿爹也應該跟你祖父消了芥蒂，所以你祖父臥病在床，你們父子是不是就要離開桃花村了？」

南溪一聽，倏地看向胖虎。「胖虎，你跟秦叔要離開桃花村了嗎？」

胖虎愣了愣，下意識地回答。「我不——」

景鈺卻打斷兩人，繼續分析道：「胖虎剛才說，他阿爹在收到他大伯的傳信後，並沒有表現得很急迫，而是對他說了那麼一句莫名的話。所以，我猜秦叔不會離開桃花村。」

聽到胖虎不會離開，南溪悄悄鬆一口氣。她不喜歡離別，尤其是不喜歡跟自己的親人朋友離別，那會讓她很傷感。

胖虎也鬆一口氣。雖說這麼想有點不孝，但他一點也不想離開桃花村。

「可阿爹最近好像心事重重的樣子。」

景鈺淡淡看著他。「胖虎，秦叔是想讓你代他去盡孝。」

「我知道啊，等我長大了，一定出去好好孝敬祖父他老人家。」

景鈺用捲起的書一下一下敲擊著手心。「你大伯信中寫的是速歸，你覺得他們會等到你長大嗎？」

胖虎一雙濃眉狠狠擰起。「可你不是說，我阿爹現在不會離開桃花村嗎？」

景鈺停下動作。「所以他才會說讓你代他盡孝。是你會離開桃花村，而不是你阿爹。」

胖虎忽地就急了，惡狠狠地瞪著景鈺。「我不信！阿爹才不會捨得跟我分開，我要去問他！」說完便似火箭一般地衝出了院子。

「胖虎……」

南溪想要追上去，卻被景鈺從後面拉住。她回頭，急切地道：「你拉著我幹麼？胖虎去找秦叔，萬一吵起來了怎麼辦？」

景鈺很肯定地對她說：「放心，他們父子倆不會吵起來。」

南溪卻一臉狐疑。「你憑什麼那麼肯定？」

景鈺鬆開她的手，慢條斯理地問道：「妳忘了胖虎先前因何而煩悶了？」

南溪蹙眉想了想。「因為他想替秦叔分憂？」

「所以，妳覺得他會跟秦叔吵起來嗎？」

南溪搖頭。胖虎好不容易可以替他阿爹分憂，自不會吵起來，可是如此一來，豈不是——

「胖虎就要一個人離開桃花村了嗎？」

一鼓作氣跑回秦家的胖虎，推開院門找到他阿爹，氣喘吁吁地詢問。「阿爹，我就要離開桃花村了嗎？」

正拿著個酒葫蘆喝酒的秦秀才瞅了他一眼，低沈地嗯了一聲。「我已經跟你大伯寫了回信，過幾日他便會派人來接你。」

胖虎紅了眼眶，問道：「那阿爹您呢？」

秦秀才拿起酒葫蘆灌了一口酒，才看著兒子道：「若我們爺倆都走了，你阿娘會很孤單，阿爹就留在桃花村守著她。胖虎，幫阿爹去你祖父身邊盡一次孝吧！」

胖虎張了半天的嘴，才啞聲吐露出一個字。「好。」

儘管他也不想離開桃花村，卻不能為了自己不去代父盡孝。

這日，胖虎把自己私藏的寶貝都拿到了南溪家。

「景鈺，這個鹿皮護膝給你，練功時可以保護你的膝蓋。南溪，這個虎皮手套給妳，冬天戴上它，手可暖和了。還有這個綁腿上練功的給景鈺你，這個彩色石頭給南溪……」

南溪捧著胖虎給自己的一堆東西，心裡面酸酸的。她去屋裡拿出一個繡著黃色虎頭的藍色荷包遞給胖虎。

「胖虎，這個送給你，是我自己繡的。」

看著荷包上繡得醜萌醜萌的虎頭，胖虎嫌棄地道：「繡得好醜。」

傷感的氣氛一下就消了，她伸出小手就要去拿回來。「嫌醜就還給我。」

胖虎卻是嘿嘿笑著把荷包收進了懷裡。「逗妳玩呢，只要是妳繡的，再醜我也不嫌棄。」

一直都未作聲的景鈺從腰間取下一塊鑲邊麒麟玉珮遞給胖虎。「這塊玉珮給你。」

胖虎也不客氣，直接拿過玉珮掛在腰間。

「我走後，你們也別太想我。聽我阿爹說我大伯養了好多信鴿，到時候我去要幾隻過來，咱們就可以天天鴻雁傳書啦！」

兩個小的齊齊點頭。「好！」

就在三個小的各自收著自己的東西時，最東邊卻傳來了虛無子用渾厚內功發出的千里傳音。

「何人欲毀我桃林?!」

外面有人在毀壞桃林？三個小的面面相覷之後，快速向東邊桃林奔去。

東側桃林邊，幾乎所有的村民都趕了過來，個個手裡都抄著傢伙。

姜松拿著扁擔首先衝過來。「村長，何人在毀壞我桃林村？」

隨他之後的是王屠夫和秦秀才，劉能等人則還落在後面一些。

虛無子也是剛從田裡趕過來，一雙泥腳都還沒來得及清洗，看了一眼兩人身後陸續趕來的村民，吩咐道：「王屠夫和秦秀才隨我去外面看看，其他人先在這裡等著，莫輕舉妄動。」

他也是看到這邊天空升起了滾滾濃煙，才從田裡趕過來的，目前尚不知外面究竟是何情況，不宜妄動。

而他先前之所以使出千里傳音，除了是要震懾外面那些毀壞桃林的人之外，也是在提醒村裡的人做好警戒。因為外面的人雖還不確定究竟是誰人的仇家，可這人一來就縱火燒林，其勢力可見一斑。

眾人聞言，皆臉色沈重地點頭。「你們小心。」

虛無子頷首，待他領著王屠夫與秦秀才二人進入桃林後，三個小的也趕了過來。

本就把心提到了嗓子眼的錦娘見了，還不等南溪靠近，立即邁步走了過去，嚴聲斥道：「你們來這裡做什麼？快回去！」

南溪望著桃林上空的那一片濃煙，擔心地問：「阿娘，我剛看到師父和秦叔他們進入了桃林，他們可會——」有事？

錦娘沈下臉來打斷她。「這些不是你們小孩子該關心的事，快回去。沒有我的允許，不許再到這邊來。」

「錦姨，我是有事找我阿爹。」胖虎見情況不對，趕忙拉著景鈺就溜到別處。

南溪有些愣愣看著錦娘。「阿娘？」今日的阿娘為何如此嚴厲？

錦娘似是也察覺到了自己語氣不對，便緩下語氣說道：「溪兒，聽話，快回去。」

南溪的目光看向已溜到一邊悄悄跟她使眼色的胖虎，垂下腦袋。「知道了。」

看著她垂著腦袋，一步三回頭地往回走的背影，景鈺的一雙劍眉輕輕蹙起。

錦姨為何會有如此大的反應？難道說在外面毀壞桃林的人是衝著她們母女來的？

第二十七章

這邊，虛無子等人剛從桃林的陣法裡面走出去，就被陽光下那一排排閃亮的銀甲給晃花了眼。

三人抬手擋了一下這刺眼的光芒，待雙眼適應之後，虛無子才微瞇著眼，看向對面那立在鐵甲軍之首，騎著一匹棕毛汗馬，著一身銀色盔甲的人。

「貧道虛無子，乃是桃花村村長，這片桃林皆是由我桃花村村民所種，將軍此番縱火燒林，是意欲何為？」

那位將軍手上緊扯著韁繩，姿態狂傲，聲音粗獷。「本將軍今日領兵在這山中野練，於無意間發現了這片桃林，見其桃樹上碩果累累卻無人採摘，便想讓手下的弟兄們摘來解解渴。誰知進去摘果的幾人半天不見蹤影，本將軍唯恐這桃林有詐，才命人燻燃了幾株桃樹。既然村長說這片桃林乃是村人所種，那便請村長把本將軍那幾個誤入桃林的部將送還出來。」

秦秀才劍眉一豎。「桃林裡並沒有任何人進入的痕跡。」

銀甲將軍眼神一厲。「本將軍的幾個部下明明進了這桃林，你卻說無人進入？怎麼，你們這是要公然跟朝廷作對嗎？」

「你！」好一個欲加之罪！

王屠夫橫著一臉刀疤就要上前一步理論，卻被虛無子抬手攔下。

「將軍言重了，我桃花村村民皆是老實本分的莊稼人，既不敢私自扣押朝廷士兵，也不敢跟朝廷作對——」

銀甲將軍抬手打斷他的話，冷笑道：「村長莫要妄自菲薄，本將軍早就聽聞在這連綿群峰之中藏著一處世外桃源，裡面住著的皆是隱士高人，扣下幾個兵卒簡直是輕而易舉。本將軍也無意與諸位高人結怨，只要你們把本將軍那幾個部下交還出來，之前無故扣押之事，我可以既往不咎。」

虛無子一臉淡漠地看向銀甲將軍。「桃林裡確實沒有進入過外人，若將軍執意不信，可讓一位你信任之人隨我等進入裡面查看。」

銀甲將軍卻是不依不饒。「既然要查，便不能只查桃林。李峰，劉德！」

「在！」分別立於他左右後側的兩位士兵上前。

銀甲將軍抬手一指。「去，隨他們進去裡面仔細搜查，一草一木皆不可放過！」

「是！」

李峰劉德走到虛無子三人跟前，由他們帶領著進入桃林。

桃花村裡面，一眾人都還擔憂地等在林邊。錦娘尤其焦慮不安，一張手帕被她擰得死緊。

劉能眼角餘光看到她如此，便抬腳走了過來，低聲安撫道：「錦娘，不若妳先回去，這裡有我們在。」
旁邊的牙嬸也勸道：「是呀，南溪還在家裡等著妳呢，妳先回去吧。」
錦娘低垂著眼。「外面的人應該是衝著我來的，村長他們怕是很難打發走他們，是我連累了大家。」
古娘子有些好奇地猜測道：「姊姊手無縛雞之力，應不是江湖之人，那這些來尋姊姊的人應該也不是江湖上的人。既不是江湖上的恩怨，那又該是什麼樣的恩怨，致使他們這麼多年還費盡心思四處打探姊姊的行蹤？」
季晟輕輕扯了扯自家娘子的衣袖。這個傻娘子，說話總是這麼直白。
錦娘卻是不願多說，只愧疚說著，是她連累了村長，連累了大家。
牙嬸握住錦娘不安的雙手，道：「莫要想太多，村長他們會有辦法的。妳先回去陪著小南溪，這裡有我們在，不用擔心。」
想到女兒還一個人待在村裡，錦娘終是點點頭，轉過身，腳步沈重地離開。
桃林外面，李峰與劉德二人從桃林裡出來，對銀甲將軍抱拳道：「啟稟將軍，屬下二人未曾在桃林裡發現幾個弟兄的蹤跡。」
銀甲將軍冷目一凜。「其他地方可查看了？」
李峰上前。「回將軍，這三人只帶著屬下二人在桃林裡轉悠，並未去其他地方，屬下懷疑這些人是故意把先前進去的弟兄們藏匿了起來。」

秦秀才怒道：「從始至終都不曾有人進過桃林，你們非要咬著說有人進去了，還讓我們交出來，到底是意欲何為？」

銀甲將軍抬手讓兩位部將歸位，一雙凌厲的目光直射虛無子等人。「本將軍的手下入你們桃林後無故失蹤，以禮找你們要人，你們卻故意把人藏匿起來。既然如此，本將軍只好使軍令進去搜了。眾將聽令！」

「吼！」在他身後，無數鐵甲軍震聲齊吼。

銀甲將軍勒緊韁繩，振臂一揮。「前方開路！」

「是！」立於最前方的近百名鐵甲士兵齊齊衝向桃林。

王屠夫和秦秀才見此，趕忙以護衛的姿勢立於虛無子的兩側，並把一隻手置於虛無子的後背，而虛無子則在一眾鐵甲軍快要臨近時，忽然邁開左腿，以一個穩紮的馬步，把氣運至丹田，雙手再以陰陽太極運轉的方式，往前一推——

頓時，衝在前面的眾多士兵就像是被一雙無形的大手狠狠往後推了一般，狼狽地朝後摔去，砸在後面衝上來的人身上。

這道士竟以一己之力阻了他近一百個兵，高人果然都善藏身於山野之中！

銀甲將軍銳眼一瞇，抬手制止了後面欲往前衝的部將。

虛無子見此，也運氣收了功，神色從容地看向銀甲將軍。

銀甲將軍冷冷扯了一邊嘴角。「村長好功夫，只可惜再好的功夫也禁不住車輪戰。不瞞村長說，此番隨本將軍出來野練的兵有近兩千人，皆留守在這群山附近，只要本將軍一聲令下，你這小小的桃林瞬間便可化為灰燼。到時，你的那些村民怕是也無法心安。」

九尺高的王屠夫豎目而瞪。「我等在此隱居，與世無爭多年，與將軍你也並無仇怨，將軍究竟是為何要與我等為難？」

「本將軍何時與爾等為難了？只要你們把我那幾個部下交出來，本將軍立即撤軍。」銀甲將軍立於馬背上的身子微微向前傾斜，似是遺憾地搖著頭道：「可你們呢，就是不肯交出來，敬酒不吃非要吃罰酒。」

虛無子直視著馬背上的銀甲將軍。「桃花村裡確實沒有將軍想要找的人。」

銀甲將軍卻是不聽他言，直起身子，逕自威脅道：「本將軍願意給你們三日時限，三日後若你們還交不出人來，本將軍便讓人燒了這桃林，親自帶兵進桃花村搜。到那時，村長可別怪本將軍把你們村莊攪得雞犬不寧了！」說完，銀甲將軍扯著韁繩調轉馬頭，對身後的部將命令道：「就地紮營！」

「是！」

看著那些鐵甲軍當真開始就地紮營，秦秀才低聲詢問虛無子。「村長，我們接下來該如何做？」

虛無子撫著八字鬍，低聲沈吟。「他們顯然是有備而來，咱們不宜與他們硬碰硬，先回去再說。」

於是，三人轉身步入桃林。

桃花村裡，南溪托著腮獨自坐在院門口，一雙大眼睛緊緊盯著東邊桃林的方向。只可惜距離太遠，加上前面還有房屋阻擋，她什麼也看不到。

也不知道那邊到底怎麼樣了？師父他們把那些人打發走了沒有？

經過剛才錦娘的反應，南溪已經可以百分之百肯定那些在外面搗亂的人，是衝她阿娘來的。

可阿娘什麼都不告訴她，什麼都自己扛著，唉，顯得她這個穿越者好沒用啊！

就在南溪自艾的時候，錦娘自東邊回來了。「溪兒，妳怎麼坐在地上？快起來。」

南溪見她回來，連忙拍著屁股站起來。

「阿娘，師父他們回來了嗎？在外面毀桃林的都是些什麼人啊？師父趕走了他們嗎？他們以後還會再來嗎？」

她連珠帶炮地問了一大串，錦娘卻是一個都沒回答，直接拉著她的小手進了屋。

又不說嗎？把所有事都悶在心裡不說，心裡不憋得慌嗎？南溪有些煩悶地抓了抓腦袋，乾脆直接問道：「阿娘，那些人是不是衝著我們來的？」

錦娘腳下一僵，低頭看著她。「誰告訴妳的？」

南溪掙開她的手，開始掰著手指頭數。

「沒有誰告訴，我自己猜的。從杏兒姊姊生辰那日起，阿娘便開始有些心神不寧。而前段時間，到了出去補給貨物的日子，阿娘更是不願出村，只讓古姨幫忙代辦貨物。還有剛才在桃林，阿娘一臉焦躁不安……」

錦娘蹲在南溪跟前，語重心長地道：「溪兒，答應阿娘，不管以後發生什麼事，妳都要堅強地活下去！」

南溪睜大雙眼，阿娘這話是什麼意思？「阿娘為什麼突然對溪兒說這種話？」

錦娘卻是目光定定看著她。「妳要答應我。」

南溪點點頭，伸出小手撫上錦娘的臉。「溪兒答應阿娘，無論如何都會堅強地活下去。」

錦娘這才微微露出一個笑來。

母女倆剛進屋沒多久，胖虎跟景鈺便找來了。

胖虎進門便同錦娘道：「錦姨，村長伯伯和我阿爹他們回來了，此時正在東邊商議事情呢！」

錦娘聽了，叮囑完南溪別亂跑之後，立即趕去了東邊。

待她離開，南溪才迫不及待問著兩個小的。「毀壞桃林的人被師父他們趕走了嗎？」

胖虎垂著腦袋搖頭。「沒有。」

景鈺走回先前三人「分贓」的地方，把胖虎給他的東西一一收好。

「非但沒有被趕走，師父他們反而還被外面的人給威脅了。」

南溪扭頭看向他。「威脅？什麼威脅？」

胖虎嘆了一口氣。「毀壞桃林的人是一個穿著銀甲的大將軍，他以他手下進了桃林卻不見蹤影為藉口，非要帶兵進村來搜查。村長伯伯和我阿爹他們自是不肯，然後雙方便在外面較量了一場……」
還較量了一場？她急切問道：「然後呢？」
「那個大將軍以多欺少，要脅村長伯伯三日之內交出他的手下，不然就放火燒了桃林，帶兵踏平我們桃花村……可我阿爹說，桃林裡根本就沒有外人進入過的痕跡，那個將軍就是存心找茬！」
南溪聽完，一雙眉頭狠狠皺起。
衝著她們母女倆來的居然是朝廷的人?!阿娘到底是什麼身分？
東邊，大夥兒都圍在堂屋裡討論。
姜松把扁擔狠狠往地上一杵。「什麼三天時限？他們擺明了就是想逼我們就範！不過才兩千兵力而已，咱們桃花村的人加在一起，也不是不可以與之一搏！」
一旁的李家大叔認同道：「不錯，某現在就去桃林那邊設置機關陷阱，只要他們敢闖進桃花村來，便讓他們有來無回。」
說完竟當真轉身就走，秦秀才連忙攔住他。「李大哥別忙，先聽聽村長是何打算的。」
所有人的目光又落在虛無子的身上。
虛無子思忖片刻，沈吟道：「這兩日，你們先把家裡收拾好，該藏匿的都先藏匿起來。待到三日後，我親自出去迎那些人進來搜村。只要他們搜不到人，自然就再無藉口與我們為難。」

王屠夫卻是蹙眉道：「那些人明顯是衝著咱們村裡的人來的，若他們進村之後無所獲，怕是不會善罷甘休。」

古娘子冷哼一聲。「老娘還怕了他們不成？」

劉能也道：「大不了與他們兵戎相見！桃花村的地域地形咱們可比他們熟悉，再加上老李善設機關陷阱，區區兩千兵而已，咱們尚可應付。」

季晟分析道：「他們應該是還沒有確切證據，證明他們要找的人就在咱們桃花村，所以才演了火燒桃林、栽贓陷害這一齣。待村長領他們進來搜人時，只要咱們把錦娘母女藏匿好不出紕漏，不給他們搜到，應該便會無事。」

秦秀才道：「若他們進來搜了便走，自是最好不過。可若他們還想像今日這樣存心找茬的話，那咱們也要做好與之交戰的準備。」

「如此，便這麼決定了。」虛無子撫鬚頷首，對王屠夫道：「後日，你便負責帶錦娘與南溪進山裡躲避，待到那些人離開了桃花村再下山。」

「嗯。」王屠夫點頭。

「他們不會輕易離開桃花村的。」錦娘從外面進來，走到虛無子跟前。「村長，他們找不到我，是不會輕易離開的。大家想要護住我們母女的心意，錦娘自是感激不盡，但，錦娘卻不能只為了自己，把桃花村這個大家好不容易建立起來的世外桃源，變成兵戎相見的戰場……」

虛無子鎖著雙眉。「妳可想好了？」

錦娘點頭。「錦娘想懇求村長一件事。」還不待虛無子說話，她便彎下雙膝跪在他的面前。「待錦娘離開後，懇請村長替我照顧好南溪。」

虛無子沈著臉。「自己的女兒自己照顧！」

「村長……」

古娘子走過來扶錦娘。「姊姊應該要相信我們，咱們對上那兩千兵卒不一定會輸。」錦娘卻是搖頭，不肯起來。「他們既然已經找到了這裡，便不會輕易甘休，勢必會把桃花村攪得雞飛狗跳。而外面也不單單是只有這表面的兩千兵卒，若你們真與他們對上，朝廷還會派更多的援軍來，到那時，桃花村怕是就要被夷為平地了！」

聽著錦娘的此番話語，古娘子越發好奇了。「姊姊到底是什麼身分？朝廷竟如此對妳窮追不捨？」

「我……」

胖虎和景鈺陪著南溪待到太陽落山便各自回家。南溪見錦娘遲遲沒有回來，便知道事情有些棘手。她想去東邊找錦娘，但又怕錦娘像白天那樣斥責她，便只能在家裡乾等著。等到她把飯菜都燒好，天邊開始掛上零零碎碎的小星星，錦娘才拖著步子走進院門。

南溪連忙迎了過去。「阿娘。」

錦娘摸了摸她的腦袋，扯出一抹笑，道：「別怕，已經無事了。」

可這副模樣一點也不像是無事的樣子啊！南溪在心裡暗道，面上卻做出欣喜的樣子。

「真的嗎？太好了！」

她高高興興地拉著錦娘進屋。「阿娘，我今晚炒了妳最喜歡吃的魚香肉絲，待會兒妳一定要多吃一點。」

「好。」錦娘順從地被女兒拉到桌前坐下，並拿起女兒給她盛好的飯碗。

初秋的天氣還是有些躁熱，母女倆用完飯又洗漱好，便坐在院子裡打著蒲扇乘涼。

南溪雙手托腮，仰頭望著被閃耀星河點亮的夜空。

「阿娘，今晚的星星好多。」

在一旁拿著蒲扇幫她驅趕著蚊蟲的錦娘，有些心不在焉地回道：「嗯，明日又將是一個大晴天。」

南溪扭頭看著她。「明日又是大太陽嗎？那我的草莓很快便能吃啦！」

她培育的那些草莓苗早已經開始結果，如今便只等著充足陽光把它們催熟。

之後，母女倆便安靜待在院子裡，夜空下只有蛐蛐兒的叫聲，和遠處田裡傳來的青蛙的呱呱聲。

似是過了許久，錦娘才輕聲喚了一句南溪。

南溪連忙回頭。「阿娘想說什麼？」

錦娘替她把腮邊的碎髮別到耳後。「不早了，回屋睡覺吧。」

「哦，好。」南溪有些失望地拿起自己的小板凳進屋，準備回房睡覺。

後一步跨進堂屋的錦娘又一次叫住了她。「溪兒，今晚妳同阿娘一起睡，可好？」

南溪點點頭，轉腳往右邊的房間走去。

待母女倆躺下後，錦娘便開始絮絮叨叨地跟南溪講一些瑣事。

「堂屋那個門栓有點卡，妳以後關門的時候小心一點，別卡到手……銀錢我都放在衣櫃的第二層抽屜的暗格裡，妳以後若出遠門，身上一定要帶夠銀兩。記得把銀兩分多處放置，不要只放在一個荷包裡，這樣即便是某一處的荷包丟了，妳也不至於陷入窘迫之地。還有，若是出門在外，莫去湊熱鬧，遇事要學會明哲保身……」

——未完，待續，請看文創風1066《青梅一心要發家》2

2022年5月出版

箏服天下

文創風 1063～1064

失憶了那麼久，可得加快腳步彌補浪費的時間！
擁有各種先進的知識與源源不絕的「實用配方」，
就算是個肩不能挑、手不能提的弱女子，也能扭轉乾坤……

天馬行空敘事能手／霜月

靈魂穿進小說的故事對現代人來說並不稀奇，
不過當一切發生在自己身上，而且是以嬰兒的姿態從頭開始時，
說陸雲箏一點都不感到喪氣是騙人的。
幸虧冥冥之中有股神秘力量相助，只要好好運用，
日子不僅可以過得順順利利，搞不好還能成為稀世天才！
只可惜，一場巨變令她失去記憶，就這麼虛度十年光陰……
再次「醒來」，她已是皇帝謝長風獨寵的貴妃，
眼前非但充滿重重險阻，身邊更潛伏著各式各樣的黑暗勢力。
罷了，既然改變不了既定的事實，就看她出些鬼點子，
聯手親愛的夫君掃除障礙，開創太平盛世！

為流浪貓狗加油 和貓寶貝 狗寶貝

廝守終生(一定要終生喔！)的幸福機會

對人來說，貓寶貝狗寶貝只是生活的一部分，但妳（你）對牠們來說，卻是生活的全部，領養前請一定要考慮清楚——

▲ 可甜可傻的雙蓮兄妹　蓮籽和蓮藕

性　　別：蓮籽是男生，蓮藕是女生
品　　種：米克斯
年　　紀：2歲多
個　　性：兩隻都天然呆、脾氣好
健康狀況：已施打兩劑預防針，有定期驅蟲
目前住所：新北市板橋區

本期資料來源：林姐中途喵屋

『蓮籽和蓮藕』的故事：

蓮籽哥哥和蓮藕妹妹是我們救援的孕貓當時生下的六胞胎之二（同胎都已送出），兄妹從小在志工們的關愛下長大，雖然膽小卻親人溫馴。為了幫牠們找到永久幸福的家，時常需跟著志工奔波跑送養會，所以看到外出籠都難免緊張啦！

個性溫和又穩定的兄妹幾乎沒脾氣，從小拍照總是一左一右自動靠在一起，好像只認定對方是唯一的同伴，難道是因為長相百分之九十九複製貼上嗎（笑）？所以，我們也捨不得這對朝夕相伴的手足被拆散送養，畢竟彼此有個伴比較快適應新環境，認養人也容易接手親訓。

「二哈」是兄妹給我們的印象，無師自通學開籠門、持續以後腿站立玩弄逗貓棒、時不時定格的專業素描模特，還很貼心地主動幫忙撕膠開箱包裏，是大家的開心果。當然也有反差萌的一面，會來磨蹭討摸，鎖定大腿再靜靜坐上好一會兒，就是這麼討人喜歡的個性，讓愛媽決心要幫牠們找到一輩子的家人。

想為自己的小日子添加傻眼、噴飯、噴飲料、嘴角下不來的……各種樂趣嗎？可先填寫自介https://reurl.cc/KpzYGp或林姐中途喵屋臉書私訊，務必來認識一下──臉上有顆西瓜籽的蓮籽和鼻孔有點點的蓮藕唷！

認養資格：

1. 認養人須年滿28歲以上，有工作能力，居住地以北北基、桃園為主，可以兩隻一起領養的家庭優先。
2. 飲食以早晚主食罐（濕食）搭配少量乾食。
3. 不關籠、不溜貓、不放養，並配合實施門窗安全防護措施。
4. 須同意簽認養寵物切結書。
5. 須同意送養人日後之追蹤家訪，對待蓮籽和蓮藕不離不棄。

來信請說明：

a. 個人基本資料：姓名、性別、年齡、家庭狀況、職業與經濟來源等。
b. 想認養蓮籽和蓮藕的理由。
c. 過去養寵物的經驗，及簡介一下您的飼養環境。
d. 若未來有結婚、懷孕、出國或搬家等計劃，將如何安置蓮籽和蓮藕？

週年慶 2022

我的甜蜜喜事

主角的路，我來走！ 5/9(8:30)~5/18(23:59)

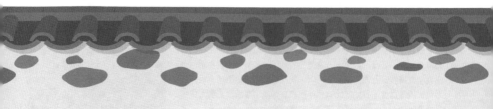

新書首賣，歡喜價75折

文創風 1063-1064 霜月《箏服天下》全二冊

文創風 1065-1067 連禪《青梅一心要發家》全三冊

一花一葉，刻刻美好

75折 文創風1020-1062

7折 文創風968-1019

6折 文創風861-967

以下加蓋 正

- 每本 **100** 元 ▸▸ 文創風760-860
- 每本 **49** 元 ▸▸ 文創風001-759、花蝶/采花/橘子說全系列（典心、樓雨晴除外）
- 單本 **15** 元，2本 **25** 元 ▸▸ PUPPY331-534
- 每本 **10** 元，買 **2** 送 **1** ▸▸ PUPPY001-330、小情書全系列

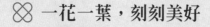

霜月

天馬行空敘事能手

失憶了那麼久，可得加快腳步彌補浪費的時間！
擁有各種先進的知識與源源不絕的「實用配方」，
就算是個肩不能挑、手不能提的弱女子，也能扭轉乾坤……

5/10 (二) 出版

文創風 1063-1064 **《箏服天下》** 全二冊

靈魂穿進小說的故事對現代人來說並不稀奇，
不過當一切發生在自己身上，而且是以嬰兒的姿態從頭開始時，
說陸雲箏一點都不感到喪氣是騙人的。
幸虧冥冥之中有股神秘力量相助，只要好好運用，
日子不僅可以過得順順利利，搞不好還能成為稀世天才！
只可惜，一場巨變令她失去記憶，就這麼虛度十年光陰……
再次「醒來」，她已是皇帝謝長風獨寵的貴妃，
眼前非但充滿重重險阻，身邊更潛伏著各式各樣的黑暗勢力。
罷了，既然改變不了既定的事實，就看她出些鬼點子，
聯手親愛的夫君掃除障礙，開創太平盛世！

2套合購價 920元

另部好書，別有滋味

文創風 1025-1027 **《食尚千金》** 全三冊

在京城當不成名門閨秀，那就回鄉做她的農家女吧！
重活一世，被錯養成相府千金的消息一傳出，
她早就想好了退路，那就是遠離京城是非之地，
然後回鄉認親，當個平頭百姓，走在發家致富的路上！
人人皆誇她手巧，不只吃貨神醫歡喜地收她做徒弟，
就連在村中養病又嘴刁的六皇子也賞識她，成為開店大金主。
原本只是單純的合作夥伴關係，直到皇帝突然下旨指婚，
堂堂皇子的正妃，不選世家貴女，而要她區區一個農家女？

連禪

5/17 (二) 出版

小小丫頭點樹成金，
發家致富心想事成

穿到農村成了個小丫頭，還沒適應新生活，她就發現此地非比尋常——
村民個個身懷奇技，村外還有陣法保護，娘親舉手投足更不像個農婦；
她到底是穿來了個什麼地方？這裡還有多少秘密……

文創風 1065-1067《青梅一心要發家》全三冊

穿來這個鄉間小農村，成了一個五歲丫頭，南溪欲哭無淚！
不但自己年紀小不能成事，又只有寡母相依，母女倆日子實在清苦；
幸好定居的桃花村是個寶地，與世隔絕又清靜，居民也彼此照顧，
只是住著住著，她怎麼覺得這個桃花村隱隱透著不尋常？
比如村長是個仙風道骨的中年道士，斯文瘦弱的秀才居然會打獵，
看來柔弱不能自理的小娘子卻會打鐵，還有瞎眼的大娘能用銀針射鳥！
而娘親能教她讀書，倒像是個世家小姐，又為何流落到這個荒山村落中？

送妳一顆**小喜糖**，甜嘴甜心迎好運

2022 週年慶

抽獎辦法　活動期間內，只要在官網購書並成功付款，系統會發e-mail給您，並附上抽獎專用之流水編號，買一本就送一組，買十本就能抽十次，不須拆單，買越多中獎機率越大。

得獎公佈　6/8(三)於狗屋官網公佈得獎名單

獎項
- 20名　紅利金 100元
- 2名　《青梅一心要發家》全三冊
- 2名　《三流貴女拚轉運》全二冊

週年慶 購書注意事項：

(1) 請於訂購後**三日內**完成付款，最後訂購於**2022/5/20**前完成付款才算有效訂單喔！
(2) 購書滿千元(含)以上免郵資。未滿千元部分：
郵資65元(2本以下郵資50元)／超商取貨70元(限7本以內)／宅配100元。
(3) 特賣書籍因出書時間較久，雖經擦拭、整理，仍有褪色或整飾痕跡，故難免不如新書亮麗。除缺頁、倒裝外無法換書，因實在無書可換，但一定會優先提供書況較良好的書給大家。若有個人原因需要換書，需自付來回郵資。
(4) 各書籍庫存不一，若遇缺書情形可選擇換書或退款。
(5) 歡迎海外讀者參與(郵資另計)，請上網訂購或是mail至love小姐信箱(love@doghouse.com.tw)詢問相關訊息。

狗屋有權修改優惠活動的實施權益及辦法。

文創風
1065

青梅一心要發家 1

國家圖書館出版品預行編目資料

青梅一心要發家 / 連禪著. --
初版. -- 臺北市 : 狗屋出版社有限公司, 2022.05
冊 ; 公分. --（文創風 ; 1065-1067）
ISBN 978-986-509-324-2（第1冊 : 平裝）. --

857.7　　111005080

著作者　連禪
編輯　張蕙芸
校對　吳帛奕
發行所　狗屋出版社有限公司
地址　台北市104中山區龍江路71巷15號1樓
電話　02-2776-5889～0
發行字號　局版台業字845號
法律顧問　蕭雄淋律師
總經銷　知遠文化事業有限公司
電話　02-2664-8800
初版　2022年5月
國際書碼　ISBN-13　978-986-509-324-2

本著作物由起點中文網（www.qidian.com）授權出版

定價280元
狗屋劃撥帳號：19001626
網址：love.doghouse.com.tw　E-mail：love@doghouse.com.tw
版權所有・翻印必究　倘有倒裝、缺頁、污損請寄回調換